謹以此書獻給

Anna、Amelie 和 Elliot

已有的事後必再有；

已行的事後必再行。

日光之下並無新事。

——《傳道書》第一章第九節

在黑暗的時代，
還會有歌聲嗎？
有，依然會有歌聲，
歌唱這黑暗的時代。

——貝托爾特 · 布萊希特 (Bertolt Brecht)

1

夜，來臨了，她站在窗前望著院子，沒有注意到敲門聲。黑暗悄然無聲包圍了櫻桃樹，籠罩住僅存的葉子，葉子也不抗拒，甚至在沙沙絮語中接納了黑暗。已經累了，一天即將過去，睡前卻還有那麼多事要處理，孩子都到客廳休息了，站在玻璃窗前，有種歇了口氣的感覺。她看著逐漸變暗的院子，內心渴望與這片黑暗融為一體，走到外頭，與黑暗同臥，與落葉共眠，讓夜晚流逝，再與黎明一塊甦醒，迎接清晨的重生。但，有人在敲門。急促不懈的敲叩，她聽著它滲入思緒中，每一下都飽含敲門者的意念，她蹙起了眉心。隨即貝禮也開始敲打廚房的玻璃門，對她喊道，媽媽，手指著玄關，眼睛卻沒有離開螢幕。艾莉舒的身體不知不覺抱著嬰兒走向玄關，她打開前門，兩個男人站在門廊玻璃外，在黑暗中看不清面目。她打開門廊燈，馬上從他們的站姿認出了這兩人是誰，當她拉開門廊門時，夜間的冷空氣彷彿在嘆息，郊區靜謐無聲，雨幾乎極有默契地落在聖勞倫斯街上，落在停放屋前的黑色轎車上。男人似乎帶來了夜的氛圍。她從自己的保護意識中看著他們，左邊的年輕人問她丈夫是否在家，看著她的神態有些特別，疏遠而仔細的眼神像要抓住她內心的什麼。一個眨眼，她已經往街上瞥了一圈，只見一個孤獨的行人牽狗撐傘，柳樹對雨頷首，對面札亞克家的大電視閃耀的光芒。這時，她想了一想自己的反應，差一點笑出聲，這是每個人在警察上門來時都會有的內疚感。班開始在她懷中扭動，她右側的年長便衣看著孩子，臉色似乎緩和下來，因此她選擇對他說話。她知道他也是一個父親，這樣的事總是能夠知道，另一個太年輕，太整潔，體格也太結實，開口說話時，她察覺自己的聲音突然有些結巴。他馬上就會回來，一個鐘頭左右吧，需要我打電話給他嗎？那倒不必，史塔克太太，他回家後，麻煩轉告他，方便時打個電話給我們，這是我的名片。叫我艾莉舒就好，有什麼我可以幫忙的地方嗎？恐怕沒有，史塔克太太，這是你丈夫的事。年長便衣滿臉笑容看著孩子，她觀察了一會兒他的嘴角皺紋，這是一張故作嚴肅的臉，不適合逗孩子。沒什麼好擔心的，史塔克太太。我為什麼要擔心，警官？的確不用擔心，史塔克太太，不耽誤你的時間了，我們今天晚上拜訪民眾，淋得還不夠溼嗎？要靠車上的暖氣烘乾可不是件容易的事。她拉上門廊的門，拿著名片，看著兩人返回車上，車子沿著街道駛離，到了路口，剎車停下，尾燈變得更亮，好像兩隻發光的眼睛。她再度看向恢復晚間寧謐的街道，隨即走入玄關，熱氣迎來，她關上前門，站了半晌，查看名片，這才發現自己一直屏住呼吸。這時，她感覺家裡有什麼東西進來了，她想把嬰兒放下，她想停下來回想一下，它是如何和那兩個男人站在一起，又是如何自行進入玄關，一種無形卻感受得到的東西。穿過客廳經過孩子身邊時，她可以感覺到那東西偷偷摸摸跟在她的身邊，茉麗把遙控器舉到貝禮的頭頂上，貝禮雙手在空中揮舞，轉頭看著她，臉上露出懇求的表情。媽，叫她轉回我看的節目。艾莉舒關上廚房門，把孩子放在搖椅上，開始收拾桌上的筆電和記事簿，但又停了下來，閉上眼睛。進入屋子的那個感覺一路尾隨而至。她看向手機，拿了起來，手有些猶豫，她傳了簡訊給賴瑞，不知不覺又回到窗前看著屋外。逐漸昏暗的院子現在已無法再託付任何願望了，因為黑暗中的某樣東西已經進入屋子了。

賴瑞．史塔克拿著名片在客廳來回踱步。他鎖著眉頭，盯著名片，然後把它放在茶几上，搖了搖頭，倒在扶手椅上，抓著自己的鬍子。她不發一語看著他，用慣有的眼神揣想他的心思，男人過了一定的年齡，留鬍子不是為了標記成年，而是為了給自己的青春加上一道屏障，她幾乎想不起他刮得乾乾淨淨的模樣。看著他的腳四處尋找拖鞋，當他坐在椅子上時，他的表情顯得平靜，似乎想著別的事，直到他的眉頭緊繃，一道皺紋慢慢浮上臉龐。他身子一傾，又拿起名片。他說，可能沒什麼吧。她抱著孩子在膝上輕輕搖晃，細細觀察他。告訴我，賴瑞，怎麼可能沒什麼？他嘆口氣，用手背抹了一下嘴，從椅子站起來，開始在茶几周圍翻找。你把報紙放到哪了？他在客廳走來走去，眼睛張著，但什麼也看不到，報紙可能早已被他遺忘，他在自己的思緒陰影中尋找著什麼，但始終無法找到。他轉身凝視妻子，看著她給孩子哺乳，生命的意義濃縮成一幅與惡意截然相反的畫面，這幅景象讓他感到欣慰，他的思緒漸漸平靜下來。他朝著她走過去，伸出一隻手，但當她的目光變得銳利時，他又把手縮了回去。GNSB，國家警察服務局，她說，他們不是一般的警察，一個偵緝警督跑來我們家，他們找你做什麼？他指著天花板，能小點一聲嗎？他咬著牙走進廚房，從瀝水架上拿起一隻玻璃杯豎立起來，轉開水龍頭，讓水流出來，同時隔著倒影望向窗外夜色，櫻花樹老了，沒多久就會腐爛，春天可能得砍了。他喝了一大口水，走回客廳。他說，聽我說，幾乎是在觀察自己的聲音如何低至耳語般輕柔。我敢保證，最後一定是虛驚一場。話才說出口，他就發現自己的信念如水一般從指縫間溜走了。她看著他又一次沉入扶手椅，身體放鬆，手指自動地按著遙控器切換頻道。他轉身發現自己被一個眼神囚禁，於是向前傾身，嘆了口氣，扯著鬍子，彷彿要把鬍子從臉上拔下。聽我說，艾莉舒，你知道他們是怎麼辦事的，他們的目的是什麼，他們收集情報，他們行事非常低調，我想你無論如何都要承認這一點，他們一定是想起訴哪個老師，所以想找我談一談也是有道理的，或許是在逮捕以前給我們個警告，喏，我明天還是後天一定打電話給他們，看看他們想要什麼。她注視著他的臉，意識到自己內心深處有一種虛無，身心都渴望著沉睡的支配，不久後，她就要上樓換睡衣，計算寶寶醒來吃奶的時間。賴瑞，她開口說話，卻見他猛然縮了一下，好似她把電流傳到他的手上。他們要你方便時盡快打電話，所以現在就打吧，名片上有號碼，讓他們知道你沒有什麼好隱瞞的。他鎖起眉心，緩緩吸了一口氣，好像在衡量眼前某個逼近的事物，他轉身直視她的臉龐，氣得眼睛微瞇起來。什麼叫讓他們知道我沒什麼好隱瞞的？你懂我的意思。我不懂你什麼意思。聽我說，我只是打個比方，賴瑞，拜託，現在就打給他們吧。你為什麼總是這麼難搞，他說，聽好了，我不會在這個時間打給他們的。賴瑞，快打吧，拜託，我不希望ＧＮＳＢ又上門來，你聽到那些流言了吧，這幾個月傳得沸沸揚揚的那些事。賴瑞坐在扶手椅上，身體往前傾，但似乎站不起來，他皺著眉頭，隨後朝她走去，把嬰兒從她的懷裡抱過去。艾莉舒，拜託，聽我說，尊重是互相的，他們知道我很忙，我是愛爾蘭教師工會的副祕書長，我不會因為他們叫我往東，我就往東，他們叫我往西，我就往西。賴瑞，你說得沒錯，但他們為什麼會在這種時候到家裡來，而不是白天打電話去你的辦公室，你告訴我為什麼。聽我說，老婆，我明天或後天一定打給他們，我們今晚能不能別吵這件事了？他的身體依舊站在她的面前，但他的目光已經轉向了電視。九點了，他說，我想聽聽有什麼新聞，馬克怎麼這個時候還沒回家？她望向大門，困倦的感覺如一隻手環繞著她的腰，她走向賴瑞，把嬰兒從他手中抱過來。不知道，她說，我已經懶得管他在哪裡了，他今天晚上要練足球，可能去朋友家吃晚餐，或者去莎曼珊家，他們這陣子形影不離，我真的不知道他究竟看上她哪一點。

駕車穿越城市時，他對自己感到懊惱，思緒四處遊移，彷彿在追尋某樣東西，卻又感覺必須抽身而出。電話另一頭的聲音絲毫不帶感情，簡直是客客氣氣的，對不起，這麼晚打擾你，史塔克先生，我們不會耽擱你太多時間。到了凱文街的警察局，他把車停到街角旁的小巷裡，回想起過去大部分晚上的大馬路情景，那時肯定比現在更加熱鬧，這座城市近來變得太冷清了。走向櫃臺時，他發現自己不自覺咬緊了牙關，隨即想到了孩子，便放鬆嘴角，露出了笑容，貝禮一定知道他出門了，那個孩子什麼都聽在耳裡。值班警察對著話筒說話，他看著警察那隻蒼白、長滿雀斑的手，聽不太清楚他在說什麼。迎接他的是一位瘦削幹練的年輕警探，穿襯衫打領帶，臉色蠟黃嚴肅，聲音與先前在電話中聽到的一致。謝謝你跑這一趟，史塔克先生，請跟我來，我們會盡量不占用你太多時間。他跟著走上一個金屬樓梯，接著穿過一條走道，兩側的門關著，然後被帶進一間審訊室，灰色的椅子，灰色的鑲板牆壁，每樣東西看起來都很新，門接著關上，剩他一人留在房間。他坐下來，盯著自己的雙手。他看了一下手機，然後站起來在房間裡走動，想著自己居於下風，不受尊重，現在都已經晚上十點多了。他們進來時，他放下交叉的手臂，慢慢拉出一張椅子坐下觀察，瘦弱的警官剛才見過了，另一個警察和他年齡相仿，但日漸發福，手中的馬克杯沾滿咖啡漬。那人打量著賴瑞．史塔克，臉上有一絲微笑，或者那不過是隨著嘴角的皺紋自然流露的友善。晚安，史塔克先生，我是史坦普偵緝警督，這位是博克警探，我給你倒杯茶還是咖啡？賴瑞看了一眼髒兮兮的杯子，搖手表示不要，開始研究說話者的臉，尋找一個他覺得熟悉的身影。我見過你，他說，是都柏林足球聯賽吧，你是ＵＣＤ的中場球員，你們對上蓋爾隊時一定遇過我，那時我們很強，那一年，我們痛宰你們。警督盯著他的臉，嘴角的皺紋下垂，目光變得模糊，房間充斥著難以捉摸的寂靜。他說話時沒有搖頭。我不知道你在說什麼。賴瑞對自己的聲音變得格外敏感，他能清楚地聽到自己說話的聲音，彷彿他同時也是房間中的旁觀者，從桌子對面看著自己，甚至經由門上的窺視孔注視自己，除了窺視孔之外，沒有其他方式可以看到裡面，就連電視上常見的單面鏡也不存在。他聽到自己的聲音變得虛偽，話也許有點太多了。是你沒錯，你以前是ＵＣＤ的中場球員，我永遠不會忘記我的對手。警督拿起馬克杯喝了一口，用咖啡漱了漱牙，他盯著賴瑞看，直到賴瑞不自覺地低頭看向桌面，手指輕輕劃過磨損的漆面，接著他再次抬起眼睛看向警督。臉部的骨骼確實變得粗獷，骨架也更肥壯，但眼神卻從未改變。聽我說，他說，我想快點結束這件事，我應該在家裡陪家人，準備上床睡覺，告訴我，我能幫你什麼忙?博克警探張開手打了個手勢。史塔克先生，我們知道你是個大忙人，所以非常高興有這個機會和你談談，我們收到一項極為重要的指控，這項指控直接關係到你。賴瑞·史塔克看著這兩人的目光，覺得口乾舌燥。他現在感覺到房間裡有東西在動，愣了片晌才抬起頭，只見一隻飛蛾受困於天花板的圓頂燈裡，正瘋狂地拍打玻璃，琥珀色的圓頂骯髒不堪，堆著過去飛蛾的屍體。博克警探打開一個資料夾，賴瑞·史塔克看到一雙牧師般毫無血色的雙手，在他們之間的桌面放了一張紙。賴瑞開始閱讀上頭列印的內容，慢慢地眨了眨眼，然後咬緊牙齒。一陣跫音穿過長廊，最後被一扇關上的門吞沒。他聽到飛蛾微弱的振翅聲，瞬間意識到內心深處有一樣東西正在開始枯萎。他抬起頭，看到博克警探隔著桌子看著他，注視他的那雙眼睛，彷彿能夠在他的思想中自在徘徊，釋放他內心裡根本不存在的東西。賴瑞看向警督，警督露出坦然的表情看著他，賴瑞清了清嗓子，試著對兩個人微笑。警官，你們一定是在開我玩笑吧？他看著他們，感覺笑容從嘴角溜走，不自覺拿起那張紙揮動。這簡直是瘋了，他說，我向你們保證，祕書長聽到這件事，她一定會直接去找部長。年輕的警探機靈地對著拳頭咳了一聲，然後看向警督，警督微笑著開口說話。史塔克先生，你應該知道，國家正處在一個艱難的時期，我們奉命認真對待所有提出的指控——你到底在說什麼？賴瑞問，這不叫指控，這根本沒有意義，你們在扭曲事實，把一件事變成另一件事，這看起來像是你們自己用電腦打字的。史塔克先生，你一定知道，為了處理國家當前的危機，緊急權力法從九月起生效，這個法律的附則授予ＧＮＳＢ額外權力，以維護公共秩序，所以你一定明白我們的立場，你的行為看起來就像在煽動對國家的仇恨，製造分裂和不安——當一起行為的後果影響到國家的穩定時，通常我們認為有兩種可能，一種情況是，行為者是破壞國家利益的特工，另一種情況是，行動者對自己的行為一無所知，在行動當下並沒有這麼做的意圖，但無論是哪一種情況，史塔克先生，結果都是一樣的，那就是這個人在為國家的敵人服務，因此，史塔克先生，我們勸你捫心自問，確認事實並非如此。賴瑞·史塔克沉默許久，盯著那張紙，卻什麼也看不見，接著清清喉嚨，握緊雙手。讓我確認一下你的意思，他說，你是要我證明我的行為沒有煽動性？沒錯，史塔克先生。但是，如果我只是在做身為工會會員的分內工作，行使憲法所賦予我的權利，我要怎麼證明我所做的事情沒有煽動性呢？這就看你了，史塔克先生，除非我們認為有必要進一步調查，這樣的話，就不再由你決定，而是由我們來決定。賴瑞不由自主地從椅子上站起來，指關節用力抵著桌面。他在那張臉上看到堅定的意志，明白自己被帶到這裡就是要被這股意志所摧毀，這股意志不過是某種絕對的制裁，能把是變成否，把否變成是。我想把話說清楚，他說，部長一定會知道這件事，到時就麻煩了，你不能威脅一個資深工會會員不做他的工作，這個國家的教師有權透過談判爭取更好的條件，有權採取與所謂國家面臨的危機無關的和平罷工行動，如果你們不介意的話，我要回家了。第二個警官慢慢張開嘴，賴瑞幾乎可以確定自己看到了，他一邊想著這件事，一邊走回車子，接著在車上坐了大半天，盯著自己在膝蓋上顫抖的手。飛蛾似乎從警官的嘴裡飛了出來。

先是送班到托兒所，然後送孩子上學，茉麗戴著耳機，從福斯 Touran 的副駕駛座下車，貝禮砰的一聲關上後車門，艾莉舒轉頭看他，他正站在玻璃窗旁，拉起防風大衣的帽子，看起來好像點彩畫中的人物。她正準備駛上馬路時，忽然有一隻手用力敲打車窗，茱麗人聲叫她停車，接著打開車門，從地上抓起她的運動包，轉身又走了。十一月的冷冽模糊了冬日的陽光，她在車流中穿梭，感受到自己疲憊的情緒和機械的動作，遇到紅燈停下時，她想的不是即將展開的一天，而是這一天會如何平庸地過去，又一天被遺忘，融入無聲的日子計算中，她想著自己的工作，想著自己如何不再將它視為專業工作——微生物學家真正的工作，是長時間站在工作桌前尋找證據，檢驗假設是否符合現實，無論個人相信什麼，答案的真偽終將在結果中浮現。現在她的日子都花在電子郵件和電話上，從專家變成不穿白袍的通才，處理人事問題，在會議中無所適從，提出錯誤的問題。她坐到辦公桌前，瀏覽電子郵件，將一個視訊會議改成下午五點半。她拿起電話打給賴瑞。你按我說的填好護照表格了嗎？她問。聽我說，老婆，我現在心裡還有點亂，沒辦法忘了那件事。他說話的語氣，好像睡著時身子的空氣都被釋放了，醒來時發現自己癟了下去，於是坐在床邊，盯著地板發呆。你跟辦公室的人說了嗎？她問。她聽到他摀著電話對同事說了幾句話。我把它們留在樓上的桌子上。什麼留在樓上的桌了上？護照表格。賴瑞，你應該打電話給史恩·華勒斯，和他談一談，不管有沒有緊急權力法，這個國家依然還有憲法賦予的權利。我想直接找祕書長談，但她今天生病沒來。我問你，史恩還在跟那個年輕女孩到處招搖嗎？史恩·華勒斯現在在忙費茲傑羅的案子，忙得焦頭爛額，我不想麻煩他，告訴我，今天誰負責晚餐？我還是覺得你應該打電話給他，今天輪到你了。好，我原本六點半有個會要開，不過我打算取消，沒那個心情開會。賴瑞。什麼事，老婆？哦，沒什麼，昨天我買了一些絞肉，你可以做漢堡，我得掛了。她掛上電話，卻握著手機坐了一會兒，隱隱感覺到一絲不安。她看著手機，如同跟隨著自己的聲音，回到適才的通話中，進入了賴瑞的手機，信號必須經過中繼，由網路傳輸器接收再轉發，最後才會傳遞到賴瑞的手機。突然間，她聽到了自己的聲音，彷彿正身處另一個房間，聆聽著自己說話。和他談一談，不管有沒有緊急權力法，這個國家依然還有憲法賦予的權利。她驀地感到一股涼意，猛然從椅子站起來，朝茶水間走去，心裡想著，在其他國家是這樣沒錯，但我們這裡不允許這樣的行為，警察、政府，他們不被允許竊聽電話，這會引發公憤的。她想起昨晚停在屋外的車，她想起GNSB和她聽說正在發生的事情，走向茶水間的路上，有一瞬間她覺得自己好像不認識這個辦公室了。保羅．費爾斯納，那個新上任的全球專案經理，站在咖啡機前拉著襯衫袖口。機器輕輕砰了一聲，停止運轉，他轉過身來，微微一笑，但那個笑容並沒有到達他的眼睛。哦，艾莉舒，我正想找你，你沒回覆我的語音訊息，和朝岫公司的視訊會議，必須改到下午六點。她覺得他的表情有些虛偽，眼睛應該是黑色的，卻是綠色的，她的目光不由自主被他翻領上的環狀黨徽吸引住，NAP，國家聯盟，新的國家象徵。她又低頭看他的手，發現它們有點太小了。哦，我沒注意到，她說，恐怕我不能參加那個視訊會議，但是謝謝你告訴我。

岸邊，一匹藍色的馬，朝著正在水邊騎馬的她走來，她彷彿永恆不老，沐浴在光輝中，樓下玄關的電話鈴聲響起，她騎馬走出夢境，回到了房間。賴瑞坐在床緣揉眼睛。天啊，她嘀咕，已經一點十五分了，誰會在這個時間打電話來？最好不要是你妹妹，賴瑞說。他向前傾身，接著朝房門走去，伸手去抓一抹影子，影子張開了翅，變成睡袍。趿著拖鞋的腳走下樓梯，她傾聽班在嬰兒床中的呼吸，隔壁男孩房傳來朦朧的咳嗽聲。賴瑞壓低的聲音傳上樓，進入房間時已經模糊不清，她不知道會是誰打來的電話，想起了人在多倫多的妹妹愛妮，這種事幾年前發生過一次，天哪，真的對不起，姊，我把時區弄反了，我剛喝了幾杯。她閉上眼，在沙灘上尋找那匹藍馬，在記憶中尋找，你當時幾歲？冬天，天空低垂在海面上，她的腳跟輕觸馬的側腹，感受到馬體內顫抖的生命力，身旁的床墊上，賴瑞的重量壓了下來。我剛剛又睡著了，她說。他沒有說話，只是盯著牆壁，看起來心情沉重，呼吸困難，她伸出手握住他的手臂。賴瑞，怎麼了？她打開燈坐起來，看到他在光的擁抱下變成了一個孩子，他轉過身來，皺著眉頭，帶著疑惑的表情清了清喉嚨。是吉姆的老婆凱洛·賽克斯頓打來的，她在電話裡非常激動，吉姆昨天下班後沒有回家。就這件事嗎，賴瑞，我剛才還擔心你會說誰死了。艾莉舒，她說他們把他帶走了。誰帶走他？你想會是誰，ＧＮＳＢ。ＧＮＳＢ？對，她是這麼說的。但這沒道理，賴瑞，她說帶走他是什麼意思？我猜是被捕了，被拘留了，有人看到他被塞進一輛車的後座，但沒想到被看到了，她後來四處打聽才知道。吉姆·賽克斯頓，那個大嘴巴，他會做了什麼？重點是，艾莉舒，從那以後，再也沒人有他的消息。他有沒有打電話給工會律師，他叫什麼？麥可．紀文，沒有，一通也沒有，甚至也沒打給他老婆。可是你不能隨隨便便逮捕一個人，又不給他們法律救濟的機會，這些事情是有規定的。凱洛說麥可現在在凱文街那邊，但他們一直在敷衍他，他準備先回家休息過夜，你甚至連想打電話給GNSB都不行，他們好像沒有直撥的號碼，不知道為什麼工會沒有人打電話給我，聽起來真是亂七八糟。不對。什麼不對。前幾晚來的那個警督，他的名片上有電話號碼，是一個手機號碼，你自己打過那個號碼，告訴我，賴瑞，發生什麼事了？我不知道，老婆，他顯然很生氣。誰很生氣？麥可．紀文。那張名片，你一定要拿給他。好，我剛剛沒想到，我馬上去找，你放在哪裡？我放在客廳壁爐架上，後來塞到時鐘底下。艾莉舒，凱洛說他們上星期帶他到警察局，他們告訴他有人指控他，她說他只是對他們大笑，你也知道吉姆這個人，當他問自己是否被捕時，他們告訴他沒有，他還當著他們的面，完整背出了憲法第四十條第六款第一節，也就是公民有結社和組織工會的權利那一段，你知道規矩，如果罷工繼續下去，他會號召萊恩斯特半數的中學老師搭公車進市中心。她伸手往床頭櫃一摸，不看一眼就拿起水杯喝了一口。賴瑞，依據緊急權力法，他們能中止我們多少憲法權利？不知道，應該沒這麼多，不該是這樣，任何拘留權力依然必須遵守法律，但如果這種情況發生了，法律又算什麼呢，聽我說，暫時先不要聲張，也不要告訴孩子。賴瑞，這個時候你也做不了什麼，拜託回來睡覺吧。

她站在那裡望著父親的花園。舊日的記憶印在潮溼的樹葉上，在繩索上搖擺，藏匿於灌木叢中，過去的聲音在呼喚，準備好了嗎？我要來找你囉，她看到他在她十歲生日種下的那棵白蠟樹，聳立在那片狹窄的土地上。貝禮踢著樹葉，在長草間穿梭，茉麗正在拍攝冬大的植物。艾莉舒轉身離開桌子，她的父親正埋首於報紙中，班則在她腳邊的汽車座椅裡熟睡。她拿起兩個馬克杯，往杯底看了看，然後用手指摸了摸杯緣。爸，你看看這些杯子，為什麼不用洗碗機，你洗東西時真的要戴眼鏡。賽門繼續看報紙。他說，我現在戴著眼鏡。對，但你洗碗時也要戴眼鏡，這些杯子裡有茶漬。你可以怪來打掃的，那個女人真是沒用，你媽還在世時，家裡從來沒有一個髒杯子。現在望著他，她感覺彷彿回到了童年，想起父親以前的模樣，鷹鉤鼻，機敏的眼神，如今那個身影在椅子上顯得瘦小，穿著羊毛外套的背部微微踽僂，纖瘦的手骨從薄如紙張的皮膚下隱約透出。他疊起報紙，倒了茶，手指開始輕敲桌面。我不知道我幹什麼還讀這個東西，他說，上頭謊話連篇。她拿起報紙和筆，開始玩填字遊戲。他的手指停止敲打，她不用看也能感覺到他在注視她，但當她抬起眼睛時，他卻皺著眉頭。跟艾莉舒一起在花園裡的是誰？他說。她往外頭瞥了一眼，隨即轉頭看著父親，握住他的手。爸，在外面的是貝禮和茉麗，我就坐在這裡。他的臉上掠過一絲困惑，然後眨了眨眼睛，揮手甩開她，把椅子往後推。對對，沒錯，他說，但她像你一樣，在這裡總是悶悶不樂，一點也不像你妹妹那樣開朗。她露出苦笑看著他，那麼，我們兩個都像你，她說。她看著外頭的茉麗，在同一具身體看見了自己，玄關的發條鐘敲了三聲，敲出兒時熟悉的鐘響。那孩子沒有問題，她說，只是十四歲了，到了這個年紀，孩子就容易鬧彆扭，我記得很清楚。她的目光又回到填字遊戲上。她說，官職的標誌，直行，八個字母，第五個字母是G。Insignia，賽門隨口說出，彷彿這個字在他口中等待多時。她看著他的臉龐，替他感到高興，因為她注意到他的脖子周圍堆起了皺紋，眼睛縮進了半垂的眼皮中，記憶力也開始往下飛翔。她倒著茶，心想，暫時什麼都不要告訴他，她的目光落在貝禮身上，他骨架細瘦，馬克卻像他的父親一樣壯碩。她抬起頭說，爸爸，賴瑞在工會遇到了麻煩，政府不想讓TUI罷工，把他叫去，或多或少地威脅了他，你能相信嗎？誰叫他去？GNSB。賽門轉身看著她，沒有說話，接著搖搖頭，低頭看著自己的手指。賴瑞應該多加小心那幫人，GNSB，國家聯盟上臺後不久，就用他們取代了特偵組，這件事鬧了一個星期，然後就沒聲音了，毫無疑問是被壓下去了，我們國家過去從來沒有祕密警察。爸，他們逮捕了負責組織萊恩斯特的人，沒有電話通知，沒有律師，就這樣被拘留了，工會正在大肆宣傳這件事，GNSB卻保持沉默。什麼時候的事？星期二晚上——茉麗在外面尖叫，他們轉頭一看，她正在扭動身體，揮舞雙臂，而貝禮吊在那條舊繩索上，用兩條腿夾著她。她父親突然轉頭看她。告訴我，他說，你相信現實嗎？爸，你這是什麼意思？這是一個簡單的問題，你是有學位的人，你知道是什麼意思。你這麼說的話，對，我懂你的意思，但說教就免了吧。他暫時轉頭望向堆滿泛黃報紙和破爛時事雜誌的餐邊櫃，露出往日的笑容，笑得露出了牙齒。艾莉舒，我們都是科學家，我們屬於一個傳統，但傳統不過是大家都能達成共識的東西罷了——科學家、教師、機構，如果你改變了機構的所有權，那麼你就可以改變事實的所有權，你可以改變信仰的結構，改變共識，這就是他們正在做的事，艾莉舒，事情其實很簡單，NAP正在試圖改變你我所謂的現實，他們想要攪混現實，就像把水弄渾濁一樣，如果你說一件事是另一件事，而且說了很多次，那麼它一定就會成了那件事，如果你說了一遍又一遍，人就會接受它是真的——當然，這是一個古老的觀點，並不新鮮，但你不是在書本中讀到，而是在自己的時代親眼目睹這種事發生。她看著他的眼神陷入某個遙遠的思緒，試圖窺探他的內心，那隻斑駁的手從褲子口袋掏出一條皺巴巴的手帕，擤了擤鼻子，又把手帕塞回去。當然，遲早現實會暴露出來，他說，你可以暫時抵抗現實，但現實總是在等待，耐心地、無聲地等待你付出代價，讓天平恢復平衡——班突然驚醒，四處張望。他哇哇大哭起來，艾莉舒推開椅子安撫他，抱起他，藏到胸前的圍巾下。她多麼渴望昔日的安慰，她想把孩子叫進來，讓他們圍在自己身邊，但有一種黑暗的感覺襲來，陰影的範圍不停擴大。她先吸了口氣，接著嘆了口氣，試著露出一絲微笑。我們剛剛訂好復活節的假期，我們預備住在愛妮他們家，然後四處遊覽一個星期，能去尼加拉瀑布的話就去，還有多倫多附近的一些地方，孩子應該會玩得很開心。賽門的眼神在她面前飄忽不定，她不確定他是否聽到她的話。他從桌子上抬起雙手盯著看，然後又放下，抬起頭來。他說，也許你應該考慮要不要就留在加拿大。她不自覺讓孩子離開了自己的身體，從椅子站起來，低頭看著他。爸，你這話是什麼意思？意思是，我已經老了，什麼也做不了，不過孩子還小，他們很容易適應，還有時間重新開始，他們很快就能學到當地的口音。天啊，爸，你知道你在說什麼嗎，你不覺得你反應過度，那我的事業、賴瑞的工作以及孩子的課業怎麼辦，還有茉麗的曲棍球，她們今年一定會贏得萊恩斯特女子青少年聯賽的冠軍，目前已經領先九分，馬克剛上高中，你連個杯子也洗不乾淨，誰來照顧你，塔夫特太太一星期才來一次，萬一你摔倒髖關節骨折怎麼辦，告訴我，怎麼辦？

冬雨淅淅瀝瀝，寒冷刺骨，日子在雨中度過，麻木而無感，彷彿掩蓋了時間的流逝，日日千篇一律，直到進入隆冬。一股奇怪而不安的氛圍籠罩了整個房子。這股氛圍隨著兩個登門的男人而來，在他們家中蔓延開來，現在感覺好像家庭中的某種團結已經開始瓦解。賴瑞工作到深夜，起床時既暴躁又孤僻，彷彿在某種安靜的野蠻狀態中移動，雙手緊張，身體也緊繃著，猶如承受某種巨大的扭轉壓力。有好幾天他都很晚才回家，艾莉舒拉開百葉窗向外張望，接著又放開葉片，生怕被人看見，她心裡想著，自己好像一個老處女，一個偷窺狂。當他進門時，她走到玄關等著他。賴瑞，你應該送茉麗去練球，我沒辦法，只好又取消了一個視訊會議，我才剛剛休完產假回去工作，你覺得這樣會給人什麼觀感？他站在門邊，一隻腳從靴子裡抽出一半，然後低下頭，就像一隻被打得落魄的狗，他搖搖頭，直視她的眼睛，她看到了他的變化。他低聲說話，聲音帶著憤怒。他們想分裂我們，艾莉舒，他們在工會內部散布謊言，你不會相信我今天聽到了什麼——她瞇起眼睛，他的聲音有些顫抖，目光又在地上搜尋。他說，聽我說，我現在懂你的意思了，對不起。他給她看一隻裝了預付卡的小手機，他說這是拋棄式手機。他們就算想監聽，也不可能知道號碼。她看著他，想像孩子們正在走廊聽他們竊竊私語。賴瑞，你的行為好像罪犯，聽我說，貝禮好像感冒了，他已經上樓了——賴瑞舉起手，打斷她。我怎麼能算是罪犯？是他們想要瓦解工會，任意逮捕我們組織成員，他們阻止不了這次遊行。他從她身邊走過，進了客廳，接著走進廚房，把門關上。她隔著玻璃看他，只見他把帆布包放在椅子上，走到水槽前洗手，隨後靠著水槽，向外望去。她想走向他，尋找那副軀體中的心靈，尋找那心靈中善良而自豪的人，那個堅定執著、道德高尚、永遠盡心盡力的人，然而，他內心的戰爭越演越烈，對抗著他們無法衡量的東西。她想著他最近多麼渴望獨處，曾經在一面牆上，她看過一句塗鴉寫著，到頭來，每個人都在尋求相同的孤獨。她打開門，把頭探進廚房。你想吃晚餐嗎？她問。不用，我不餓，中午很晚才吃，晚點再吃吧。茉麗戴著防毒面具走進房間。她正在消毒門把、水龍頭和馬桶沖水器，還用透明膠帶在男孩房外拉起警戒線，並拒絕上桌吃飯。艾莉舒向她解釋這種病毒幾乎無法阻止，但她根本聽不進去，堅持在腦海中想像病毒如何侵入宿主細胞，開始複製，在人體內部形成一個無聲的工廠，病毒無聲無息隨著呼吸潛行。第二天，茉麗和馬克都生病了，賴瑞也是，她很高興他們都待在家，就連賴瑞彷彿也恢復了以往的自己，笑著說她和嬰兒的免疫力真強，馬克走進門來，頭髮蓋住了眼睛，用衛生紙擤鼻涕時，賴瑞還出聲取笑他。你這個樣子，我在街上都認不出你，賴瑞說。除了爸爸以外，誰想喝咖啡？馬克說。他們坐在一起看電影，馬克端著飲料回來，她看著那個修長結實的身影，他即將滿十七歲，已經長得同他的父親一樣高。挪過去一點，馬克說，接著在她的身邊坐下，手臂搭在她的肩膀上，她想不起上一次大家像這樣在家是什麼時候，茉麗蜷縮在她的身邊，貝禮坐在懶骨頭上舀冰淇淋吃，賴瑞在電視機前，班睡在她的腿上。哦，拜託，馬克說，這個愛來愛去的爛片我們看了幾次了？我喜歡，貝禮說。我也喜歡，茉麗說，很溫馨，媽媽，你們是怎麼認識的？賴瑞笑了起來，馬克發出呻吟說，我們聽過多少次了啦？難道你不知道爸爸是浪漫大師，得拿著網子追好幾個月，才套住媽媽？亂講，艾莉舒一面說，一面笑著看向賴瑞。欸，前半段是真的，賴瑞說，我確實是個浪漫大師，但後半段說錯了，我當時用的是馬鈴薯麻布袋。班在她的大腿醒來，她看著班的臉蛋，想像他將來會變成什麼樣子，馬克和貝禮已經證明她的想像不準，蘋果樹也可能掉下橘子，班肯定會長成他自己。然而，她卻不由自主在這個孩子身上尋找賴瑞的影子，希望他能像他的父親一樣優秀，她知道，所有男孩長大後都會離開家，打著創造世界的幌子去毀滅世界，這是大自然的法則。

孩子突然驚醒，哭哭啼啼，彷彿對自己醒來感到震驚，她發現自己在睡夢中不停攀升，直到她的睡意在黑暗的房間中被澈底打破。她滑向賴瑞的方向，但他那側的床鋪是冰冷的。她從嬰兒床中抱起孩子，將他放在胸前，小嘴喘著氣猛吸，小手抓著她的肉。她對他伸出手指，他用微弱的力量緊緊握住，她知道他內心的恐懼，孩子緊緊地抓著，如同這是他唯一的依靠，彷彿除了母親之外，再沒有其他能將他與生命連結在一起的東西。黎明的鳥兒在寂靜中啼叫，她披上睡袍，抱著班下樓。黑暗中，賴瑞坐在桌子旁，筆記型電腦照亮他的臉龐。他沒有聽到她來了，所以她可以自在地凝視著他，那張憂傷而沉重的臉龐，全神貫注，眼睛眨也不眨。她伸手打開牆上的燈，他抬起頭，嘆了口氣，然後笑了笑，把孩子抱過去，讓他站在自己的腿上，讓小男孩承受自己的體重。他睡了一整晚嗎？他說，我沒聽見他醒來，你怎麼這麼早就起來了？我才要問你同樣的問題，賴瑞，你看起來好像根本沒睡過。賴瑞抱起孩子，鼻子對鼻子。看看你，小傢伙，先是讓我們驚喜，現在你馬上就要斷奶了。她抱著手臂站在咖啡機前，然後轉身盯著賴瑞，看得如此專注，以至於他的臉變得生疏起來，他缺乏睡眠的眼睛充血，頭髮凌亂，美麗諾羊毛衣外面罩了件破舊的斜紋外套，她拿自己和他相比，不可否認，他明顯老得更快，鬍子已經白了一半。這時，她驀然發現自己已經不記得他從前的模樣，細胞的更新既快又慢，你從一個身體開始，隨著時間流逝，逐漸變成另一個身體，他依然是同一個人，但不一樣了，唯獨眼睛不曾改變。她把班從他懷中抱過來，凝視著他。現在還來得及，她說。他看著她，皺起了眉頭。什麼還來得及？你跟政府之間玩的這個遊戲，現在還來得及收手。他沉默了片刻，嘆了口氣，把筆記型電腦蓋上，收進皮套，站了起來。拜託，艾莉舒，已經走到這一步，怎麼可能就這樣退出，這會讓我們的組織非常難堪，這會讓一大票一大票的教師退出我們，遊行絕對非進行不可。沒錯，賴瑞，但愛麗森．歐瑞利還沒有回來上班，你認為是為什麼？她丈夫說她得了流感。她得了流感，快三個星期了，但還沒好。對，我知道，的確有點奇怪，聽我說，我得早點到，先參加媒體記者會，然後——她別過身去，望著外頭潮溼陰暗的院子，一切彷彿懸浮在溼氣之中，樹木低垂著迎接寒意。無須轉身，她就能估計他與她的意志相互抗衡，雙方的意志無聲地對抗纏鬥，互相繞著圈子，隨後激烈扭打，最終皆會帶著累累的傷痕退開。賴瑞走向客廳，走到一半，突然停下來說，瑪麗．奧康納的母親昨晚去世了，我午夜前收到了消息，享年九十四歲，如果世上真有偉人，她無疑是最後一位。艾莉舒搖搖頭，把班放進搖椅裡。那女人年輕時候非常凶悍，葬禮什麼時候？星期六早上在三主教堂。她一步步走向賴瑞，希望這是另一個早晨，她把手放在他的手腕上，輕輕握住。賴瑞，愛麗森．歐瑞利並沒有生病，這你很清楚。艾莉舒，你沒辦法證明她沒有生病。賴瑞，GNSB不好惹，如果你打開了這扇門，你不可能知道門的另一邊是什麼。艾莉舒，聽我說，你需要放輕鬆，GNSB並不是像東德成立的祕密警察組織，他們只是施加一點壓力而已，給我們製造一些麻煩，騷擾我們，希望我們打退堂鼓，我們有一萬五千人之多，政府非常緊張，但是他們阻止不了一場民主遊行，你等著瞧吧。現在她靠得很近，看得到他眼睛的斑點，柔和的紅色和琥珀色，兩隻眼睛的顏色不一樣。告訴我，賴瑞，吉姆．賽克斯頓現在在哪裡？他眨了眨眼，皺著眉頭，轉過頭去。坦白講，艾莉舒——他搖搖頭，提起了公事包，走進客廳，但沒有走到大門口。她聽見他站著不動，接著長嘆一聲坐下來。在那一瞬間，她覺得自己受不了了，又一次看向窗外，只見樹木在鉛色天幕下閃閃爍爍，她心裡想著，黎明多麼短暫啊，清新的灰光灑在葉上，喜鵲嘎嘎叫的影子也映在樹上。她走進客廳時，手上感到一陣緊迫感，她看見賴瑞靜靜坐在扶手椅上，宛如正在凝視某個在他面前浮現的想法。他抬起眼，搖著頭說，也許你是對的，艾莉舒，現在還不是時候，這麼做太瘋狂了，我會打電話給他們，告訴他們我生病了。她感受到一絲勝利，朝他走去，低頭望著他。她想開口說話，但內心有什麼東西掙脫了束縛，像一隻調皮的喜鵲飛了起來，她站在他面前搖搖頭。不，她說，不，這件事必須要做，這已經不再只是你或我的事了，NAP似乎認為他們可以凌駕於法律之上，人人都知道，這項緊急立法只是爭奪權力的手段，如果做老師的都不肯站出來抵抗，還有誰會捍衛我們的憲法權利呢？她看著他坐在椅子上，彷彿每一根骨頭都在承受壓力，他像一個小男孩，手中卻握著成年人的思想。他冷不防站了起來，恢復往日堅定不移的神態。沒錯，老婆，今天實在不是適合遊行的好天氣，事後我會跟他們去喝一杯，但我不會喝酒，茉麗練完球我還得去接她。她靠在門上，看著他在玄關穿上他的綠色登山靴。他伸手拿起雨衣，想穿在外套外頭，但雨衣的袖子翻了出來，一時間他卡在門檻與那隻袖子纏鬥，她認為他仍然猶豫不決，他抬頭看著她的眼睛。去吧，她笑著說，去做你該做的事。

午餐後，她回到辦公室，心中懷著一個模糊的念頭。有個什麼被藏了起來，卻又在呼喚著，她的思緒在搜索時偶然發現了其他的東西，忘了幫班準備帶去托兒所的換洗衣物，換新護照的表格該寄出卻還沒寄。這時，她想起留在桌上的手機。她拿起手機，原以為會有幾通未接來電，卻一通也沒有。賴瑞不可能在遊行時打電話給她。她走向茶水間，羅希特·辛格的目光從螢幕上方攔截她，他正在講電話，但用眼神對她說話。什麼，她看不懂他的眼神，聳了聳肩，噘起下唇，裝出一個全世界都懂的無奈表情。這時，她聽到有人喊她的名字，轉身一看，艾莉絲·蒂利從辦公室走出來，表情猶豫。艾莉舒，你沒看新聞嗎？沒有，我剛吃完午餐回來。話音剛落，她就懂了艾莉絲的表情，轉身朝辦公室走回去，那一瞬間，她彷彿在水中踩水，腳步變得遲緩，步步艱難，進了門，看見眾人圍在艾莉絲的大螢幕旁，她不禁深吸了一口氣。她在新聞中看到一幅震撼的畫面，突然出現的馬群狂奔穿過街道，街道變成地獄般的景象，一片昏暗，濃煙四處蔓延。她看見警察手持警棍，把遊行者打得匍匐在地，逼到街道的角落，催淚瓦斯在緩慢流動的時間中瀰漫開來，在一遍遍重複的畫面中，瓦斯範圍之外的遊行者四散逃竄。他們瑟縮在門口，衣領拉到鼻子上，一位教師被便衣警察拖向一輛沒有標誌的汽車的場景，不停地在新聞畫面中重複播放。她感到徬徨無助，回過神來時，發現自己坐在辦公桌前，手機在耳邊響個不停，保羅．費爾斯納站在辦公室的百葉窗後往外看。她坐在螢幕前，腦海中想著賴瑞，但映入眼簾的卻是費爾斯納那緩慢審視的神情，映入眼簾的卻是三十分鐘前正在吃三明治的自己，而時間已經在推進了，時間已經從她身邊流逝了。她必須去找他，現在就去感受他，感受那模糊的罪惡感。她把安全通行證和隨身物品掃進袋子，外套只穿了一半，就衝出了辦公室，樓梯間迴蕩著她鞋跟的聲音，到了街上，她拿起手機貼在耳邊，賴瑞沒接電話，再打一次時，他的電話已經關機。這時，她抬起頭來，彷彿這一日已經來到了某個陌生的天空下，心裡有一種崩解的感覺，雨，緩緩地落在她的臉龐上。

2

艾莉舒抱著嬰兒往車子走去，督促孩子快點，內心也在默默催促著自己。她轉身看了一眼，茉麗一句話也不說，不情不願提著兩個購物袋，貝禮則還在玩手推車，她出聲叫他趕緊跟上。她把班的安全座椅卡好，班對她露出睡眼惺忪的笑容，茉麗把購物袋扔進後車廂，一上了前座就立刻戴上耳機。艾莉舒很想伸手摸摸她，說點什麼，貝禮張開雙臂跑過來，鑽進了後座，砰的一聲關上車門，隨即從兩個座椅之間探出身子，透過照後鏡觀察母親。媽，他說，爸爸什麼時候回來？她的一顆心已經沉至肚子底，卻仍然不停地往下墜。她尋找遲遲說不出口的話，發現自己迴避著兒子的目光，感覺茉麗也在注視著自己。她望著漸漸昏暗的街片刻，一群青少年從旁走過，打打鬧鬧，互相戲弄，她熟悉他們那種骨子裡的輕狂，彷彿看到未來的茉麗，又好像要失去她，或許，她早已不在了。她轉向貝禮，緩緩吸了一口氣，在鏡中尋找他的目光，然後定睛凝視。我說過了，寶貝，他必須去外地工作，一有空就會回來。她看著謊言從自己的口中滋生，無形的謊言起了作用，貝禮哼了一聲，靠回了座位，她知道，他把她說的都當成了事實。貝禮接著伸手拉扯茱麗的安全帶，想要將她困住，茱麗轉身，想打掉他的手，順便狠狠看了母親一眼。艾莉舒把目光移開，猜想沒人去冰棍球場接她回家時，茱麗一定就已經察覺了異樣，那一天，她打不通父母的電話，站在更衣室外面，看著隊友在暮色中一個接著一個離去，最後是鄧恩老師送她回家。她進門時氣得滿臉通紅，隨後陷入沉默，那一晚，她不得不告訴馬克和茱麗，工會的核心成員被捕了，我們目前面臨很多問題，他們很快會放人，記住，爸爸沒有做錯任何事，他只是受到政府的威脅，但你們兩個現在都要小心謹慎，出門時不能提起這件事，在學校，也不可以對任何人透露半句話。她看到茱麗一臉驚恐，懇求他們不要告訴貝禮，他還太小，無法理解。女兒的憤怒漸漸轉為沉默，回房鎖上門，艾莉舒站在外面，不敢敲門。馬克則以一種異樣的緘默接受了這個消息，只問了一個問題，他們為什麼不讓他找律師？她將車鑰匙插入，開始害怕接下來必須編織的謊言，害怕說出越來越多的謊言，她知道，即便只是對孩子撒一個謊，也是非常可惡的行為，因為謊言無法收回，而且一旦揭穿了，就會像某種死不肯認錯的毒花，不停地從嘴中生長出來。她穿過擁擠的車流，孩子在車上不說話，快到家時，放在茱麗腳邊袋子裡的手機響了。她叫茱麗把手機拿給她，茱麗沒反應後，她又要求了一次，接著卻冷不防開始對著茱麗尖叫，她把車開到路邊，先伸手去拿她的袋子，然後從茱麗的耳朵拉下耳機，女孩驚恐地看著母親。未接來電來自一個未知號碼，她盯著號碼，最後決定回撥。喂，你好，我是艾莉舒·史塔克，有人打電話找我嗎。我是凱洛·賽克斯頓，我有話跟你說。凱洛，我現在不方便說話，我正在開車，我晚上打給你好嗎？鏡中的貝禮悶悶不樂。媽，我為什麼不能打電話給他，你們是不是要離婚了？她把車停在車道上，打開車門，要下車時卻猶豫了，彷彿眼前的碎石路上裂了一道縫。一步接著一步，每一步都是預感，每一步都能預料到漫漫長夜的迫近。

麥可·紀文挨家挨戶拜訪，因為在電話裡討論事情並不安全，總是時時刻刻要懷疑他們在竊聽。她看著他駝著背走進廚房，態度幾乎顯得有些愧歉，他坐下來，發黃的雙手像在打毛線一樣，他拿出手機，取出電池放在桌子上。她把班放進搖椅，繼續端詳著麥可·紀文，他菸抽得不只咳嗽，連身體也受損了。麥可，你看起來很累，要不要我給你弄點吃的？他長手一揮，拒絕了她，不過她還是裝了一盤餅乾放到他的面前，他拿起一塊，拿在手裡轉了轉，但沒有吃。聽我說，艾莉舒，有傳言說他們要把他們移送到別的地方。她心不在焉地看著水嘩啦嘩啦流進水壺口，屏住呼吸，然後關掉水龍頭，放下水壺。把他們移送到哪裡？說是卡勒平原的拘留營，雖然只是一個傳言，但可以想像，這麼多人被捕，他們不可能全部都關在市區，在戰爭期間國家認為會對安全構成風險的人，都會被帶到卡勒平原那裡。你在說什麼，麥可，賴瑞現在是危險人物？她看著麥可·紀文舉起雙手，做出投降的姿勢。天啊，不，艾莉舒，我完全沒有這個意思，這是他們的說法，用的就是這幾個字。賴瑞是因為政治因素被關，麥可，我不想在這裡聽到這種話。麥可．紀文緊閉雙脣，睜大眼睛，像個驚訝的孩子，他對著水槽點頭。那個東西留在那裡不好吧，他說。她一轉頭，看到電熱水壺還在水槽中。我是不是像個笨蛋？她說。她把水壺擦乾，放回底座，再次看著麥可．紀文，尋找自己憤怒的源頭，覺得他好像獵物一般，一隻在餐桌前的黃色昆蟲。他們現在到處抓人，他說，你聽說記者菲利浦．布羅菲被抓走的事嗎，媽的，記者耶，NAP真是膽大包天，外媒都在報導，我們這裡卻一點消息也沒有，他們現在控制了新聞編輯室，不過社群媒體上到處都在討論這件事。她看著麥可．紀文說話，覺得他彷彿在椅子上輕輕搖晃，一種楊柳般的疲憊滲進他的身體，彷彿他置身於水下。丈夫和妻子，母親和父親，沉入了水底。兒子和女兒，姊妹和兄弟，一個接一個消失在深處，越陷越深。她感覺自己喘不過氣來，向上尋找空氣，接著往客廳移動，內心尋找著什麼，她拿起遙控器，轉到一個新聞頻道，調成了靜音。如今她感覺自己彷彿生活在另一個國度，某種混亂已經展開，正在召喚他們進入其中。她走回廚房，感受到內心的憤怒，手往空氣一捏，如同掐住了問題的咽喉。麥可，她說，你不能見他，這件事我無法理解，我自己查過法律和條約，這分明違反了國際法，所以，請你告訴我，為什麼他們可以為所欲為，為什麼沒有人出面制止？她的每個字都敲打著麥可．紀文的沉默，她在那張彷彿既悲傷又茫然不解的臉龐上探索，他像一隻被陌生指令難倒的狗，舉起雙手想要說話，但她再一次打斷他。麥可，照理國家是不能干涉個人的，不能像食人魔闖進你的住家，一把抓起這個家庭的父親，狼吞虎嚥吃下去，我要怎麼跟孩子解釋？怎麼解釋他們生活的國家已經變成了怪物？艾莉舒，這一切終究會過去，NAP遲早會妥協，現在整個歐洲都在憤怒——那麼，麥可，為什麼GNSB每天逮捕的人越來越多，說什麼國家進入緊急狀態，星期二那天，便衣到我們的辦公室，把一個年輕人從辦公桌前帶走，埃曼．道爾，他是一個統計學家，天底下最不可能惹麻煩的人，你知道他拿起外套的時候說了什麼嗎，他拜託誰能幫忙打電話給他的媽媽，再過兩星期就是耶誕節了。她坐下來，用力搖晃法式濾壓壺，倒出了咖啡。她的魂離開了身體，而身體一定會跟著魂，她又站在電視機前，假裝正在看新聞，其實是強忍著不讓自己哭出來。麥可．紀文正在談論科克和高威兩地的抗議活動被當場制止的傳聞，但她根本沒有在聽，她的心思全在樓上床上的孩子，還有馬克，他隨時會把鑰匙插進門鎖，推著腳踏車穿過屋內，走去後院，她對他一句話也說不出來。麥可．紀文身子前傾，朝著客廳說話，好讓她能夠聽見。他們現在做得太過分了，艾莉舒，雖然從新聞看不到，不過民眾不滿的情緒越來越高漲，NAP想把這個國家變成所謂的安全國家，以維護國家安全為由，不擇手段，還說會開始徵召國防軍，你能想像這種事情在我們國家發生嗎，街頭已經議論紛紛，民眾現在想要阻止這一切，這是我聽到的消息——她不自覺站到他的面前，嘴角抽搐。如果這個國家充滿了議論，那麼有誰在路過時傾聽了這些議論呢？她注視著他，直到他的嘴角露出一抹沮喪的表情，然後轉過身去。看看你們這些人，她說，工會低頭不說話，全國起碼有一半的人支持這種做法，把教師形容成壞人——在她的意識深處，有一個剛剛成形的東西開始說話，她感到很害怕，她清楚聽到了那個聲音，那個聲音在心中對著她自己述說。你一生都在沉睡，我們所有人都在沉睡，但大覺醒要開始了。那種夜夜縈繞揮之不去的感覺又湧上心頭，她想起賴瑞在門口猶豫不決的樣子，他穿上綠靴子，接著奮力套上雨衣。他知道他們要面對什麼，他給了你說不的權力，他坐在那把椅子上，把自己完全交給了你。夜晚如今最是漫長的，看著桌上那雙蠟黃的手，她很想說出這句話。躺在冰冷的床鋪，旁邊的枕頭上擱著賴瑞的睡衣，睡衣還留著賴瑞的氣味。她又轉向麥可·紀文，嘆了口氣坐下來，兩隻手不知道該怎麼擺放。再這樣下去，我工作都快沒了，她說。你告訴他們了嗎？他問。你也知道情況，公司裡有些黨派人士，正在往高階職位爬，現在凡事得小心，裡頭有個傢伙，好像可以隨心所欲。艾莉舒，你可以申請特休，這是很普遍的事。剛休了六個月的產假，我不能再請假了。沒錯，但現在是特殊情況，無論如何，如果你遇到困難，只要你開口，工會可以提供資金支持你。沒錯，麥可，但是工會還有留下誰來負責發放這筆錢嗎？他沉默了片刻，看著發黃的長手指，彷彿等待嘴巴想要抽菸。她發現自己的雙手在腿上不安地動來動去，於是又從椅子上站起來，低頭看著他，感受自己的力量正壓在他的身上。麥可，我希望我的丈夫回來。聽我說，艾莉舒，我們正在盡力——你沒聽懂我的意思，我是要你想辦法把他弄到法官面前，法官會讓他回到孩子身邊。艾莉舒，如果是其他時候，我們會向高等法院提出非法拘留的申訴，我們會把他弄出來，但是根據國家緊急狀態的法律，人身保護令已經被中止，國家甚至擁有特殊權力讓司法機構噤聲。你根本沒在聽我說，麥可，我要你聽我說，我希望你想辦法採取行動，我要我丈夫回來。聽我說，艾莉舒，你太不講道理了，這是史無前例的，全國上下都瀰漫著歇斯底里的氣氛，你不能隨便動動手指就指望國家聽你的命令——在她的腦海中，她的雙手朝他的喉嚨移動，抓住他的咽喉，扳開他的嘴，伸手進去，把怯懦的舌頭往外拉扯，抓住整根舌頭半晌，最後連根拔起。她看著他攤開在桌子上的雙手，沒有菸的手顯得溫順，半遮半掩，宛如在說他已經確實放棄了自己的權利。他抬起臉，她看到的是一雙徹夜未眠的眼睛，不禁對他生出一絲憐憫，從他的手勢，她明白這個男人曾經被訓練按照遊戲規則行事，如今遊戲規則變了，那麼現在這個男人又成了什麼呢？她內心頓時湧現一股憤怒。我要你去把他帶回來，她說，你不去，我就自己去把他帶回來，這是我一定要做的事，我寧可死，也不願看到他不在的事實整天暴露在孩子面前，無法掩飾。麥可．紀文起身平視著她，看了很久，似乎下定了決心。艾莉舒，你得聽我說，我本來不想告訴你，但現在恐怕不得不說了，GNSB直接告訴我們，如果我們繼續施壓，如果我們繼續申請人身保護令，我們也會被逮捕、被拘留。她張開了嘴，但沒有發出任何聲音，她已經被拋出身體，成了一個黑色的念頭，這個念頭在黑暗中不停加強，不停膨脹，最後吞噬了所有物質。當她意識到自己又回到自己的身體時，嘴中發出一聲低語。麥可．紀文離開桌子，走到水槽前洗手。據說暴風雨快來了，叫做貝拉風暴，接下來幾天可得抓緊帽子。她轉身面向他，感覺到一股想要放任自己墜入瘋狂的衝動，但終究只是朝著窗外望去。今早醒來時，櫻桃樹擋住了冰雹，但現在，這些樹木在無知的陰謀中，對著黑暗點頭致意。

她清醒地躺在賴瑞那一側的床，直到夜色籠罩。在身體的某個暗處，有一支為他燃燒的蠟燭，但當她尋找那盞燭光，想要照亮身體之外的世界時，她卻只遇上了黑暗。睡夢中，她聽到風的呼喚，如今風聲迴盪在屋內，彷彿前門敞開著。她走到窗前，向外望去，橙色雲朵連綿流動，俯瞰城市，彷彿對它心生嚮往。她在沒有開燈的屋子徘徊，感覺腳底越來越冰冷，自己猶似成了自己的過去的幽靈。她站在孩子的房間外，聽他們睡覺的呼吸，外面的風依舊呼嘯。還有什麼比睡夢中的孩子更天真無邪的呢？就讓孩子睡吧，等他回來，我們再繼續吧。她鑽入被窩，搓了搓腳，接著在狂亂的光線中醒來，聽到一陣嘶啞的風聲，溼潤的砂礫拍打著窗戶。她迷迷糊糊走到窗前，感覺房子在飛，隨風而轉。對面札亞克家的綠色垃圾桶倒在一邊，紙屑、罐頭和披薩盒散落在車道上，風捲起少許的雨，拋向光禿禿的柳樹。然後，她看到了，一隻孤獨的喜鵲被騙上了樹，她看了一會兒，觀察這隻鳥如何拍動翅膀，卻依然在樹枝隨風彎曲時牢牢抓住不放。這一刻，她明白了，必須堅持下去的不是她，而是賴瑞，他必須堅持下去，無論遭遇什麼，都要迎難而上，現在她感覺到了他的力量，領悟到這股力量的存在，她走進他的力量之中，將它緊緊擁抱在自己的身上。

早晨到來時，她站在前門呼喚貝禮下樓。快八點二十了，她說，茉麗上學要遲到了，你也一樣——馬克把腳踏車推到街上，停下來望著天空。她順著他的目光看過去，在渾濁的空氣中感覺到平靜，看著他騎上腳踏車，輕盈離去，沒有一句再見。等一下，她說。他轉過身來看著她，她細細看著他的臉，栗色捲髮底下，單眉微微上挑。她不知道自己想說什麼，她其實什麼也不想說，她只是想看著他。頭髮太長了，她說，希望你會回家吃晚餐，你現在很少在家。馬克翻了個白眼，笑著說，我也愛你啦，媽，轉身踩著踏板騎向街道。她不自覺越過街道，把札亞克家的綠色垃圾桶翻正，然後觀察房子，照理應該亮著燈，開著前門，安娜·札亞克應該正在催促孩子坐上日產車，但百葉窗拉下來，雖然門外停著車，屋內看起來並沒有人。她看到茉麗走出門。你弟弟呢？她問，上學要遲到了，我問你，札亞克家已經回去過耶誕節了嗎？茉麗聳聳肩，我怎麼會知道，貝禮應該還在房間吧，他沒有下樓吃早餐。艾莉舒把嬰兒安全座椅固定在車上，交代茉麗在一旁看著班。她走進屋子裡，站在玄關呼喚貝禮，一個轉身，在鏡中看到了真實的自己，蒼白憔悴的臉龐襯著凹陷的眼窩，那雙眼睛既像在發問，又好似在嘲弄，魔鏡啊魔鏡。那一刻，她看到過去的種種在鏡子坦然的凝視中映現，宛如鏡子能夠記錄它所見的一切，她看見自己在鏡子前夢遊，多年來無意識地來來回回，看到自己帶著孩子上車，孩子以各個年齡出現在面前，馬克又丟了一隻鞋，茉麗不肯穿外套，賴瑞問他們書包帶了沒，她發現幸福是如何藏於單調的生活，存於日常的奔波，彷彿幸福是不該被看見的東西，幸福是一個聽不見的音符，直到它從過去響起才能夠聽見，她看見自己無數的倒影，攬鏡自照的虛榮滿足，賴瑞則在車上不耐地等候，他站在玄關脫下雨衣，一邊喊著拖鞋在哪裡，一邊脫下他的綠靴。她出聲呼喚貝禮，隨後上了樓，發現他鎖著房門。她搖晃門把，又舉起拳頭敲門。你什麼時候有這個房間的鑰匙了？立刻開門，你上學要遲到了。鑰匙在鎖中轉動，她推開門，看到兒子在拉上窗簾的黑暗中爬上床。她從鎖裡抽出鑰匙，放進口袋，走到床前，掀開羽絨被，雙手叉腰站在他的身邊。好了，先生，給你兩分鐘時間，換好衣服上車。就在這個時候，她聞到了床的味道，貝禮雙腿縮向肚子，她看到睡褲溼了。她沉默下來，走到窗邊，猛然拉開窗簾，汙濁的光線揭露了房間的真實面貌。她彎腰拾起地上的衣服，說話時不看他。快脫下衣服洗澡去，大家都在等你。貝禮朝房門走去，她開始從床上剝下床單，心裡頭問著自己，打從賴瑞不在以後，這件事發生了多少次，他以前從不尿床。她轉身見到貝禮還站在門邊，一臉凶狠，對她喊道，是你把他趕走的，對不對？一定是，你這個可惡的老女人。她發現自己張皇失措，嘴角顫抖，把溼透的床單塞成一捆，幻想自己狂奔下樓。她要像刺破膿瘡一樣刺破他眼中的邪惡，她要鎖上前門，駕車離去，拋下他在房間裡獨自著急。她一動不動，聽到自己說出了那番話時，不禁垂下目光，凝視著自己的腳，她終於道出了他父親的真相，解釋了非法逮捕和拘留的經過，以及為了讓他接受司法審判所做的種種努力，也說出了耶誕節前不會有任何結果的事實。男孩皺著眉頭，一副難以置信的模樣，見到他眼神迷惘、嘴角下垂，她的心越來越痛。她彷彿看到秩序瓦解，世界陷入一片黑暗而陌生的大海。她把他摟到懷中，低聲安撫，想要重建對兒子而言已在腳下破碎的法律秩序舊世界，對一個孩子來說，如果父親無聲無息地消失了，世界還有什麼意義呢？世界陷入混沌，腳下大地飛向空中，陽光往頭頂投下了陰影。茉麗倚在門邊。她說，我們還在外面的車裡等著，我們得去上學了。貝禮直起身子，從她身邊擠進了浴室。

九點多時，她聽到輕輕的敲門聲。從百葉窗往外看，她看到一輛小車停在屋前，屋簷下的耶誕燈閃爍，窗戶內的電蠟燭搖曳著微光，但札亞克家卻是一團漆黑。馬克和莎曼珊手牽著手癱在沙發上，心思全在螢幕上，幾乎沒抬起頭，凱洛·賽克斯頓帶著一絲勉強的微笑走過，隨著艾莉舒走進廚房，她穿著平底鞋，卻仍然顯得過於高大。艾莉舒偷偷又瞄了一眼時鐘，貝禮和茉麗剛剛上樓睡覺，凱洛一走，她就會對莎曼珊點頭，暗示她可以回家了。凱洛把手伸進提袋，拿出了三個餅乾罐。漫漫長夜映在她的眼中，她的聲音沉重。對不起這樣打擾你，艾莉舒，但我需要見你。她的眼神在廚房來回搜尋，檢視著流理臺，這是她頭一次來，艾莉舒彷彿也是頭一次真正看見自己的廚房，水槽杯盤狼藉，半滿的洗碗機敞著門，籃子堆著待洗的髒衣物，如果凱洛先打個電話，她就有時間收拾一下。艾莉舒，你的耶誕樹真漂亮，真希望我也有一棵那樣的耶誕樹，我今年沒有布置耶誕樹，感覺……我也不知道，就是感覺——她想再說什麼，但最後只是揮了揮手。總之，我跟你說，昨晚我突然想吃蘇打麵包，我其實也不確定自己喜不喜歡蘇打麵包，你知道的，傳統的那種，但忽然就很想吃，第一個麵包烤出來還算可以，但第二個就完全不行了，而且你知道嗎，我買了好多好多的蛋，一旦起了烘焙的念頭，就很難停下來，就算其實不太會做，自從學校的家政課後，我就沒再烘焙糕點了，不過昨天晚上我真的很想烤點東西，所以還做了燕麥餅，天啊，剛出爐的味道真的好香，還有一些水果司康，然後我又做了水果蛋糕，是從我媽媽的烹飪書中找到的老食譜，然後我想到去年的耶誕節，艾莉舒，我沒有買耶誕蛋糕，我太忙了，你知道的，結果吉姆說他想吃耶誕蛋糕，所以昨晚我也做了一個，不過當我完成後，想到我本來只是想要一些麵包，最後卻烤了這麼多東西，就覺得很好笑，而我自己一點胃口也沒有，你有好幾張嘴要餵，所以，喏，我帶了一些來給你，也帶了一個耶誕蛋糕，還有一些司康和脆皮奶酥蛋糕——糕點的香氣把馬克引到玻璃門前，他用鼻子嗅著，用眼神詢問他是否可以進來。艾莉舒搖搖頭，但凱洛招手要他進來，看著他拿起一個盤子開始裝蛋糕。拿一點給你的女朋友，你長好高了，她說，肩膀也跟你爸爸一樣寬了——馬克喃喃道了聲謝，走出門口，隨手把蛋糕塞進嘴裡，她的臉上似乎突然蒙上一層陰影。凱洛轉過身來，向艾莉舒張開雙手。對不起，她說，我剛才沒多想。艾莉舒看著這個女人的不自在，一時感到一絲快意，因為她注意到她的頭髮沒有梳理，髮根長出了一寸的白髮，她還記得幾年前的一次聚會上，她蹬著高跟鞋，比男人還高，性感的嘴角帶著嘲弄和笑意，手悄悄搭在賴瑞的手腕上，和他說話時，還刻意停留在那裡，她總是那麼難以討人喜歡。不久，她就會開車返家，返回一個沒有孩子、寂靜無聲的家。艾莉舒伸手握住凱洛的手。沒關係，她說，他不是在生你的氣，他是生我的氣，生這個世界的氣，我另一個兒子連看都不肯看我一眼，我很想跟馬克討論發生的事，不過他只會用沉默回應我，這讓我覺得不安，你看，他其實很清楚，他完全明白這個國家正在發生什麼事，他想讀醫學系，我相信他會成為一個好醫生。她替凱洛倒杯茶，任由她說話，不去注意時間，她察覺這個女人的話語在沉默中埋藏得太久了，現在正透過言語理解自己，話語從嘴中流出，思緒隨著話語而來，彷彿產生了某種領悟。她一邊聆聽，一邊想著自己想說卻說不出口的話，她也曾經試圖躲避親友，告訴自己必須全心投入工作，她尋找能夠填補內心空虛的時光，想在孩子身上忘掉自己，但孩子卻又讓她想起了他們的父親。凱洛喝了一大口茶，然後凝視著空氣。吉姆被捕後，我不知道有多少人變得沉默，我自己好像莫名其妙也有罪，這是他們對我們施加的邪惡，為什麼我們還要被迫感到內疚呢？艾莉舒發現自己正看著時鐘，於是站起來搖搖頭。現在不是說話的時候，她說，現在是保持沉默的時候，每個人都變得害怕，我們的丈夫從我們的身邊被帶走，被置於這種沉默中，夜裡有時我聽到這種沉默像死亡一樣響亮，但這不是死亡，而是任意逮捕、任意拘留，你必須一遍又一遍地告訴自己。她發現自己站在那裡，手上無事可做，於是走向水槽開始整理耙來。我們全家計畫在復活節出門度假，她說，我仍然相信我們會去。她轉過身，看到凱洛坐在椅子上，身體前傾，隔著玻璃上自己的倒影，看著外面的院子，眼神狂烈，彷彿在黑暗中尋找著什麼預兆。艾莉舒，外面那是什麼，樹上白色的東西是什麼？是絲帶，凱洛，是白色絲帶，自從她爸爸走了以後，每個星期茱麗都會搬椅子出去，在樹上綁一條絲帶。她們看著在樹枝下搖曳的絲帶，沉默了半晌。艾莉舒，我有一種感覺，遲早我會親自解決這件事。艾莉舒從窗戶轉過身來，研究那張像面具般靜止的臉。什麼意思？凱洛沒有說話，然後搖搖頭，宛如從某種幻想中掙脫出來，她將桌上的碎屑掃進手裡，站起身來丟進垃圾桶。艾莉舒，醫生給了我安眠藥，但我怎麼睡得著呢？他走了以後，我沒有一個晚上睡得安穩，前幾天晚上，我在閣樓的箱子找到了我的婚紗，我把它拿下來，你相信嗎，這麼多年過去了，我還穿得下。

她在午休前四十分鐘提前離開了辦公室，裹得緊緊的，踏著輕快的步履，迎向刺骨的微風，冬日光線迷濛，空氣中彷彿透著要下雪的氣息。一個單車快遞員在車流中遇到紅燈，緩緩減速，腳不著地保持平衡，她看著這一瞬間，感覺整座城市靜止了，時間也停滯了，只有一道陰影讓街道變得朦朧，然後單車騎士醒來，俯身朝綠燈前進。她轉彎走到納索街，感覺鞋子開始磨腳了，就在這時，她抬頭一看，羅瑞・歐康納正牽著一個小孩的手走來。她預備過馬路，他卻喊了她的名字，她轉身佯裝驚訝。艾莉舒，你頭髮又留長了，我差點認不出你。羅瑞，她看著羅瑞一手提著耶誕購物袋，一手牽著小男孩，問道，是你兒子嗎？我不知道你有孩子了。她低頭對小男孩微微一笑，在胖嘟嘟的稚嫩臉龐上看到他父親的影子，男孩頭上纏繞著與她記憶中多年前的羅瑞一樣的紅髮，如今，羅瑞的頭髮稀疏了，紅色也早已褪去，只剩下銅色和灰色，他看起來就像任何一個普通的中年男人。我們兩個難得都休息一天，對不對，芬丹，你氣色不錯，艾莉舒，我們多久沒見啦。芬丹，她慢慢地說，心想這個名字是否與這張臉相配。羅瑞，我們多久沒見了，應該有十年以上了吧？他立刻談起過去的時光，她看著他的臉，用眼神催促他，一輛公車駛離，噴出了熱騰騰的柴油煙霧，羅瑞退後一步，圍巾隨風飄動，露出了夾克翻領上的政黨徽章。她也退後了一步，嚥下一口口水，閉上眼睛，羅瑞露齒一笑。賴瑞好不好？我猜還是老樣子吧？她無法將目光從政黨徽章上移開，只好看向馬路對面，然後偷偷瞄了一眼手錶。噢，賴瑞很好，她說，忙得不可開交，一刻也不得閒，你知道吧，他已經不在聖殿山教書了，現在全職在……聽著，很高興見到你，但我得走了，也很高興認識你，芬丹小弟弟，我正在趕時間，我得去辦護照，我們復活節要帶孩子去加拿大——她快步走到一輛運輸貨車前，衝向遠處的人行道，感覺鞋子擠壓著腳，想像著羅瑞眼中的自己，她不停地小跑步，姿態笨拙，彷彿要證明自己非常匆忙。當她拐進基爾代爾街時，腦海中浮現過去所認識的羅瑞·歐康納，那個經常面紅耳赤的年輕小子，與賴瑞稱兄道弟，她感覺到一種莫名的雙重時間感，彷彿她的生活正沿著兩條平行的軌道重複展開。

她走進莫爾斯沃思街的護照辦公室時，暖氣的熱風撲面吹來，她抽了一張號碼牌，站在耶誕樹旁解開圍巾，等著空位。有許多事情要處理，她一一在筆記本上記下，接著看到一個頭部像蛋形的肥胖男子搖搖晃晃走向第十三號窗口，就坐到他的座位上，隨後又看到男子眨著小眼睛，拿著一張表格走回來。她必須記住這件事，因為日後當她告訴賴瑞她遇到了羅瑞·歐康納時，坐在桌子對面的賴瑞一定會露出厭惡的表情，說他一直是個沒用的傢伙。她必須打通電話回辦公室，說自己會晚一點回去。當她的號碼出現在螢幕上時，已經三點四分了，她面對的是一位幾乎沒有表情的女人。我昨天收到了這封信，艾莉舒說，一定是哪裡搞錯了。一隻手示意要看信件，然後手指開始打字。可以給我你的身分證件嗎?艾莉舒把駕照從螢幕下方推過去，女人接過駕照，將椅子往後推，轉身就走開了。艾莉舒咬著嘴脣內側，自言自語，練習女人回來時要說的話，但她抬起頭，看到的卻是一個男人走過來。他俐落地坐到椅子上，無神的眼睛看著她。好，他說，艾莉舒．史塔克女士，這個現在你可以拿回去了。他把她的駕照塞到玻璃下面，繼續大大方方看著她，逼得她不得不把目光移開。所以，史塔克女士，你打算出國，對嗎？對，我們要去度假。你要去度假。對，我們打算復活節時到加拿大探望我的妹妹，機票已經訂好了。機票已經訂好了。沒錯，我剛才就是這個意思，抱歉，但我不明白這對你們有什麼差別，我只是要替我的大兒子換護照，幫我的寶寶申請護照。她隱約聞到窗口另一側飄來了薄荷菸味。辦理手續已經變了，史塔克女士，現在必須通過安全和背景調查才能申請。她發現自己是如此專注地注視著那張臉，以至於感受到一種與自身截然不同的存在，她感覺到自己的微笑從臉上脫落，順著下巴滑下，最後掉在地上。她期期艾艾，然後清了清喉嚨。對不起，她說，我不明白你在說什麼，這件事我從來沒聽說過，我只是照以前的方式申請護照而已。沒錯，但你沒有完成第一個步驟，史塔克女士，現在你必須先通過司法部的全面安全和背景調查才能申請，這是今年頒布的緊急權力法所規定的。她看著男人伸手拿東西，便向玻璃窗靠過去。你的意思是，我需要做安全和背景調查，才能替我的小寶寶和十幾歲的兒子辦理護照？官員勉強一笑。沒錯。我平日會關注新聞，她說，完全沒有聽過相關報導，我想跟你的主管談談。男人把一張表格從窗口下方推過來。史塔克女士，我就是這裡的主管，我叫德莫特．康諾利，是從司法部借調過來的，這是你需要的表格，F一〇七，你只需要填寫這張表格，接著申請面試，最多只要幾個星期時間，還有我可以幫忙的地方嗎？她發現自己正凝視著一張毫無變化的面孔，只有單一的表情，空洞的眼神，還有那張嘴和它說出的話，雖然那張嘴並沒有開口——史塔克女士，你的丈夫被拘留了，你被認為有安全風險。就在這時，她突然感到身後有一隻野獸闖了進來，在屋內踱來踱去，她拿起表格，慢慢摺好，收進袋子裡，她看著這個主管離開椅子，聽到野獸無聲的腳步，感覺到野獸朝她的脖子呼出的惡臭氣息，她不敢回頭。那些默不作聲坐著滑手機的臉孔。

耶誕節那天，她帶著孩子到海邊散步，天空如灰漿般陰沉，海水也是一片灰濛濛，東風吹得公牛島寒冷刺骨，卻也讓腦子可以冷靜下來思考。班背在她的胸前，幾個大的四散開來，她感覺到他們心中的憤怒，從他們走路的姿態就能讀懂他們的心思，茉麗獨自一人，小心翼翼邁著腳步，彷彿在探尋身體裡的什麼東西，馬克雙手插在外套口袋，警覺地移動，隨後抓起一條海草，嗖的一聲甩到貝禮身後，拍打他的屁股。她在沙灘上觀察其他的家庭，孤零零的腳印留在沙灘上，她也從路人的臉龐尋找自己的感受，凝望沙灘上的光影時，思索著這段充滿光的時刻，日子是如何一天天流逝，聚集了光，又釋放了光，光融入了夜，那些逝去的，那些看似逝去的，我們伸手都無法觸及，也無法帶走，這是一場時間的夢。然而，這樣的日子卻讓雪花蓮綻放了。在停車場，她看見一株孤寂的野生花朵，將空氣染上了潔白，她俯身仔細觀察，瞬間想起賴瑞所錯過的一切。她想告訴他，她一轉過身，就看到班自己坐了起來，還有一天，他雙手充滿力量，自己就這麼站了起來。貝禮的眉毛越來越濃，身高也快速抽長，幾乎和他姊姊一樣高了。已經記不清沒有賴瑞的日子過去了多少，她發現自己什麼也沒做，什麼也做不了，但你什麼也做不了，一個微小的聲音說，她討厭這個聲音，你認為你能改變什麼呢？麥可．紀文不再回她的電話。她寫信給政府部門，寫信給GNSB的負責人，寫信給人權機構，但她知道，自己的聲音依然沉默無聲。很快，雪花蓮將消失在大地之中，其他的花朵會接連綻放。她開車準備返回城市，這裡的房子面向大海，她觀察每一輛經過的車，透過那看似流動的玻璃尋找其中的面孔。這些無名之人創造了當下的時刻，然而她看到的卻是與自己相仿的面孔，當城市將夜晚無休止的呼吸吹入了白晝，那些面孔在這座城市中依然如常地行進著。

她拿著鑰匙走向父親的門廊，卻在門口聽到了一聲低沉的咆哮。她停下腳步，站在原地不知所措，接著門後的低吼陡然轉為高亢的吠叫。她轉頭看向車子，彷彿想要尋求協助，卻看到茉麗正專注看著手機。有什麼在腦海中浮現，催促她想起來，她不確定是什麼，可能跟馬克有關，她走向門口，汪汪的叫聲依然持續，她用力敲打窗戶，這時聽到賽門的聲音傳來，等等，等等，他大聲喊著，叫狗安靜。他打開門時，抓著一隻胖乎乎的黑狗的項圈，她猜是一頭虎斑拳師犬，賽門戴著園藝手套，頭髮溼漉漉的，顯然早些時候淋到了雨。什麼事？他皺著眉問道，你有什麼事？她回答說，什麼事？推開他走進玄關，盯著那隻狗。所以我現在來探望自己的爸爸都要被攻擊了嗎，你帶這隻狗做什麼？她彎腰拾起地上的信件，玄關瀰漫夾著溼氣的狗臭，她轉過身，看到父親眼中流露出茫然呆滯的神情。爸，我說過要來看你，我們要帶你去買東西，我們上個星期就說好了。轉眼間，他把信件從她手中接過來，看起來恢復了正常。怎麼沒去上班？他問。爸，今天是星期六，狗是誰的？賽門輕輕一踢，把拳師犬趕進了廚房，狗轉過身來，舔了舔黑嘴唇，站在門邊，用饑餓的眼神看著她。我以為你是別人，他說，那天我在門口遇到了一些麻煩。麻煩，她說，什麼樣的麻煩？很難說得清楚，有三個男的來敲門，我不喜歡他們的樣子，他們說他們是黨的人，但看起來像流氓，他們說這裡的選民登記冊上沒有我的名字，問我願不願意登記——什麼黨，爸，你是說NAP嗎，這些人是誰？我叫他們不要再來，但過了幾天他們又來敲門，還敲窗戶，他們離開以前，我聽到其中一個在笑。她看著狗的黑鼻子，狗一邊看著她，一邊威嚇地嘀咕著什麼。爸，你為什麼不告訴我？他說，我告訴了史賓賽啊，他對著狗點點頭，狗打了兩個噴嚏，趴到爪子上。史賓賽，她搖著頭說，這已經是一條成犬了，你是從誰那裡抱來的，告訴我，你一個人哪有辦法照顧牠？賽門從衣架上取下外套。它們很快就會占據整個花園，他說。她轉過身，從門口看著他。什麼占據？攀緣玫瑰，我自己修剪，因為沒有人肯幫忙。走吧，她說，我們時間不多了，馬上要下雨了，你怎麼不找馬克來幫忙呢，他去年夏天來過，幫你做了很多事。不用麻煩了，他說，我自己會做。

當她開過停車場時，柏油路忽然一暗，隨即大雨傾盆而下，冒雨的行人縮著身子匆匆而過，撐傘的人則不疾不徐。她放慢車速，打燈預備停車，這時看到一位落髮嚴重的女人駝著背站在雨中，把東西放進後車廂，然後拉緊大衣的翻領，坐上車子。艾莉舒派茉麗去弄一輛手推車，貝禮默不作聲拉起防風大衣的帽子，也跟著下車。茉麗夾著手肘小跑步，貝禮甩著腳跟，跑在姊姊後面。我請了一個新律師，艾莉舒說，史恩·華勒斯介紹的，叫安妮·德夫林，她好像專門處理這類的案子，你知道的，不是只有我們，她真的很忙。賽門的手指開始敲打儀表板。她遞交請願書了嗎？他問。她都約在外面見面，艾莉舒說，我必須把手機留在車裡，她動作很快，下一步就是送請願書。她會撈你一筆錢，但結果和工會那個騙子沒什麼兩樣。爸，她是義務幫忙我們，她說政府已經控制司法機構，把自己的人安插進去，這就是問題的關鍵，只要把自己的人安排進去，你就可以想做什麼就做什麼。雨聲越來越大，如同雷鳴一般，他們都望著柏油地上騰湧的雨水。她看到茉麗與貝禮正在爭奪手推車的控制權，茉麗推開她的弟弟，弟弟絕望地舉起雙臂，氣沖沖朝車子的方向走來。今天早上，我叫茉麗起床，她死都不肯起來，艾莉舒說，她已經連續兩個星期六不肯去練球，她是他們最好的球員，但如果繼續這樣下去，就不會再是了。她抬頭看著天空，確定雨會停下來，車內在一瞬間安靜下來。她伸手去開門，賽門卻抓住她的手腕，眼中流露出驚慌的目光。他們會投票支持他們，艾莉舒，這對我們這樣的國家來說真的是一件難以置信的事——她心平氣和地看著他，告訴自己，這不是真的，他的臉龐屈服於地心引力，眼瞼的肌肉失去了控制，眼睛繼續凹陷，皮膚像雪崩般沿著骨頭塌落，拉扯著內心混亂的思緒。她嘆了口氣，搖搖頭。爸，他們兩年前就上臺了。賽門皺起眉頭，看向窗外，接著搖搖頭。對，對，我當然知道，我是說——她看著他把手移到車門上。爸爸，等一下，我後車廂有傘。賽門已經走出車門，身上穿著粗花呢，腳上是園藝鞋和一雙不成對的襪子，他繞過車頭，揮著拳頭穿過雨幕，看起來既不冷也不溼，甚至不再顯得衰老，她在他的身上再次看到曾經支配他們所有人的那股神采。

她在超市的走道隨意地走著，看著父親腳上的園藝鞋，鞋跟沾了泥土和乾草，父親走在她的前頭，手中握著一罐桃子罐頭，班坐在手推車的座位上啃吊環。她停在鮮魚櫃臺前時，茉麗匆匆走過來，滿臉通紅，用警告的眼神提醒母親。媽，她小聲說，你來一下。什麼事？我說了，來一下，好嗎。她跟在茉麗後面，心裡想起了貝禮，不管他現在正在做什麼，昨天他把番茄醬噴到茉麗的頭髮上，隨後就氣沖沖地離開房間。茉麗拉了拉母親的袖子，停下腳步，朝著走道的方向點頭。別讓他發現你在注意。別讓誰發現，你是說貝禮？不對，是他，就是他，對吧？她順著茉麗指向前方的手指看過去，目光越過一位低聲對著清單說話的老太太，越過洗衣精和衛生紙，落在一個穿著牛仔褲的豐滿女人身上，她的身旁站著一位男士，正悠閒地推著手推車。她知道茉麗認為這個人是誰，但不是他，個頭太矮，穿的衣服也不對，一件都柏林足球隊的球衣，罩著一件登山雨衣，她看向他的腳，看到了廉價的跑步鞋。他只是一個無事可做的男人，漫不經心跟在妻子後面，她想問茉麗，她是怎麼看到那個不是這個人的男人，一定是那天晚上他們站在門口時，她從前面窗戶看到了他。這時，男人轉過身來，她知道肯定沒錯，就是他，偵緝警督，她移開目光，覺得口乾舌燥，隨後又看向那張臉，心中想著他的另一張臉，站在門口的那張警官臉，他看起來簡直完全是另一個人。她不自覺地朝他走去，也不知道自己想做什麼，她要和他說話，沒錯，又不會少一塊肉，他不過是個普通人，她要當著他的妻子面前要求跟他私下講幾句話。警督轉頭看過來，發現了她的目光，在那一刻，他困惑地看著她，隨後笑了起來，那個笑容是你在街上巧遇認識的人打招呼的笑容，一個丈夫，一個父親，一個鄰里志工，但是，微笑背後躲藏著國家的影子。她猝然轉過身，快速拿起一瓶漂白水，假裝看了一下標籤，然後穿過走道，一邊擦拭自己身體，一邊走回去。

她的工作進度落後，在孩子面前顯得心不在焉。她告訴上司自己約了客戶，然後開車穿過城市，尋找伯德路，把車停在離偵緝警督家兩幢房子遠的地方，輕易就找到他的住所。她看了一眼儀錶盤上的鐘，發現自己已經在這裡待了近十分鐘，必須趕緊回去工作。她捏緊雙手，再一次確認車道是空的，這種感覺就像凝望著一個夢境，就像她停在巨壑的邊緣，害怕低頭往下看。她對著鏡子化妝梳頭髮。她凝望著此刻街道上的光線，從緩慢的脈動到豁然的清晰，接著又逐漸黯然，她思索其中隱藏的意義，領悟到一件事，柔和綻放的光芒揭露的是日常的種種，中間的核心充滿著平凡事物，常青樹和杜鵑花，嬰兒車專用道，成長的雙腳踩出的水泥印痕，上學的隊伍，無休止繞行的越野車，佝僂跟著狗兒並停下來說話的老人家，電線杆上俯瞰的烏鴉，一年一度的盛大遊行，引領他們在旗幟飄揚的樹葉下，走向那輝煌的夏天。過馬路時，她沒有在自己的身體中移動，而是彷彿從屋子的窗口看著自己，想著自己向前走，接著開始逐漸意識到自己的身體，測量著身體在空氣中的存在，感受到那隻敲門的手。迎接她的女人的臉，不是在超市記住的那張臉，老了，素樸，不施脂粉。可不可以跟你說句話，史坦普太太，是私事，不會占用你太多時間。石灰牆和她面前那張坦然的臉龐疊成一道道的皺褶。是肖恩嗎？她說，那孩子又做了什麼？進了廚房，她發現這是一個為雨天準備的舒適空間，收音機播放著聊天的背景聲音，爐灶旁放著一顆羽毛球，周圍散落著一圈煤灰。她拉了把椅子坐到桌邊，直到話說完才願意呼吸。她朝屋後的院子看了半晌，成熟的蘋果樹上掛著餵鳥器，一隻金翅雀飛著，須臾又不見了。談到丈夫時，她低頭看著自己的手，手指交織纏繞，宛如要擰出痛苦，把那份痛放在桌子當成禮物。她看著史坦普太太的面容在她眼前飄過，五官彷彿是一幅光線湊合的拼圖，她原以為明亮的眼睛變得黯然，女人的手變得越來越大。她看到那張傾聽的臉沉了下去，嘴脣突然抿緊。史坦普太太從椅子上站起來，走到流理臺前，打開一盒香菸。你不介意吧？她說。艾莉舒搖搖頭，女人點上一支菸，走到後門，長長吸了一口，對著外面呼了一口菸，然後轉過身來，上下打量椅子上的艾莉舒。你說你叫什麼名字？艾莉舒看著寬闊的肩膀，但沒有說出她的名字。拜託，她說，我只是想請你說句話，換做是你，肯定也會這麼做的。女人皺起眉頭開始搖頭，使勁地吸著菸。老實講，她說，這真的太荒唐了，你對我說話的口氣，好像我丈夫做了什麼錯事，他是愛爾蘭的偵緝警督，而我們現在正處於這樣的時刻。我只是想以一個妻子、一個母親的身分和你說話——如果你什麼都不說會更好。她們的目光相遇，怨懟在開放的交流中傳遞，艾莉舒聽到自己在說話，話從嘴裡說出來，說完後，她吃驚地低下頭看著這些話。所以我要保持沉默，像這個國家的其他傻瓜一樣低下頭乖乖聽話？一輛垃圾車在街上呼嘯而過，艾莉舒把目光移開，對著院子點點頭。這些蘋果樹看起來不錯，產量高嗎？史坦普太太轉身，思考的魔咒被打破了，她凝視著樹木，卻彷彿什麼也沒看見，手往空中一揮。它們在這幾年自己就長起來了，這個品種叫 Kerry Pippin，約翰從家庭農場帶回來的。史坦普太太，我丈夫只是一個普通人，一個父親，一個教師，一個工會會員，他應該在家陪孩子。史坦普太太覷起眼睛打量她，然後潤了潤嘴脣，對著窗戶嘀咕了幾句。對不起，艾莉舒說，我沒聽清楚。史坦普太太轉過身來，冷笑一聲。敗類，她說，你們就是敗類，你們，還有你們的工會成員，跑來我家侮辱我的丈夫，他為這個國家奉獻了二十五年，他是拿過勛章的，讓我告訴你們吧，不管你說自己是誰，你的丈夫之所以落得如此下場，就是因為他煽動群眾，在國家面臨巨大威脅的時刻，煽動群眾反對國家，你們這些人根本不知道外面的世界發生了什麼事，我們將要面臨什麼事，最後你們會看到我們全都被摧毀，這應該是我們國家團結的時刻，但全國上下卻起了內亂，我們必須壓制你們這樣的人，現在，馬上從我家滾出去。艾莉舒在女人的臉上看到這群人的優越感，她不知不覺站了起來，希望能給自己的雙手行動的許可。她可以想像女人和她丈夫交談的情景，男人忙著做一些偵緝工作，讓賴瑞日子更難熬。她走到玄關門口，覺得自己辜負了他，她的手指摸索尋找門閂，眼睛瞥見自己的休旅車停在馬路對面，女人從她的身後走來，她轉身朝另一個方向離去。

她知道有人進入房間，於是醒了過來，只是眼睛幾乎睜不開，她雙手撐著，努力想要爬起來，她聽到坐在柳條椅上的人的呼吸聲，一定是馬克，不知道他這個時候來幹什麼。當影子前傾，走廊的光線照到臉上時，柳條椅嘎吱作響。竟然是緝偵警督約翰·史坦普，她發出聲音，驚恐地望向嬰兒床裡的嬰兒，屏息傾聽他的呼吸聲。你是怎麼進來的？她低聲問，門都鎖著，你沒有權利進入這間屋子。聲音在黑暗中微笑。沒有權利進入這間屋子。沒錯。但那只是你說的一種信念。這不是信念，這是法律面前的事實。事實。沒錯。這裡有法治，你不能這樣侵犯我們的權利。法治。對，我說法治。你談論權利這個詞，好像你了解權利，讓我看看什麼是人類與生俱來的權利，讓我看看這些權利是寫在哪塊石匾上，在哪裡大自然有這樣的規定。她準備開口，但他正離開椅子朝她走來，她不敢直視他的眼睛，他的臭味引起了她的注意，那是食物和香菸混合的氣味，還有一種從皮膚底下散發出來的惡臭，她知道那是什麼，這股臭味釋放了她內心的恐懼。你自稱是科學家，卻相信一些根本不存在的權利，你所說的權利無法證實，它們是國家頒布的謊言，相信什麼，不相信什麼，是國家根據自己的需要來決定的，這點你一定明白吧。他的手滑過羽絨被，她緊盯著那隻手，生怕自己如果阻止他會發生什麼事，那隻手滑向她的喉嚨，她忍不住抓住他的手腕，試圖尖叫，把那隻手從自己的喉嚨拉開，大聲喊道，我想醒過來，然後他說，但你已經醒了——她睜開眼睛，眼前是她的房間，窗外透進一抹藍色的冷光，椅子上放著她疊好的衣服。她坐在那裡盯著椅子，告訴自己房間是真實的，不是夢境，感覺到自己鬆了一口氣，但在她的胸膛裡，在她的喉嚨深處，仍留下一個小小的恐懼之結，她注視著那扇門，似乎並不完全相信。她昏昏沉沉躺了片刻，想再睡上一個平凡而無知的覺，但殘留的夢境仍然困擾著她，男人和他的臭味，他的話讓她心生畏懼，在這昏沉之中，她聽到樓下孩子們的笑聲，然後是貝禮在星期日早晨電視機吵鬧聲中發出的尖叫。

3

茉麗穿著運動短褲和外套，站在水槽前，把杯子放在水龍頭下沖洗，接著突然把手縮了回來，發出厭惡的聲音，將玻璃杯扔進水槽。媽，她說，水是咖啡色的。艾莉舒感受到女兒的目光落在她的背上，但選擇不回頭看。她俯身用湯匙將蘋果泥送進班的嘴裡，心裡想著，她想要的是她父親，說不就是是，而是絕對不是不。昨晚在夢中，他們談到了茉麗，夢醒後，他說的某些話似乎讓她感到迷惑。她用湯匙舀起了少量食物，卻那一瞬間看到了地下深處的東西，一條腐蝕的管道斷裂，碎片進入水管，跟著水流被沖走，鐵鏽和鉛汙染了水，水沿著黑暗管道流入城市的家庭、商家和學校，從水龍頭流出，進入水壺、玻璃杯和茶杯，進入他們的嘴，胃腸道吸收了鉛，毒素儲存在組織、骨骼、主動脈、肝臟、腎上腺和甲狀腺，在看不見的地方發揮作用，直到在實驗室裡檢測尿液血液才被發現。她轉身研究水龍頭流出的水，說道，讓水流一會兒就好了。前門傳來鑰匙的響聲。茉麗說，家裡為什麼沒有瓶裝水？她從盆中抓起一顆蘋果，氣呼呼地走進客廳，艾莉舒抬起頭聆聽，門打開時，她想像著內心有一道光線灑落，期盼聽到那熟悉的腳步聲，雨傘插進傘架發出砰的一聲，隨之而來的是一聲嘆息，外套脫下的聲音，還有尋找拖鞋的呼喚。馬克推著他的腳踏車穿過玄關，進入廚房，一言不發走過落地窗，把車停放在露臺上。她眼睛望著坐在嬰兒餐椅中的班，心底想著她的大兒子，想著這個無聲的成長過程，軟骨逐漸延展成骨骼，骨骼變得堅實，支撐孩子邁向未知的未來，然而，這樣的未來一定包含了所有可能性的總和。在前一個心跳，馬克還在地上爬行，她轉身看他，他已經走進了客廳，未來瞬間化為現實。她聽到低聲交談，接著茉麗提高嗓門，你一定得告訴她，她說。艾莉舒喊道，告訴誰，發生了什麼事？茉麗站在門邊，把馬克推進廚房，馬克走到她的面前，拿出了一封信。她不知不覺站了起來，慢慢重讀了一遍那封信，彷彿看不懂似的，字裡行間的意思變得模糊不清，黑色的文字難以理解。她抬頭看著兒子的眼睛，看到孩子消失了。這不可能，她低聲說，用手尋找椅子，卻無法坐下。她閉上眼睛，眼前閃爍著黑色的光影。你現在才十六歲，她說，明年你就能領到畢業證書，他們現在不可以這麼做——馬克把夾克掛在椅子上，靜靜站了一會兒，體貼而嚴肅。入伍日期是下個月，我生日過後的那個星期，他說。她沒有看他，他走到水槽前，打開水龍頭，裝了一杯水準備要喝。茉麗從他手裡奪過杯子，水很髒，不要喝，她說，水是咖啡色的，叫媽去買瓶裝水，告訴她，他們幹了什麼，他們怎麼進學校，馬克，快告訴她。誰進了學校？她注視著她的兒子，清楚地看到他在水槽前，眉頭緊皺，頭髮濃密，下巴刻意裝出小大人的表情。我本來不想告訴你，他說，是一個醫生，還有一個女人，她是軍官，他們把我們年級所有的男生都叫出教室，命令我們去體育館，一個一個檢查，卻沒有告訴我們是為了什麼，他們要我脫得只剩內褲，站在屏風後面，醫生量我的身高，檢查我的腳、我的牙齒，問我會不會過敏——她的體內突然湧現一股壓力，從她的心臟開始，好像有什麼東西爬進了心臟，開始不停膨脹，向外擴張，逼迫肺部產生一種想要尖叫的感覺。她發現自己坐在椅子上疲憊不堪，低聲說，一定是搞錯了，你到時也才十七歲。她的雙手伸向她的兒子，現在就想要餵他喝奶，抱他貼著臉頰，用她暴怒的香膏洗滌他。你聽好了，說著她拉起他的手，發現他根本沒在聽，只是盯著外面的院子。你不能離開這個家，你聽到了嗎，你不能離開學校，他們不能這樣徵召你入伍。他一臉痛苦，扭過身去。你要怎麼阻止他們，他們想怎麼做就怎麼做，你有辦法阻止他們帶走爸爸嗎？茉麗轉過身來，把哥哥推向水槽。別這樣跟媽說話。閉嘴，他說。茉麗用凶狠的眼神盯著哥哥，附近傳來沉悶的鐵槌敲擊聲，然後班掉了湯匙。艾莉舒彎下腰撿起來，拿到水槽中，起碼熱水龍頭裡的水是乾淨的，她說。怎麼了？貝禮走進廚房說。馬克從桌子上拿起信，走了出去，關上廚房玻璃門，從口袋掏出打火機。她隔著玻璃看著他噴出瓦斯，卻無法點燃火焰，她只是看著，既沒有阻止他的衝動，也沒有問他打火機是從哪裡來的，打火機終於點燃了琥珀色火焰，火苗舔到紙的一角，燒出了一個黑色的嘴，她看著信在他的手中冒煙，當他把信放下時，他轉過身，用那雙黝黑無比、充滿憤怒的眼睛隔著玻璃看進來。

她工作時心不在焉，總是在辦公室裡踱來踱去，看到眼前有陰影般的障礙就想要繞過去，一遍又一遍地對自己說，他們不會帶走我的兒子。公司裡有傳言說要裁員，分階段解雇，但這些都不可能是真的。他們被叫到會議室，會上宣布總經理史蒂芬·史托克已被撤職，今天早上不會來上班了，他們接著被告知，保羅·費爾斯納將接任他的職位。他走到他們的面前，小手拉著手指尖，掩藏不住內心的喜悅。他一面發言，一面藉由鼓掌和微笑來擇選支持者，她看了一圈會議室，看到他們之中的野獸，野獸摒棄了掩飾與偽裝，開始在公開場合逡巡，保羅·費爾斯納以一種僧侶般的姿態舉起他的手，說出的不是公司常用的詞彙，而是帶有黨派色彩的術語，談論一個變遷和改革的時代，一種國民精神的進化，從統治走向擴張，一個女人穿過會議室，打開一扇窗。艾莉舒不自覺走出電梯，來到一樓。她穿越馬路，走到報刊亭，指著一盒香菸。她獨自站在辦公大樓外，從菸盒抽出一支菸，手指摩挲紙盒，鼻子嗅著香菸的氣味，心裡想著，好久沒抽了。她點了菸，吸一口滾燙的菸霧，感受到醋酸纖維素的棉質味道，回憶起她上次戒菸的那天，宛如回到年輕時的自己，也許賴瑞和她在一起，她不知道。記憶會說謊，它玩著自己的遊戲，堆疊一個又一個真真假假的意象，隨著時間推移，這些疊層逐漸消解，彷彿化作了煙霧，她看著從自己口中吹出的菸霧消失在一天中。看著街道，彷彿它屬另一座城市，想著生活似乎存在於事件之外，生活毋須見證即能流逝，擁擠的車流在陰鬱的空氣中冒煙，人潮匆匆，心事重重，禁錮在個人的幻覺中，此刻她多麼渴望逃離這種幻想，她不停地凝視，直到自己被澈底抽離了自身，光線逐漸變換色調，直到街道泛起一道透亮的光澤，當卡車經過時，在陰溝中覓食的海鷗紛紛飛起，翅膀下方一片漆黑。嘿。柯爾姆．裴瑞站到她的身邊，從菸盒敲出一支香菸。艾莉舒，我不知道你會抽菸。她緊閉著眼睛，彷彿在尋找一個沒有被問出口的問題的答案，然後搖搖頭。我不能說我抽菸。柯爾姆．裴瑞點燃一支香菸，慢慢吐出菸霧。我也不能。她將那股黑暗的灼熱吸入體內，渴望感受到更多，同時注視著柯爾姆．裴瑞那皺巴巴的襯衫，認出了酒鬼那種櫻桃色的臉，那種狡猾的眼神，儘管他身在局外，嘲笑著他們，卻對這些玩笑心知肚明。他回頭朝自動門瞥了一眼。那個人厚顏無恥，很快就會有一場清算，他們偏愛自己人，所以低調點，我只是想提醒你這些。他又往回看，掏出手機。最新的你看過了嗎？在手機上，她看到窗戶和牆壁上的塗鴉，內容涉及警察、安全部隊和國家，還有用紅色油漆隨意噴塗的亂畫。字跡像鮮血，建築像學校。美景鎮的聖約瑟夫，他說，他們說校長叫來了GNSB，逮捕四個男學生，到現在都還沒有放人，已經幾天了，直到現在才有網路消息傳出來，家長學生聚在史朵爾街警察局外，等待男學生被釋放。我兒子被徵召入伍了，她說，他要在年滿十七歲那個星期入伍，他不過只是一個還在念書的孩子，這種事還發生在他們帶走他父親之後。柯爾姆．裴瑞看著她，搖搖頭。混蛋東西，他說。他捂著嘴，吸了一口，沉思了很久，然後在菸盒上把香菸掐熄。你得把他弄走，他說。弄到哪裡去？她看著他，他聳聳肩，雙手一攤，隨後插入牛仔褲的口袋裡。他望著馬路對面的報刊亭。我現在想來一隻冰淇淋，他說，一隻插著巧克力薄片棒的老式甜筒，我寧願在海灘上凍得屁股發麻，我真希望我的父母還活著，聽我說，艾莉舒，我也不知道，英國、加拿大、美國，這都只是建議，但你得想辦法把他弄出去，嘿，我得進去了。

她上網查看抗議活動的最新發展，父母帶著子女，身穿白衫，聚集在警察局前。他們捧著白色蠟燭，默無一言，等待兒子的歸來。參與的人數慢慢增加。到了第二天早上，已經超過了兩百人，據說大多是從學校來的。一支黑衣安全部隊在警察局前站崗，氣氛緊張。她知道他們聚集的廣場，那裡有一片花崗岩平臺，中央矗立一座不鏽鋼八角形雙金字塔，也許象徵著什麼，也許毫無意義。不久前，這座廣場被設計成一個開放明亮的場所，讓民眾可以歇腿或消磨時間，而今抗議活動彷彿強行推開了一道門，光照進了黑暗的房間。她可以看到賴瑞抬起頭的臉，像是在期盼著什麼，她說，如果那些男孩很快就被釋放，接著會有更多的人被釋放。星期六早上，茉麗穿著白色衣服走進廚房。看，她說，你看到這個了嗎？消息像病毒從一部手機傳送另一部手機，一條消息說，一個好友的好友透露，這些男孩很快就會被釋放，另一條消息則說，男孩幾天前就被釋放了，現在已經回家團圓了，抗議活動是一起陰謀，一個讓國家蒙羞的計畫。看到了，她說，我也收到了，但都不是真的，我忘了提醒你，賽爾莎下個星期六要結婚，我已經告訴馬克，他必須留在家裡等我回來。我不用馬克照顧我。我知道，但最好你們兩個都在家照顧兩個弟弟。茉麗搬了一把椅子，放在樹下的草地上。艾莉舒看著茉麗站上椅子，將一根樹枝拉向自己，綁上一條白色絲帶，她看著絲帶垂掛在樹上，好像空空的長手指，彈奏著樹上無聲的音樂，艾莉舒不想去數它們有多少。已經十四個星期了，茉麗一面說，一面搬著椅子跨進門，把椅子放下，走到水槽前，轉開水龍頭，俯下身子瞇著眼睛檢查水質，然後倒了一整杯拿起來喝。她放下半杯水，用袖子擦了擦嘴。我要出門，她說。去哪裡？我要去市中心。艾莉舒看了她一會兒，白色牛仔夾克，脖子繫著白色圍巾。如果你要去市中心，她說，現在可以脫掉了。茉麗假裝驚訝，低頭看著自己的身體。現在要脫掉什麼？你知道我在說什麼。我怎麼會知道你在說什麼，我怎麼會知道別人在說什麼，甚至是在想什麼，如果誰都不說，如果在這間房子裡什麼都不說，我怎麼會知道？艾莉舒轉向桌子，拿起一本雜誌又放下。天啊，她說，我的眼鏡在哪裡？你的眼鏡在你的頭上。噢，她說，我是不是很蠢？她轉過身時，茉麗以奇怪的眼神看著她，接著嘴角一皺，好像快要哭了。我希望爸爸回來，她說，我只是希望他回來，你為什麼什麼都不做？艾莉舒注視她的眼眸，試圖尋找某樣東西，但她不知道究竟是什麼，她想抓住從前的茉麗的某樣東西，一種曾經遷就她的感覺，但茉麗現在卻推開她，彷彿在操縱一個控制手柄，將她越推越遠。你以為穿這樣出去，你爸爸就會回來嗎？茉麗的臉色一沉，她轉身拿起杯子，慢慢把水倒在地上。沒關係，艾莉舒說，你愛怎麼做就怎麼做，把水倒在地上，穿這樣上街，也許你可以走到公車站牌，不會有人說你什麼，不會有人記下你的行為，日後用來檢舉你，也許你下車時不會被不該看到的人看到，也許會，也許有一輛車上坐著兩個男人，其中一個不喜歡你的樣子，也許你穿白色只是因為你喜歡這件衣服，還是你想表達什麼別的，什麼挑釁的觀點，這個男人所不喜歡的東西，也許他會停車，下車記下你的姓名地址，建立一個寫著你的名字的檔案，也許你會保持沉默，也許你會說錯話，他不是記下你的姓名地址，而是直接把你帶上車，那輛車會開到哪裡呢，茉麗，你想想看，也許開去其他所有的車都會開去的地方，那些沒有標誌的車悄悄停在那裡，因為這個或那個理由把人從街上帶走，那些人不會再回家了，你以為你才十四歲，可以做自己喜歡的事，國家對你沒有興趣，但是，他們逮捕了那些男孩子，那些男孩還沒有被釋放，他們和你一樣大，你以為我什麼都沒有做，我只是閒著等你爸爸回來，但實際上我所做的事情是，把這個家維繫在一起，因為，在這個看起來要將我們拆散的世界，這才是現在最難做到的事，有時候，什麼都不做，反而是得到你想要的東西最好的辦法，有時候，你必須保持安靜，低調行事，有時候，當你早上醒來時，應該花更多時間選擇你的顏色。

艾莉舒在父親的臥房四處尋找領帶。綠色的鳶尾花飾地毯堆滿泛黃的報紙期刊，兩張並排靠牆的椅子堆滿衣物，梳妝臺也擺著髒杯髒盤。她在抽屜裡翻來翻去，嗅到了霉味，看見泛黃的白襯衫和蜘蛛狀的舊領帶。她挑了條粉色領帶，拿到鼻子前，感受沉重的過去存在其中，只是已變得模糊了，她站起來，一個轉身，看到母親在一張照片中被風吹拂的身影，年輕的女人抓著頭髮，女兒的面容在她的臉上隱隱浮現。艾莉舒把杯盤搬到地上，按照順序整理照片。在冷冽的海灘上，琴傾身靠在賽門的身上，揩去眼中的淚水。她穿著婚紗，風柳腰身，緊緊拉著賽門的手臂，卻沒有看著攝影師。她坐在椅子上，腿上有兩個女孩，銳利的目光盯著鏡頭。艾莉舒閉上眼尋找母親，試圖尋找母親當年的模樣，彷彿她走過他們的第一個家，在昏暗的房間中回憶，手指輕撫樓梯扶手，上樓經過窗邊座位，朝她昔日的房間走去，每一步都在木板上迴響，尋找著廣闊的天花板。她現在聽到了母親的聲音，在回憶中，那不是一種聲音，而是一種從未在她日漸衰弱的記憶中消失的感覺。她從舊床能看到什麼，看到通向天空的窗，看到敞開的衣櫃，櫃底的黑暗引誘熟睡的孩子做噩夢。在一張照片中，琴的嘴角變得刻薄，頭髮從肩膀縮短至耳上。她坐在花園的椅子上慢慢老去，而攀緣玫瑰正要綻放。她憔悴地拄著拐杖，站在鮑爾斯考特瀑布旁，似乎有些不知所措，最後一次轉身迴避了鏡頭。艾莉舒把髒杯盤拿下樓，放進洗碗機裡，賽門坐在餐桌前，拿著叉子吃培根煎蛋，襯衫敞開到肚臍，胸口蒼白無毛。他抓住鹽瓶的瓶頸，往雞蛋上撒了一些鹽，然後對她投去一個憤怒的眼神。我知道你在樓上做什麼。她用臀部關上洗碗機的門。爸爸，你的房間簡直像豬圈，我帶下來的盤子和杯子都可以堆成一座山了，把襯衫扣好，打這條領帶，我特地挑的，跟你的襯衫很搭。你以為我沒聽到你在樓上的聲音嗎？你儘管找吧，但你什麼也找不到。她發現自己對他開始感到惱怒，雖然沒有時間泡茶喝，還是忍不住開始往水壺裡加水。爸，拜託，我們要遲到了，儀式一個小時後就開始了。他把盤子上的刀叉擺正，用手跟推開盤子，轉身看著她，嘴角還沾著蛋黃。你以為我把它們都藏在我的房間裡，你們誰也別想拿到一毛錢。她驚愕地看著他的臉，隨即覺得害怕，試圖透過他的表情窺探他內心的變化，想像自我就是黑暗中呼吸的火焰，火焰永不熄滅，膨脹的火焰逐漸縮小到最窄的自我。她心想，這是他，但也不是他，然而當他走向鏡子，她站在他身後，看著他端詳自己的臉時，他似乎又變回了自己，皮膚被刮得泛紅，耳後殘留著一圈刮鬍膏泡沫，她用拇指替他抹掉。她把他的肩膀轉過來，扣好襯衫扣子，將領帶繞在他的脖子上。今天是一個適合舉行婚禮的好天氣，你不覺得嗎？他們運氣不錯，天氣很好。他輕蔑地看了她一眼，她知道他又恢復正常了。他說，你的那個表妹，我還以為她嫁不掉。爸，你怎麼說那種話，賽爾莎是你的外甥女。賽爾莎都要四十歲了，已經是中年婦人，她爸爸是個混蛋，我妹的品味一向很差。哎呀，晚結婚總比不結婚來得好，你不覺得嗎？她站著幫他打領帶，然後拍拍他的肩膀，抬起眼睛，他看她的方式，讓她感覺彷彿他在凝視自己的妻子一般。她移開目光，望向花園，望向母親曾經站立的地方，攀緣玫瑰蓬亂不整，像牆上一道道的傷痕。

婚禮隊伍走出大學教堂，步入聖史蒂芬公園。她挽著父親的手臂，橫越公園，女士蹬著喀喀作響的高跟鞋，戴著羽飾五彩帽子，顯得容光煥發，樹影間瀰漫著靜謐的氛圍。新郎新娘在湖邊合影留念，伴郎鬆開了領帶。他們又走出公園，走向一座爬滿常春藤的喬治亞風格建築，小蒼蘭的馨香迎面撲來，在陪同下，他們走進一間招待廳，高大的窗戶俯瞰著公園。她望向在大廳另一頭與瑪麗姑姑交談的父親，看到那女人把哈欠藏在粉紅色凝膠指甲後面，眼睛四處張望，直到用一種召喚的眼神捕獲了艾莉舒。哦，是你，賽門說，我正好在告訴瑪麗NAP要推動的法案，他們想控制學術圈，瑪麗，他們想把自己的人安插進去，控制董事會，這件事似乎任何人都無能為力，簡直荒誕至極，令人難以置信——瑪麗緊緊抓住她的胳膊，轉過身去，不再看她哥哥，好像要把艾莉舒留在自己身邊。你爸爸都沒提你的小兒子，她說，我還以為你會帶他一起來，在你這個年紀，一定是個美妙的驚喜吧。艾莉舒對著塗著厚粉的臉微微一笑，注意到她粉嫩的嘴唇沾滿唾沫，心情忽然一沉，明白了那些沒有人願意說出口的話，他們之間的談話也僅限於詢問孩子的情況或她的工作，沒有人願意談起賴瑞。她望著姑姑的臉，讀出了那條心照不宣的命令，今天必須在絕對的幸福中度過。她含笑說，賴瑞本來很想來，我先失陪一下。她在大廳裡走來走去，想找個人聊聊，這裡與她同輩的人太少了，她父親的朋友都上了年紀，但他們之間的年齡差異並不算大，大概也就二十五或三十歲，她點了一杯酒，思索自己生命的這段時光會將如何流逝，其實已開始流逝了，其實已經過去了，光線從高窗射入，將這一刻賜予每一個人，整個世界安靜得只剩下了低語，新娘披著白色的幸福。一陣鈴響後，他們拿著酒杯走進餐廳，在圓桌旁找到了自己的位置，新郎起身似乎要說幾句話，結果卻是把手舉到胸前，開始唱起國歌。手上紋著一隻鳥，脖子上畫著神祕的符號。椅子被推開，賓客站起來開始唱歌，有人輕拉她的袖子，是她爸爸的表妹尼婭·萊昂絲，皺著嘴唇，低聲對她說，艾莉舒，請站起來。她看向父親應該坐的位置，但椅子是空的，他又去吧檯喝酒了，或是在去洗手間的途中迷了路，她抬頭望著嘴裡念念有詞的面孔，看到一雙雙注視著自己的眼睛，感覺口乾舌燥，尼婭·萊昂絲又一次拉扯她的衣袖，但她不會站起來和他們一起唱，她不唱謊言。不知不覺中，她開始整理面前的白餐巾，當她抬起頭時，她看到了新郎的臉，還有他的伴郎和站在他們周圍的人的表情，這群人毫不掩飾地流露出鄙夷。新娘已經閉上眼睛，新郎贏得了掌聲，不過並非餐廳裡的每個人都在鼓掌。一位雙手纖細、臉色蒼白的老婦人快速對艾莉舒露出一個慈祥的微笑，但就在她試圖捕捉那微笑的一刻，微笑已經消逝了。艾莉舒從袋子拿出一條白色雪紡紗圍巾繫在脖子上，當其他人坐下時，她站了起來。失陪一下，我去找我爸爸，她說。

烤箱的計時器響了，她轉身呼喚孩子，把燉肉舀到盛了米飯的盤子，有誰要來幫忙擺餐具嗎？茉麗打著哈欠走進廚房。暮色比她早一步降臨，將她的母親籠罩其中。她打開燈，伸手從抽屜拿出刀叉，愣愣站了一會兒，彷彿思緒掉進了抽屜。艾莉舒又喊了一聲，晚餐好了。她看到貝禮還躺在電視機前的地毯上，轉頭對茉麗說，叫馬克下來。從哪裡下來？茉麗說，他又不在樓上。那他在哪裡？茉麗聳聳肩，俯身靠近桌面，開始擺放刀叉。我怎麼知道，你等一下能開車送我去嗎？艾莉舒走到樓梯呼喚馬克，又上樓去了他的房間，接著回到樓下。他不在屋子，也不在院子，她打他的手機，手機在樓上響了起來，她一邊罵著他，一邊走上樓，她很清楚他的反應，知道他的嘴會閉得多麼緊，他會盯著地板，準備好狡辯的話。她走到男孩房的門口，發現他的手機在床上響著，真奇怪，他竟然沒有帶手機。她拿起手機看著，好像那是某種違禁品，貝禮在廚房喊著他要開動了，她聽到兩個聲音在說話，一個說不行，另一個說沒關係，她豎起耳朵聆聽樓梯的動靜。她開始瀏覽兒子的簡訊，點開他最近看過的影片，一名身穿紅色連衣褲的囚犯跪在地上，戴著頭套，另一名戴眼鏡的黑衣人在他身邊，是個老師，或者可能是個知識分子，正在用阿拉伯語咆哮，接著扯下囚犯的頭罩，舉起一把巨大的鐮刀，鏡頭開始以慢動作變焦，彷彿要在受害者死亡的瞬間從他的眼睛中捕捉到什麼。她把手機扔回床上，隨後又拿了起來，瀏覽殘暴和謀殺的搜尋紀錄，還看到了斬首和草率處決的影片。一種難以言喻的感覺進入了她的身體，像一團黑色的結塊壓在心頭，晚餐時，她幾乎無法開口說話。她在屋裡走來走去，拿起一件又一件的東西，又不假思索地放回原處，貝禮和茉麗爭奪遙控器，茉麗用力拍了一下貝禮的頭，把遙控器扔到客廳的另一頭，艾莉舒大聲斥喝，叫他們安靜。她抱著嬰兒站在樓梯平臺，突然意識到進入她身體的原來是死亡的感覺，死亡已經進入了她的兒子，他即將年滿十七歲，怫鬱和緘默的野蠻正腐蝕他的血液。當她聽到門廊的滑門被推開，鑰匙插入前門的鎖時，已經過了八點鐘，她移動腳步去攔截他，手放在腳踏車上阻止他，接著搜索他的眼睛，尋找黑暗在內心滋生的蛛絲馬跡，尋找她昔日的權威。她說話時，他的目光從她身上溜走，她的聲音又高又尖銳。你沒告訴我你不會在家吃晚餐，你去哪裡了?直到莎曼珊跨進門，她才注意到莎曼珊就在他的身後，女孩子停下了腳步，好像不敢進屋，馬克轉頭看著她，嘴脣緊閉，嘴角微微扭曲，無聲地為他的母親向她道歉。沒事啦，媽，你能不能冷靜一下，我在小珊家吃過了，我本來想傳簡訊給你，但手機忘了帶，你的號碼我又老是記不住。

她驅車穿過雨幕和躊躇的燈光，手機在袋子裡嗡嗡直響。她等著前方的車停下來，才伸手拿起袋子，掏出手機。讀完了訊息，她抬起頭，覺得眼前的道路消失了，她關掉收音機，再讀了一次訊息。兩名被拘留的男孩已經死亡，遺體交由家屬領回。帶有刑訊拷問痕跡的屍體照片也曝光了。休旅車繼續獨自往前走，她想像男孩躺在他們的父母面前，想像殘破的屍首，對著自己低聲說，從一個家帶走一個父親已經很可恨了，但歸還孩子的屍體更加令人憤慨。她內心感受到即將到來的地震，深知那一刻必定會到來，憤怒與厭惡從寂靜的大地升騰，進入他們的口中。回到家，他們圍著桌子，看著國際新聞直播示威活動，警察局外的人群越來越多，父母帶著兒女，個個身穿白衣，手持點燃的蠟燭。守夜的民眾從公車站牌湧向附近的街道，她躺在床上輾轉難眠，看著她的恐懼如同一場可悲的遊行在眼前展開，一個想要說話的微弱聲音，被嘈雜的聲音壓制住了。翌日早晨，人群已經超過場地的容納範圍，開始向學院綠地廣場擴散。她站在窗前望著屋外，馬克和茉麗看著她，等著她開口說話。休眠的樹木開始壯大了。不久，樹木便會吐露新芽，重現春光，想到這裡，就想到了樹的力量，想到一棵樹是如何熬過黑暗的季節，等睜眼時又會看到何等光景。這時，她發現自己的恐懼消失了，體內湧現一種如釋重負的感覺，覺得終於可以行動了。我們都換上白色的衣服，她轉身說，我們去加入他們。她看著孩子跑上樓，整間屋子瀰漫著大膽且興奮的氛圍。

凱洛·賽克斯頓帶了一條燕麥麵包、一些脆皮奶酥蛋糕和幾根白色蠟燭。馬克已經騎著腳踏車先出發了。駛入市中心時，他們遇到一個檢查哨，車速減慢下來，艾莉舒轉頭看著坐在後排的孩子。把外套拉鍊拉上，她說。他們前方的汽車被引導進一條搜查車道，一名警察朝休旅車走來，這個身穿制服的年輕人帶著審視的表情，俯身檢查她的駕照，找尋她的目光，盯著不放。你們今天要去哪裡？他問。她看到一張布滿雀斑的臉，那是一個比她兒子大個幾歲的年輕人，謊言從她的嘴裡溜出，飄浮在空中。警察俯身打量凱洛，接著抬起遮陽帽，查看後頭的孩子，當警察揮手示意他們繼續前進時，貝禮把鼻子貼在玻璃上。警察騎著摩托車封鎖了沿著碼頭的街道。她在教堂旁的巷弄找到了停車位，一行人推著嬰兒車裡的班開始步行，按下斑馬線的按鈕，穿越空無一人的街道，碼頭如此安靜，陽光在水面上奔騰，營造出一種既急促又平靜的感覺。凱洛從下車後就不停說話，艾莉舒則心不在焉，彷彿站在一個很高的地方看著孩子，想要抓住內心的恐懼。她與賴瑞交談，觀察他的反應，只是他仍在某個陰暗的內心深處，宛如置身於黑暗的牢房，遙不可及。漸漸開始有其他的白衣民眾走在他們中間，過河時，他們聽到喧鬧聲，繼續沿著坦普爾酒吧區的窄路，朝學院綠地的方向而行，接著，人群出現在他們面前，彷彿一股強大的集體意志，他們說，抗議活動的規模已擴大到五萬人，廣場擠得水泄不通，她的精神高漲到無法呼吸。她握住孩子的手，帶著他們擠進畫著白色顏料的面孔、舉著白旗或標語的人群之中，凱洛緊跟在後，許多人手中都拿著白色蠟燭，似乎每個人都帶著孩子。一名年輕女子主動提議要替他們畫臉部彩繪，茉麗把頭髮束起來。舊議會前方搭了一座舞臺，一個年輕女子手持麥克風站在臺上，呼籲政府終止緊急權力法，釋放所有的政治犯。她贏得熱烈的掌聲，隨後換另一個男人走上舞臺，艾莉舒認為，那掌聲絕對不是因為他們說的話，而是因為他們的身體，因為在這個世界面前，他們無處藏身。貝禮拿著手機觀看抗議活動，她看到他們巨大而鮮活的形象，她感覺自己的恐懼已經消散了，她的恐懼變成了它的反面，此刻，她想臣服於它，與更大的主體融為一體，成為單一的呼吸，她感覺自己的力量在人群的勝利中不斷增長。在那一瞬間，關於死亡，關於勝利和大規模屠殺，關於征服者踩在腳下的歷史，她產生了某種初現端倪的領悟，她站在那裡，彷彿握著一把巨劍，她放下劍，興奮地全身顫抖，深深吸了一口氣，兩名警察無視人群的噓聲和嘲笑，一面走動，一面用攝影機記錄他們的臉孔。抬頭一看，她看到屋頂上的神槍手，有人指著遠距攝影機，沒有陽光的烏雲預示即將下雨，她想起自己沒有替他們準備雨衣或雨傘。凱洛發下三明治和瓶裝水，大螢幕上出現死去少年的照片，還有他們小時候的照片，其中一個是淺金色的頭髮，面帶微笑，另一個睜大了眼睛。貝禮掙脫開她的手，她這才發現自己剛才緊緊抓著他的手肘，她想起了馬克，想像他被國家從學校裡抓走，送進安全部隊，被部署在街上，與自己的親人對峙，她理解他心中的憤怒和反抗，她絕不會讓這樣的事情發生。她摟著茉麗，把她拉到身邊，忽然想起自己也曾參加過另一場類似的抗議活動，如今回想起來，那段記憶是假的，或者以某種方式交換過了，那段記憶屬於其他國家的其他人，她在電視上看過無數次。班哇的一聲醒來，她把奶瓶塞給他，他卻只想離開嬰兒車，因此開始尖叫，她只好把外套鋪在地上，讓他坐在上面，沒多久，他又開始想要爬走。一位穿著翡翠綠衣服的老太太坐在移動椅子上，主動讓班坐在她的腿上。貝禮開始甩動手臂，接著癱坐在自己的背包上，他想回家了，附近飄來熱狗的香味，他說他餓了，她讓凱洛帶他去買吃的。這時，茉麗正在用手機發簡訊。媽，她說，馬克在找我們。她離開了一會兒，帶著馬克和某個他們沒見過的朋友一起回來。他們身上穿著白T恤，嘴上蒙著白頭巾，艾莉舒伸手扯下口罩。你穿成這樣幹什麼，又不是小流氓，這是和平抗議。看著馬克那個朋友嬉皮笑臉的眼神，她心裡有些不喜歡他，開始想這人到底是誰。凱洛遞給馬克一個三明治，三口就被吃光了。他幫他的朋友也要了一個。我要你八點前回家，艾莉舒說，馬克笑嘻嘻看著茉麗，茉麗也想和馬克一起去，但艾莉舒不答應。下雨前，雨意將至的感覺瀰漫開來，傘紛紛撐開，人群的團結變得緊密如細胞。孩子躲在一位婦女的大傘底下，貝禮要了幾張面紙，擦了擦鼻子，然後開始掛在她的手臂上。民眾帶著孩子穿過人群，走上回家的路，有的人要煮晚餐，有的人要去遛狗，讓學生和沒有孩子的人留下來過夜吧。當他們轉身離去的時候，在基督教會座堂，她望向街道盡頭的天空，天空是一座緩慢燃燒的光爐，好似整個世界都在燃燒。

凱洛．賽克斯頓留下來過夜。穿越市區可能太危險了，艾莉舒一面說，一面回想那些興高采烈過橋回家的人群，車窗插著白旗的汽車遇到路障、搜查，甚至遭到逮捕，這起事件已經成了國際新聞，各大媒體都在報導。凱洛拿著手機觀看軍用卡車和運兵車進入郊區的畫面，它們沿著運河集結，排成長龍。他們看起來好像在為別人要侵略我們做準備，她說。網路上傳出消息，有車輛遭到棍棒和磚塊的攻擊，戴著蒙面頭套的人把民眾從車裡拖出來，放火燒了車。艾莉舒拿出義大利麵肉醬解凍，讓貝禮和茉麗一邊看電視，一邊吃麵，她則哄班入睡，看著他的小拳頭片晌，心底希望他能夠永遠如此下去，但他的童年會持續多久呢，他不會記得最初的幾年，這一切都將成為傳說，父親離開的時刻，父親歸來的時刻。她走進浴室，卸去臉上的妝，盯著鏡子，想起了馬克，他是那麼正派，那麼年輕，她閉上眼睛，彷彿感覺他被帶走了，他的手慢慢鬆開，他們好像都在某個黑暗的海上，賴瑞第一個被拉走，她大聲呼喚馬克，要他游向岸邊，她在黑暗中大聲喊著，希望他們聽到她的呼喊。她睜開眼睛，靠向鏡子，用手指撥開靠近她眼睛的爪子。凱洛正在用筆記型電腦觀看示威活動的現場直播。抗議人數減至幾千人，他們靜靜坐在街道上，手中紙袋裡的蠟燭繼續燃燒，宛如參加宗教活動的信眾，安全部隊手持水槍和警棍站在一旁。艾莉舒盯著時鐘，留意大門的聲音。八點十五分，八點五十分，一直到將近十點鐘了，馬克的電話還是無人接聽。我有一種可怕的預感，怎麼也甩不開，艾莉舒說。凱洛仔細看著她。他們早就下手了，你不覺得嗎？什麼早就下手了？如果他們打算攻擊的話。艾莉舒看著時鐘。我不斷打馬克的電話，聽他的留言，他的語氣好像很著急。貝禮和茉麗又吵架了，她忘了他們還在客廳。她走到門口，叫他們上樓去，然後走到水槽，把杯子的東西倒掉。是我的錯覺，還是這茶的味道有點怪？她又拿起手機看。馬克不會有事的，艾莉舒，這是你的抗爭，也是他的抗爭，你必須讓他去做。沒錯，但我交代他八點前要回家。凱洛低頭看著杯子。我覺得你說得對，艾莉舒，這茶的確有霉味，一定是水的問題。艾莉舒望著凱洛的臉，心想她不認識這個女人，她端坐在椅子上，臉上刻著不眠之夜的痕跡，彷彿賦予她容貌的東西已被慢慢抽走，她的悲傷吞噬了她骨髓中的精華。艾莉舒抬起一隻手，摸了摸自己的臉。我看起來累嗎？她說，我覺得好累好累，已經無法思考了，我得去睡覺，茉麗的床已經整理好了，你睡那邊，茉麗跟我睡。當她轉身朝門口走去時，突然覺得自己忘記了什麼東西，茫然環顧了一下廚房。凱洛，再過兩個星期就是他的生日，馬克，她說，我是說馬克的生日，如果這些抗議真的沒用，我實在不知道我該怎麼辦。凱洛說，聽說有年輕人為了逃避兵役，跑到邊界另一頭去——艾莉舒看著時鐘，她忘了檢查後門是否鎖上，地上的籃子有一堆要洗的衣物。她說，但我怎麼把他弄出去，他們不肯發護照給他，司法部寄來一封信，我們的申請無緣無故被拒絕了。凱洛站起來，牽起艾莉舒的手，另一隻手也蓋在她的手上。如果他們來找他，艾莉舒，如果真的到了那一步的話，他可以暫時住在我家，等時機成熟——聽我說，也許最後不會走到那一步，但我屋子後面加蓋了一間小套房，通向小巷子，不會有人去那裡找他。艾莉舒掙脫了凱洛的手，只是皮膚仍然感受得到餘溫。她搓了搓手，想抹去那種感覺，隨即走到後門，轉了轉門把，站在玻璃前向外張望。夜色虛幻，儘管陰影掩蓋了正在發生的傷害，這個世界依然存在。我的兒子，她低聲說，應該去上學，交朋友，踢足球，結果卻成了逃犯？在身後鏡子中，凱洛的倒影是一個悲傷的幻影。我可以帶他越過邊界，去波特拉什我哥哥家，讓我跟艾迪談談，他在那裡娶了太太，他一定肯幫忙。你不明白，凱洛，他還在讀書，他想繼續讀大學。她上樓時，茱麗已經在床上睡著了。她聽到凱洛打掃的聲音，多希望她聽到的是丈夫兒子在廚房嬉鬧的聲音，賴瑞用他強而有力的手抓住馬克，很快又換成馬克反過來抓住他。她又打了馬克的電話，但他的手機不是關機，就是沒電了。她把賴瑞的睡衣揉成一團，湊到鼻子前聞，他的氣味開始慢慢消散了。她睡著了，夢境裡滿是影影綽綽的面孔，人聲嘈雜，半夜醒來後，又陷入另一個夢境，丈夫和兒子兩人合而為一，她尋找是他們兩人的那個身影，但在夢中怎樣也找不著。

窗戶低語著雨聲。她逐漸變得慵懶，彷彿存在於記憶之前，雨聲填滿空虛的身體，直到記憶甦醒，她開始溢流而出，經過樓梯平臺，往男孩房一看，卻只見馬克空蕩蕩的床。她回到房間，打開床頭燈，拉低燈罩，以免燈光照到茱麗，班躺在嬰兒床裡，猶如被拋入夢的深淵。這個年齡的孩子做夢時一定會害怕什麼呢，怕從高處突然墜落，怕見到朦朧不清的面孔，怕獨自在黑暗的房間醒來。他只醒過一次，她現在想起來了，她雙手打開筆記型電腦，點開國外新聞，喉嚨裡發出低沉的聲音，茱麗在她身邊醒來。媽，她說，怎麼了?艾莉舒一邊瀏覽網頁，一邊扯著頭髮，她看著女兒，有一種快要倒下的感覺，她想喚醒所有人。他們半夜鎮壓了示威活動，她說，數千人被捕，他們把人押上巴士——她嘗試聯繫馬克，他的手機卻始終關機。

他們觀看影片，天將亮時，安全部隊帶著閃光彈、催淚瓦斯和警棍逼近示威群眾，示威群眾在鈉燈下冒雨抵抗，直到實彈射擊響起，新聞畫面顯示，成千上萬的人逃離學院綠地，有人被押上了巴士，一名男子趴在街上，最後被兩個警察拉著手臂拖走，她注意到他掉了一隻鞋。她光著腳站在樓梯上，撥著無人接聽的電話，周圍的屋子悄然無聲。到了餐桌邊，她繼續撥打，然後放下電話，坐在椅子上。水漲起來了，她現在看到了，當她睡著的時候，水已經捲走了他們，帶走她的兒子，潮水不停地沖刷岸壁。凱洛下樓時，已經穿戴整齊，似乎想找點事情做，艾莉舒交叉抱著雙臂，背對著她，希望這個女人離開這間房子。但你怎麼能夠確定，凱洛說，你根本不知道是真是假，至少給他幾個小時回家的時間吧。艾莉舒踩著腳掌猛然轉身，盯著那張不知道幾點鐘上床睡覺的臉，不屬於這間房子的烘焙香氣，躺在茶巾底下的麵包和巧克力蛋糕，散發著松木防腐劑味道的地板，擦洗過的流理臺，你讓她住一晚，她就把廚房當成自己的了。聽好了，她說，他會打電話給我，他會給手機充好電，他不會在外面過夜，我了解我兒子。凱洛開始滑手機，拉了把椅子坐下。這裡說他們把國家室內體育館當成拘留中心，那巴士一定是開去那裡了。茉麗拿著一把牙刷走進廚房。她坐到桌子旁，把玉米片倒進碗裡，卻沒有去拿出牛奶，只是把牙刷插進碗裡，攪拌著乾玉米片。凱洛說，你聽我說，艾莉舒，如果你想去，我可以留在這裡照顧孩子，我整天都沒事。艾莉舒仔細地看著茉麗，又看看在墊子上爬行的班，再回頭看著女兒，好像向她徵求出門的許可。她問，你要牛奶嗎，寶貝？她走到冰箱前，拿出一瓶牛奶推給她。我們再等幾個小時吧，她說，他一定會回家的。班已經爬進了客廳，用力一撐，就爬上了茶几，接著開始用拳頭敲打桌面。很快，他就會走，然後會跑，拉著母親的手的那隻手，也將是拉著想要放開母親的那隻手。

她上了休旅車，關上車門，插入鑰匙，然後放下雙手。晚餐時間快到了，但她卻害怕前去。她需要和父親談談，她再次撥打馬克的電話，接著又打給賽門，但他也沒接聽，她的目光轉向窗外的街道，在那一瞬間，感受到一種絕對的寂靜，甚至沒有一隻鳥飛過，打破這個星期天的寧靜。低矮靜止的天，窗簾緊閉的窗，街道是無聲的見證者，見證人類生活，生死循環，人類生生不息，代代傳承，百歲光陰就這麼過去了。電話響了幾聲，賽門接起電話，她無法說出心中真正想說的話。那個女人又拿走了我的眼鏡，他說。爸爸，平常你放眼鏡的地方都找過了嗎？餐桌和浴室邊的椅子你都檢查了嗎？總有一天我會把她逮個正著，她想毀掉我的生活，上星期她還從櫃子偷走你媽媽的水晶，我敢打賭你一定沒有注意到。她想像著父親的神智狀態，彷彿看見神經系統的氣象正在發揮作用，低氣壓區忽然變得險惡，但五分鐘之後，陽光就會再度出現。爸爸，上個星期我把水晶拿去清洗了，上頭都是灰塵，很髒，你還看著我用報紙把它包起來，聽我說，你需要有人幫忙你做家事，你也知道你一個人已經處理不來，塔夫特太太只是打掃時會把東西搬來搬去，我一定會跟她再交代一次，不管怎樣，你看新聞了嗎？我不知道你在說什麼，我從沒說過我需要幫忙，也從沒說過她可以進我家。她專心開車，耳邊只有高速公路的交通喧囂，溼漉漉的路面帶著灰燼的痕跡。她無法調整好雨刷的間隔，雨刷不停地在她頭頂拍打，GPS導航再次提醒她，應該從下一個交流道下高速公路。在收費站旁邊，她瞥見一男一女在兩輛停在路邊的汽車旁爭吵，女人指著男人，手中揮舞一個橙色的東西，她的車向前疾馳而過。她下了交流道，駛入斯納伯勒路，尋找通往國家室內體育館的正確轉彎路口，沒有空位可供停車，車輛沿著路邊一字排開，阻塞了公車專用道，大門前已經聚集了一群人。她下了車，圍上一條圍巾，拉上外套拉鍊，抬頭望著天空。當她在門前人群之間穿梭時，似乎有什麼在午後的空氣中低語，靜靜逗留在雨水之間，她不知道內容。感覺冬日氣息還殘留在春天中，冷雨滲透衣物，寒氣襲向心靈，她站在那裡，凝視著大門和牆頭拉著鐵絲網的圍欄，監視器的鏡頭由上而下窺探，戴著全罩頭套的武裝士兵站崗，召喚人們逐一通過安全門，走至窗口詢問。她忘了帶任何食物或飲料。一位穿著極地裝備的女子，動作幹練利落，遞給她一袋裝著綜合糖果的冷凍袋。我已經兩天沒有女兒的消息，她說，他們什麼都不肯告訴我，今天早上我接到一個電話，只有一個男人的聲音，告訴我女兒在市立太平間，但是當我和我丈夫趕過去的時候，她並不在那裡，我的心都快要崩潰了。一輛警方囚車緩緩駛近入口，但沒有足夠的通行空間，一支支手機貼上深色玻璃拍照，一位六十多歲的婦人用拳頭根部敲打車窗，手提包順著手臂滑落下來。一個穿著皺巴巴商務西裝的男人聲嘶力竭地對士兵們喊道，拿下面罩，你們有什麼好遮遮掩掩的？大門開啟，囚車駛入，映入眼簾的是運動場的寧靜景色。她轉過身注視四周的面孔，這些面孔因凝望乍現的深淵而顯得暈眩難受，所有人都一樣，人人都穿著衣服，卻彷彿赤身裸體，既汙穢又純潔，既驕傲又羞恥，既不忠又忠誠，他們都是因為愛而來到這裡的。痛苦遲早會超越恐懼，當人民的恐懼消失時，政府也將隨之垮臺。一小時後，她被搜身，隨後被叫進去，她走向玻璃窗，看到一位身穿軍裝的年輕女子從螢幕抬頭往上看。請出示證件。艾莉舒摸摸口袋。哦，她說，我忘了帶，可能放在車上了，我兒子昨晚去找他女朋友，沒回家，我已經在這裡等了好幾個小時。看著自己的臉，像牛奶一樣平淡，她如饑似渴地凝視著，微微一笑，年輕女子的眼神和善了一些，她旁邊還有一個空位。你確定沒帶嗎？她說，好吧，我想這也不重要，告訴我，你兒子叫什麼名字？她動了動嘴脣，想說出那個名字，但有個聲音說不行。她低頭看著自己的腳，無法思考，鞋尖對著柏油路上的黃線。說話的是賴瑞的聲音。如果他不在裡面呢？他說，他們要的只是名字，名字一旦進入系統，就再也出不來了，名字，就是他們力量的來源。詹姆斯．鄧恩，她說，拉內拉赫區北溪大道二十七號。她想要回到車上，爭取更多的時間，她看著女子把名字輸入系統，手指套著一枚纖細的訂婚戒指，她想像女子挽著一個年輕小夥子的手臂，那個小夥子週末踢足球，喜歡喝烈性黑啤酒，她看起來不像壞人，很少人真的是壞人，她和其他剛從大學畢業的女孩、擦拭酒吧檯面的女服務生、數著還有多久才到午餐時間的實習會計師幾乎沒有兩樣。裡面一扇門打開，一個穿著制服的男人走進來，拉開空椅子，把一份三明治放在桌上，低聲說了句什麼，女子笑了，但眼睛始終沒離開過螢幕。恐怕我無法提供你關於這個名字的任何資訊，她說，你能先填一下這張表格嗎？

直到她大聲叫孩子回房間，他們才肯上床睡覺。她躺在黑暗中，徘徊在思緒的死胡同，以為自己睡著了，醒來時卻發現自己躺在一個漆黑的房間，一張張竊竊私語的臉注視著她，原來自己正在接受審判。她坐起身來，查看嬰兒床中的兒子，然後下樓，穿過客廳，聽到沙發上傳來呼吸聲。她一動不動，接著伸手打開燈。馬克穿著夾克，四肢攤開睡著了，一隻胳膊鬆垮地垂在座位邊上，脖子圍著一條白色頭巾，身上的衣服還夾著雨的溼氣。她拿來一條毯子，跪在沙發旁，小心翼翼地將他的胳膊放回身子旁，生怕驚醒他。她握住他的手，凝視那張平和的臉龐，隨著呼吸的節奏起伏，五官顯得柔和安寧，他瞬間變回了一個孩子。他醒來後，她在他塗麵包奶油和喝咖啡時緊盯著他不放，他的表情底下藏著陰影，始終迴避著她的目光。我不相信你，她說，你周圍的世界都是謊言組成的，如果你也開始對我撒謊，我們會變成什麼樣？我已經告訴你我去了哪裡，他說，我到現在才有辦法回家。他把椅子往後挪，拿起手機發簡訊。你的袋子丟到哪裡了？她問。他把目光從手機上移開了一會兒，然後聳聳肩。他們說我們用金屬棒攻擊他們，他說，還朝一個男的胸口開了一槍，說他有心臟病。聽好了，她說，你很幸運沒有被逮捕，你需要保持低調，今天可以留在家裡好好睡一覺，但明天你就得回學校上課。她站在桌邊看著他，直到他把目光移開。好幾天沒洗的頭髮，潮溼發臭的衣服。你需要洗個澡，她說，你也需要上樓去睡覺。他嘆了口氣，站起身來，身高比她高出許多，下巴滿是鬍渣，有那麼一刻，她竟然覺得不認得他。他張開雙手，望著遠方，當他開口說話時，她感受到了他的決心，那聲音流露出石頭般的沉穩。媽，全世界都在看著我們，他說，全世界都看到了發生的事情，安全部隊拿真槍實彈對付和平示威的民眾，還追捕我們，現在一切都變了，你還不明白嗎，已經沒有回頭路了。她轉過身去，尋找一種能夠壓制他的力量，從前源自血脈的威權，她看著外面的院子，溼潤的光芒照耀著萬物，雨水滲入大地。之後的事你都不要再參與了，她說，他們已經帶走你爸爸，他們不能再帶走我的兒子。她握緊雙手，轉身面向他，但面對的卻是自己口中吐出的謊。無論如何，他們都會帶走她的兒子，他雖然站在她的面前，但他其實已經被帶走了。貝禮從樓梯上走下來，張嘴咳了幾聲，走進了廚房。遮住嘴巴，她說。他看著哥哥問，你什麼時候回來的？他打開冰箱，拿出牛奶。媽，寶寶哭了，我感冒了，我可以不上學嗎？

她站在百葉窗前，看著街上的人群，想著負責記錄他們面孔的警察。在全國各地的大城小鎮，GNSB正挨家挨戶地敲門，圍捕占據街道的顛覆分子，搜查藏於平民之中的恐怖分子。望著緩緩駛過街道或停在附近的汽車，望著車上的人，感覺彷彿從大夢中驚醒，做夢的他們在夜幕降臨時甦醒了。抗議民眾設置路障，在街頭縱火，焚燒城鎮廣場上的雕像，砸破商店櫥窗，在牆壁噴寫標語。有些女人穿著婚紗，分發著失蹤丈夫的照片。也有不是警察的男人，戴著警察手銬，手持球棒或愛爾蘭板棍球棒，成群結隊襲擊抗議民眾。在新聞畫面中，她看到科克被封鎖的情景，防暴警察從暗處蜂湧而出，抗議民眾頭頂回響著斷斷續續的實彈槍聲。一名男學生中彈倒地，這段影片在國際新聞上流傳，畫面中，他的身體在慢動作中崩塌，化作破碎的像素，被催淚瓦斯吞噬，屍體被抬上車後座，快速駛入小巷。她難以置信又看了一遍，熟悉的街道輪廓，穿著黃褐色涼鞋的男人提著購物袋在公車站旁觀望，古老拱廊的櫥窗掛著化妝品廣告，去年她還在那裡買過東西。當局通知學校停課，直到法律和秩序恢復為止。她也被要求居家工作。茉麗悶悶不樂，穿著她父親的睡衣，除了早餐麥片，什麼都不肯吃，而且禮則一直抱怨他的鞋子太小了。她看著馬克，發現他似乎陷入了與他父親相同的那種陰鬱而野蠻的情緒。拜託，她說，我希望你留在家裡，不要出去。但他依然我行我素，進進出出，時常晚歸，她無計可施。一種陌生的氣氛瀰漫，士兵駐守在提款機和銀行旁，士兵搭乘運兵車成列駛過進城的道路。她看著一位老人走上街道，對著一輛軍用卡車的輪子吐了一口痰。她與紐約同事交談時，刻意保持一種中立的公事化語氣，與妹妹通電話時，也留意自己的語氣和用語，某些詞彙的意義是模糊的，某個措辭能以更精確的方式表達模稜兩可。愛妮說，我希望你好好聽我說，歷史是不知道何時要離開的人們的無聲記錄。艾莉舒保持沉默，看著言語在四周形成，直到終於落入妹妹設下的圈套，她父親總說，你們兩個老是這樣，打個電話都能吵起來，而她也不在乎誰認真在聽。你說得可真輕鬆，把我們的爸爸丟給我照顧，告訴我，你老公現在在哪裡，他在研究所教微積分，他大概一小時後就會開車回家，然後換上拖鞋，翹起二郎腳，等你給他煮好晚餐，除非我看到我的賴瑞回家，否則我一步也不會離開家。

她開車到超市，用硬幣取出一輛手推車，把兒子放到面向她的座位上，屏住呼吸，走過站在門口的兩個士兵，和她兒子年齡相仿的年輕人，手持邪惡威嚴的自動武器，下巴還不需要剃刀，面無表情的臉龐流露出桀驁的性情。貨架尚未補貨。沒有新鮮的牛奶或麵包。她買了酵母、全麥麵粉、煉奶、一些罐頭食品和嬰兒配方奶粉。離開時，她伸手護著兒子的頭，走過士兵的身邊。她沿著運河開車回家，開到檢查哨時放慢了車速，路上站著全副武裝的警察，個個表情嚴肅，她的喉嚨鉗住了聲音。她被要求打開後車廂，一名腰間掛著手槍的警察俯身察看她的兒子。她急躁地注視車輛四周的精確動作，駕車通過檢查哨時，忽然想起了馬克的生日，她看著運河兩側的樹木，柳樹和楊樹為小徑投下涼蔭，天鵝在拉長的光線中掠過，她的人生總是如此。她驚訝地發現自己竟然希望春天停下來，日晝縮短，樹木再次隱沒，花朵重返泥中，讓冬天把世界封在玻璃中。返家後，她抱著班上樓，哄他午覺，聽到前門傳來低沉的喀嗒聲，門廊的拉門滑動了，碎石上一陣急促的腳步聲。她掀開窗簾向外望去。馬克正準備坐上對街的一輛舊豐田車，開車的是一個年輕人，另一個年輕人坐在前座，兩人她都沒有見過，馬克的朋友中沒人有車。她抱著嬰兒衝下樓，剛到街上，車已經駛離，她追上去，揮手示意他們停下，但是車子只是放慢速度，繞過街角後，就消失不見了。她停在原地，感覺雙腳一陣冰冷，低頭一看，才發現自己穿著拖鞋，班不停掙扎，想要脫離她的懷抱。

4

一個星期六的晚上，他們找了一家餐館，占了一個雅座。宵禁之前，還有足夠的時間用餐、放鬆，接著再送賽門回家。看到茱麗和貝禮就坐在她的面前，班在嬰兒椅裡，賽門穿著粗花呢靠在雅座邊緣，馬克也快來了，她感覺無比的快樂。在附近的一個雅座，一男一女在無奈的沉默中用餐，只聽見餐具的叮叮噹噹聲。賽門用手帕摀著鼻子，大聲擤鼻涕，貝禮轉向茱麗，做了一個厭惡的表情，艾莉舒把手伸進袋子裡找手機，視線落在空位上。她告訴自己這不是真的，賴瑞以某種方式和我們在一起，他不會忘記馬克的生日。有那麼一刻，她看到他把手放在大腿，坐在監獄裡的床上，設法進入她的思想，希望她日子該怎麼過就怎麼過，也希望她變得更加堅強。她挺直背部，靠著打褶的人造皮革，看了孩子一會兒，對賴瑞說，需要我們關心的是茱麗，十二點才從床上爬起來的是茱麗，一整天不吃東西的也是茱麗。她看著茱麗摳著指甲周圍的皮膚，原本運動型的身材日漸消瘦，外在的自我逐漸向內萎縮，一個陰影正在啃噬她的內心。賽門抱怨著菜單，茱麗則不知道自己想吃什麼。女服務生走了過來，從耳後摸出一支鉛筆，環形耳環像是晃來盪去的笑臉。我們還在等我兒子，艾莉舒說，我們先點喝的吧。她望向馬克會停放腳踏車的地方，他會把腳踏車鎖在欄杆上，但心裡默默希望自己能去別的地方。女服務生回來了，艾莉舒又打一通電話給馬克，賽門的眼神似乎要吞噬女服務生，艾莉舒勉強擠出一絲笑容點了餐，一個光頭男子從前面的玻璃往內看，走到門口，發現餐廳幾乎空無一人，又走了。食物端上來後，賽門和貝禮拿起叉子大口大口地吃著義大利麵，幾乎沒換過氣。她心想，他們貪婪吞食，好像饑餓的野獸，脣齒間鮮血淋漓，就只為追隨肉體的渴望。那些最原始的本能需求，食物、性、暴力——狂歡與釋放，最能帶來滿足。當馬克溼漉漉地走進門，身上還殘留著風吹過的痕跡時，他們小缽裡的冰淇淋已經開始融化。艾莉舒不作聲地從雅座站起來，讓他鑽進去。茉麗嘲笑他一句，但馬克沒有解釋，伸手去拿大蒜麵包。你的手發青了，艾莉舒說，把他的手夾在她的手掌之間。女服務生替馬克端來一盤義大利麵，艾莉舒看著他，彷彿能完全讀懂他的一切，身體放鬆時的表情，還有內心深處的光芒，透過那雙纖長而成熟的手傳遞出來。她試圖與他的生命融為一體，軟化堅硬的心，溫暖他在世人面前變得冰冷的目光，卻察覺他已經戴上他父親那難以捉摸的面具。另一個雅座的男女朝店門口走去，穿上外套，男人探出身子望著天空，似乎很害怕。艾莉舒注視著桌旁的臉孔，示意他們靠近，開始壓低嗓音說話。我有一個消息要宣布，這個消息會影響到大家，她說，昨晚我和馬克討論好了，我決定送他到邊界另一邊的寄宿學校，我不能讓正在發生的事影響到他的學業，他還小，根本不應該被徵召入伍。茉麗的臉龐皺了起來，賽門把餐巾紙捲成一團。這必須是我們之間的祕密，艾莉舒說，你們不可以對家人以外的任何人說一個字，貝禮，你聽到了嗎？她看著他拿著空杯子轉來轉去，馬克放下刀叉，開始搖頭。我改變主意了，他說，我不想去，我有權拒絕服兵役，反正可以申請免服兵役，其他人也會申請，如果我越過邊界，可能再也不會被允許回來，只要回來就一定會被逮捕——茉麗用手遮住臉，貝禮開始拿刀子挖桌面。艾莉舒從他手中拿過刀子，放在自己面前。但是，馬克，她說，我們昨晚都說好了，我還是你的母親，從現在開始，你聽我的話，直到你滿十八歲為止，然後你想怎麼做隨便你。馬克的臉色變得很難看，他把手從桌子上抽回來，開始搖頭。看來我是屬於國家的，不是你的，我不想去就不用去。就在這時，賽門將拳頭重重放在桌上，身體朝馬克靠過去。有一句詩你最好記住，他說，它是這樣寫的，你想死，就得付出代價。馬克對他外公發出一聲冷笑。你這話是什麼意思，媽，他到底想說什麼？賽門往後靠回椅背，眼睛卻沒有離開馬克。意思是，孩子，如果你想留下來，就等著看你會有什麼下場吧。馬克轉向他的母親，瞬間又回到了十歲，露出孩童般的黯然神情。媽，他為什麼這樣對我說話？她看著父親，然後轉頭望向街道，思索著外面正在加速發展的事，它恣意運轉，逐漸積蓄權力。她看著他們，感覺這一刻正在消逝，她知道，自己將會永遠記住孩子們圍坐在桌旁的這一幕，但她也感覺到了，無序的巨輪即將開始轉動。你們本來是六口之家，然後變成五口，過不了多久，將會只剩下四口。廚房的門打開了，女服務生倒退著走出來，端著一顆生日蛋糕轉過身，蠟燭忽明忽滅，她在餐廳裡走來走去，鼓勵大家開口唱歌，馬克則移開了目光。

彷彿是讓另一個自己坐進了車裡，她開車上路，卻幾乎看不清前方的道路，她感受到副駕駛座上的兒子的焦躁，他始終低頭盯著手機。現在，她終於看清楚了，現實與理想之間存在著一道裂痕，她不再是從前的自己，不再是她應該是的那個人，馬克變成另一個兒子，她也變成了另一個母親，他們真正的自我在另一個地方——馬克跨上腳踏車，準備去踢足球，晚一點會打電話給她，說他要去朋友家吃晚餐，而她正坐在桌前，打開筆記型電腦，閱讀臨床試驗的資料，賴瑞則在喊著找不到拖鞋。她沒有意識到車流逐漸變慢，直到前面車輛停了下來，才趕緊踩下剎車，馬克皺眉轉過身來，她不想理會他，只是望著紅燈，望著林蔭道兩側的倫敦梧桐樹，想著每一棵樹如何孤零零地矗立著，但又如何在華麗糾結的寂靜中將自己的影子投到路面上。綠燈了，她看向兒子，兩人目光相逢，重新回到了彼此的身邊，他的眼神變得溫柔，他閉上了嘴，又低頭看著手機。凱洛·賽克斯頓的家是半獨立式的紅磚大宅，吉姆的寶馬停在車道上，一旁是凱洛的豐田小車，有那麼一刻，她恍惚以為他們兩人都在家。馬克俯身靠近凱洛的車，摸了摸車側，那裡像是被什麼金屬爪子抓過似的，艾莉舒按下了門鈴。她想像著他們應該是什麼樣子，應該是星期天下午臨時起意登門拜訪朋友的兩個人，沒什麼特別的，但她卻叫馬克面對著門，她說，小心總是不會錯的。越怕什麼，什麼就越來，他說，難道你不懂嗎？他們正打算走回車上時，前門打開了。凱洛穿著睡衣，裹著陰影和睡意，眼神像是小心翼翼、不知所措的動物。她匆匆瞥了一眼街道，接著揮手示意他們進屋。他們尾隨在後，穿過昏暗的走廊，進入一間瀰漫著混合香料和肉桂香氣的芥末黃色廚房，凱洛拿起茶巾擦拭桌子。她打開一個餅乾鐵盒，讓馬克看裡面的東西。今天早上我為你做了一個水煮水果蛋糕，還是溫的呢。馬克猶豫了一下，然後看著他的母親。蛋糕怎麼能水煮？他說。艾莉舒已經站到了窗邊，看著窗外枯黃的草地與冬日凋零的植物，樹叢中有一抹藍色，她凝視著院子盡頭那棟需要粉刷的小屋。這一切都不是真的，她心想，這間廚房，院子裡的小屋，全都不是真的，她會打開後門，但外面只有一個盲目可怕的夢境，她會甦醒過來，轉身一看，發現賴瑞正躺在她的身邊。凱洛看著她，好像提出了一個問題。對不起，艾莉舒轉身說，我沒聽清你說什麼。凱洛拿著一把長刀在蛋糕上比畫了一下。她問你要不要吃，馬克說。我不知道，她說，好吧，就一小片。他們吃著蛋糕，配著咖啡，凱洛問起新律師的情況。艾莉舒開始絞著手指頭，又用大拇指的指甲掐著自己的皮膚。安妮．德夫林應該很厲害，她說，我有一陣子沒聽到她的消息，她說一有消息就會打電話通知我，她壓力很大，不得不把案子放在一邊，她經常在半夜接到匿名電話。他們會讓她屈服，凱洛說，把她榨乾，直到一滴不剩，如果這樣還沒用，他們一定會逮捕她，對不起，我的話很消極，但現實就是如此。她起身打開櫥櫃的門，迅速拿起一把鑰匙。這是你的，她一面說，一面把鑰匙交給馬克。你一定要小心，不要讓人看到，你可以從後面的小巷進去，走紅色的門，門我沒鎖，我們被逼得好像罪犯一樣，你不覺得嗎？馬克輕輕把玩鑰匙，望向母親。我現在可以過去看看嗎？現在不行，凱洛說，你要等天黑了才能進出，窗戶我裝了窗簾，鄰居不會看到你。艾莉舒謹慎地看著微波爐上吉姆．賽克斯頓的照片，照片中的男人穿著橄欖球綠的衣服，骨架高大，身形硬朗，她朝著那間小屋看過去。他今天晚上會在宵禁前騎腳踏車過來，他還缺什麼嗎，這個地方夠暖和嗎，我一直覺得自己好像忘記了什麼。凱洛拿起刀子。你還要蛋糕嗎？她笑著看著馬克說。天黑後我會送晚餐過去給他，早上送早餐，缺什麼就告訴我，你有微波爐、熱水壺可以用，還有儲熱式暖器，我已經跟我哥哥說了，他大概兩個星期後會過來，他會用地毯把你包起來，然後藏在貨車後面，他說他的貨車過境時，他們從來不檢查。艾莉舒借了一把剪刀，伸手到袋子，拿出兩支廉價的預付卡電話，剪開包裝，把每一支電話的號碼存到另一支電話裡，然後把一支交給馬克。她說，從現在起，我們用這兩支手機通話，你的舊手機不能再用了，我今天晚上就會跟你收回來。馬克低頭看著第二支電話，他搖搖頭，把它推開。小珊呢？他說，我要怎麼跟她聯絡，難道你要我一聲不響就消失嗎？我會跟她解釋，等你過了邊界，就可以打電話給她。他咬著下唇，露出上排的門牙，其中一顆比另一顆短，他盯著地板。我不喜歡這樣，他說，一切發生得太快了，我想在走之前跟小珊說一聲。你打算怎麼做，打電話跟她聊聊天，你希望我們都被抓起來嗎？艾莉舒嘆了口氣，低頭看著自己的雙手，指關節上的皺褶清晰可見，她又看向坐在椅子上的凱洛，注意到她那雙穿著拖鞋的長腳，她那張憔悴幽怨的臉，她尋找這個女人內心的悲傷，與自己的悲傷作比較。她再次轉過身來面對兒子，想著她還要失去多少，不僅丈夫，現在連兒子也要失去了，悲痛之後，還是更多的悲痛，她看著兒子，彷彿懸浮在時間中，他的身影烙印在記憶中，而他正走向水煮蛋糕，為自己切下第三片。

艾莉舒走過去準備將外套掛到衣架上時，注意到羅希特·辛格不在他的辦公桌前。上週他整個星期都沒來，然而，他平常總是第一個來上班的人。當她再次看向羅希特的座位時，手中仍然拿著外套，但察覺他的辦公桌已經清理乾淨，只剩下一個釘書機和隔板上的幾個圖釘，沒有留下半樣的私人物品。她詢問周圍的人羅希特發生了什麼事，瑪麗·牛頓一臉慌張抬起頭來，但沒有人能回答她。她茫然地看著螢幕，拿起電話，撥了賴瑞的號碼。對不起，他說，我現在無法接聽你的來電。她在通訊錄中找到羅希特的號碼，撥打過去，卻只聽到電話被掛斷的聲音。艾莉絲·蒂利頭髮蓬亂，笨拙地拿著一把高爾夫球傘，穿過辦公室，走進自己的辦公室，關上門，艾莉舒沒敲門便跟了進去。羅希特·辛格人呢？她問。艾莉絲·蒂利抬起頭，但沒有回答，她正在袋子裡找什麼東西，接著她把一把梳子放在桌上，盯著梳子看了一會兒。麻煩把門關上，她說。艾莉舒抱著手臂，朝著她走了一步。你以為關上門會有什麼不同嗎？艾莉絲．蒂利嘆了口氣，站起身來，走到門口把門關上。我已經指示麥可．萊恩暫時負責這個案子。所以羅希特走了。沒必要知會你。沒必要知會我？我看不出我有什麼必要知會你。艾莉舒閉上嘴巴，察覺到有人正隔著玻璃看著自己。艾莉舒，雖然還沒公布，不過我已經被安排無限期休假，那個混蛋把我弄走了，今天是我在這裡的最後一天，我們將會一個接一個地倒下，你不這麼認為嗎？柯爾姆．裴瑞看著艾莉舒走回辦公桌，所有人都注視著她，她氣沖沖地在袋子裡尋找香菸，袋子掉在地上，柯爾姆．裴瑞撿起來，跟著她進電梯。當她走到街上時，菸已經點燃了。羅希特．辛格已經被捕了。柯爾姆．裴瑞做了個臉部肌肉抽動的表情，搖了搖頭，給她一個警告的眼神。今天早上我宿醉得很厲害，他說，下班後我們去喝了一杯，回過神來，已經過了宵禁時間，費了九牛二虎之力才回到家。他朝她的肩膀上方點頭，當她轉過身時，發現旁邊一樓的窗戶開著。

貝禮抱怨他的鞋子，她則想要專心看電視，今天下午，一支安全部隊巡邏隊在城裡遭到攻擊，兩名士兵喪生，科克的地方法院在夜間也遭到汽油炸彈攻擊，她不禁思索，還有多少消息沒有被報導，政府宣布將要延長宵禁時間。當聯絡電話在廚房響起時，貝禮和茉麗也都跟著她走進廚房，大家都想跟馬克說話。茉麗露出喜悅的表情，從貝禮的手中搶下手機，跑進玄關，站在鏡子前看著自己，艾莉舒在門口看著。她示意茉麗把手機交過來，然後拿上樓，回到自己的房間。你還會冷嗎？她問，前幾天晚上不是很冷，C說你隨時可以開暖氣。他一時間沒有回應，她不知道該如何解讀他的沉默。我昨晚睡不著，他說，我不想待在這裡，我有其他地方可以去。你還能去哪裡，聽我說，這些我們都討論過了，這只是暫時的，一切都會好起來的。媽，你根本沒有認真聽我說，你為什麼就是不聽？我在聽你說啊，你真該看看你妹妹現在的表情，弟弟妹妹真的很想念你，貝禮老是提起你，你對他來說真的很重要，你不知道嗎？有小珊的消息嗎？我問你有她的消息嗎？我們聯絡過。她說什麼了？你覺得她會說什麼，她很難過，可憐的女孩，她不明白。她沉默了半晌，思索著自己不會說出口的話，回想起莎曼珊穿著一件寬大的大衣上門來，神情落寞，她知道這個女孩根本沒有睡覺，也不願意睡，她所承受的，正是自己曾經經歷的痛苦，她的男人被帶走了，音訊全無，然而，她站在女孩面前，好像戴著面具，並沒有邀請她進屋。媽媽，你還在線上嗎？我在，我已經和她談過了，告訴她你會離開一段時間，你一有空就會給她打電話。她發現自己站在男孩房的門邊，一動不動，連呼吸都暫停了，一道泛藍的光穿過窗簾，以最快的速度飛馳而來，卻又陷入一種靜止的幻覺中。馬克彷彿還在房間，隆起的羽絨被，翻亂的抽屜，散落在地的髒衣服。她拾起衣服，坐在床邊，把要洗的衣物放在腿上，回想馬克在凱洛的廚房裡的模樣，回想他的手放在刀子上，她這才恍然大悟自己做了什麼，為了救兒子，她對他抽出了刀。

她坐在餐桌旁，對著筆記型電腦，心神恍惚，夜色從敞開的窗戶淌入，城市在夢中的樹木間低語。她望著坐在嬰兒椅上的兒子，那眼底的笑意來自一個陶醉仰慕的純真世界，金髮沾上了蘋果泥和米粒。她的意識飄向自己的雙手，看著細微得幾乎難以察覺的皮膚紋理，這雙手老了，而且還會繼續老去，會鬆弛，會生斑，她捏起一團皮肉，看著骨頭周圍的皮膚變得光滑緊繃，茉麗不知道在樓上喊著什麼。樓梯口一陣雷鳴般的腳步聲，貝禮在玄關大聲說話。她走到窗口，看到柵門前有一輛車，閃著黃白色的光芒，兩個表情嚴肅的警察正朝著大門走來。她總是在夢中聽到他們的敲門聲，聽得太久了，現在她絕不會讓他們如願以償。她快步走向前門，感受到一股勝利的滋味，她拉開門廊門，迎向微溼的夜晚，見兩張臉在光中綻放，一男一女，氣質雷同，都穿著制式的警察防水夾克。女人的態度平淡，直截了當。晚安，她說，我是費里斯警官，這位是提蒙斯警官，我們想找馬克·史塔克說幾句話。艾莉舒露出一個樂於助人的笑容，瞥了一眼對街。哦，她說，馬克·史塔克是我的兒子，但他不在這裡。她觀察女人的眼睛，尋找尚未表露的訊息，但冷漠的表情沒有透露任何蛛絲馬跡，帽子下幾縷陰暗的頭髮微微捲曲。能告訴我們他什麼時候會回來嗎？我兒子已經不住在這裡了。提蒙斯警官用手抹了一下嘴，從後方口袋抽出一本黑色筆記本，點點頭，指著她身後的玄關。我們能進去一會兒嗎，史塔克太太？她不假思索從暖氣片上拿起固齒器，走進了廚房，警察跟在後面，她把固齒器放在桌上，然後又拿起來，放進水槽裡，再請警察坐下。我正要煮咖啡喝，她說，你們想來杯茶嗎？警察摘下帽子放在桌上，提蒙斯警官對嬰兒微微一笑，然後翻開他的筆記本。法院已經發出傳票，史塔克太太，你的兒子沒有出庭答覆，我們現在有責任找他談一談。她站在那裡，手放在水壺上，停頓了一會兒才回答，她告訴自己，在他們的面前，她絕對不能露出馬腳。她轉過身說，原來是傳票，信我是看到了，但沒想到要拆開來看，你們的茶要加牛奶嗎？我加一點就好，提蒙斯警官說。費里斯警官點點頭。我喜歡加很多，奶味濃一點，她說，請問，這裡是你兒子的戶籍地址嗎？沒錯，他從小就住在這裡，但現在已經不住這裡了。史塔克太太，如果你能告訴我們在哪可以找到他，對我們會很有幫助。茉麗赤腳走進廚房，站在水槽邊，過了許久才拿起一杯水，然後站在艾莉舒的身後，雙手摟著她的肩膀，貝禮則在門後偷聽。艾莉舒伸手越過桌子想拿糖碗，提蒙斯警官便把糖碗推了過去，她低頭看杯子時，手正在往咖啡裡加糖，可她喝咖啡從不加糖的。馬克兩個星期前就離開家了，她說，他去北愛爾蘭邊界的學校讀書，只要這裡的動亂持續下去，他就會一直留在那裡，他才十七歲，原本想學醫，但在國家對他父親做了那件事之後，他改變了主意，他現在想學法律。兩個警察緊盯著她，她瞪回去，把這兩張臉和他們的制服分開，說話的是制服，不是嘴巴，是國家透過制服發聲，她想像他們穿著便服的樣子，走在街上，誰也不會多看他們一眼。提蒙斯警官緩緩吸了一口氣，放下筆記本。史塔克太太，你的意思是，你兒子已經不在國內了？沒錯，她說，我就是這個意思。她看見男人的手放鬆了，笑容軟化了他的表情。那好吧，他搓著手說，這樣我們也沒什麼可做的了。費里斯警官拿起茶匙玩了一會兒，然後放下。我告訴你，但你別告訴別人，她說，最近很多人的兒子出國，你必須明白這麼做的後果，像你兒子這樣的年輕人，拒絕加入安全部隊，也沒有出庭陳述，將會被軍事法庭判刑，如果你的兒子回家了，或是被發現還住在國內，我們有逮捕令，必須把他交給憲兵，不過，另一方面，如果你能在方便的時間到警察局來做一份陳述，說明事實，對你們有好處的。提蒙斯警官不斷轉動手中的杯子，然後嘆了一聲，表示該走了。他側身將筆記本塞入口袋。我可以問一下嗎？他說，你丈夫怎麼了？我丈夫被GNSB逮捕了，她說，他們不讓他見律師，被拘留到現在，無法透過法律途徑尋求協助，他是TUI的工會會員，他只是在做他的工作，自從他被拘留後，我們再也沒有他的任何消息，我們原本全家計畫下星期去加拿大度假，這件事讓孩子很難受。說話時，她感覺自己置身於時間之外，背負著某種古老的責任，這一切已經發生過許多次，警察臉上漸漸浮現出無聲的憤慨，嘴角露出了遺憾，搖了搖頭。恐怕你不是唯一遇到這種事的人，他說，但現在的情況就是這樣，如果可以私下說，我會說這根本是在嘲弄我們的誓言，不過，關於你的兒子的事，我同事說得沒錯，如果你肯來做一份宣誓證詞，他們就會通知我們部門，我們就可以放手不再管，這件事就暫時結案了，除非你兒子決定回到國內，當然，誰也不知道事情會如何發展，那時說不定什麼問題都沒有了。她猶如置身夢中，被牽引著往前走，她凝視著眼前的臉龐，不敢開口，深怕打破這份咒語。她張開雙手，從椅子上站起來，感覺自己沒有了重量，遠處教堂的鐘聲響起，開始報時。

她正努力將班從汽車安全座椅中解開，他的外套卡在扣環的齒上，他一面尖叫，一面用可憐的小拳頭揮打空氣，這時，她的手機在儀表板上響起。她從孩子的眼神中看出，自己不再是他的母親，而是某個惡毒的巫婆，於是她轉過身，一邊在前座梳理頭髮，一邊對著茉麗咆哮。誰打電話來？她說。她抬起頭，從照後鏡看到陌生的自己，那個女巫的臉還抹著粉，茉麗斜靠在座椅上，對方已經把電話掛斷了。只是外公打來的，她說，你要我回撥給他嗎？斜斜的冷雨中，她抱著孩子，用手遮擋他的臉，穿越街道，走進了托兒所。她低頭匆匆往回走時，向狹窄街道上並排停在自己後方的兩輛車揮手道歉，伸手指了一下，立刻上車離開，這時，電話又開始響個不停。媽，你能接一下那該死的電話？貝禮說。注意你的言詞，她回答，我現在沒有精力應付他。茉麗伸手越過儀表板，接起電話。喂，外公，是我，茉麗，怎麼了？艾莉舒一言不發地盯著前方的路，她的父親沉默下來，好像正在悄悄聆聽他們在車裡的動靜。你媽媽在嗎，還是你自己開車上學？艾莉舒用怪異的眼神看了茉麗一眼，兩人都在憋笑。爸，我在，孩子也在車上，我的手機開了擴音，我們約好星期六，沒問題吧？費勁的吸氣告訴她，他已經忘了，她可能需要提醒他今天星期幾，燈號轉為紅燈，她停下來，閉上眼睛，感覺自己可以像這樣休息一整天。你看過報紙了嗎？他說，我猜還沒有。爸，我和班五點半就起床了，剛剛才把他送到托兒所，他又在長牙，很不舒服，現在我要送孩子去學校，我還沒看報紙。她聽到狗發出一聲清脆的吠叫。他說，不用這麼急躁。你是在跟我說話還是跟狗說話？你去學校路上，最好停下買份《愛爾蘭時報》，看一下第七版。有什麼新聞，爸？賽門對著狗大呼小叫，隨後話筒砰的一聲被放回底座，廚房的門也砰的一聲關上了，當他再次拿起話筒時，已經氣喘吁吁。那隻該死的狗，又咬破地毯了，他說，我等一下再打給你。她慢慢開進勉強通行的車流中，望著沒有太陽的天空，貝禮又開始拉扯茉麗的安全帶，茉麗轉過身，揮手打開他的手。貝禮，我跟你說過，不要煩她。茉麗指著右前方。媽媽，前面有加油站。她寧可不要停車，她不要別人告訴她該怎麼做，她轉向橫越馬路，停在空地上。空氣滋滋作響，充滿了碳氫化合物的味道，櫃臺那人收下報紙的錢時，正在用手機看足球比賽，連看都沒看她一眼。她站在商店外面，把體育副刊塞進垃圾箱，然後打開報紙，翻到第七版，沒有什麼值得閱讀的，整版都是政府刊登的廣告，廣告上方印著一個豎琴徽章，所以是份公告，細小的字體列出數百名逃兵的姓名與地址。

她從報紙上抬起頭，看到貝禮正在吸吮車窗玻璃，她屏住呼吸，開始瀏覽名單，看到了兒子的名字與地址。她想起她到警察局所做的宣誓聲明，又讀了一遍兒子的名字，從黑色字體中看到了即將降臨的黑夜，料到他們將會如何隨口咒罵她的兒子，畢竟，他的名字就在第七版，以廣告的形式，呈現在所有人的面前。

她站在辦公桌前，心口一陣緊繃，不記得自己是怎麼從車裡走到這裡。她轉身掛起外套，原本也打算脫下白色雪紡圍巾，最後卻只是把圍巾整理了一下。接著她環顧一下辦公室，看看有沒有人在看報紙，保羅·費爾斯納的辦公室的門緊閉，莎拉·哈肯正走過來準備和她說話，如果她願意，她可以幫這位女士把話講完。噢，她說，可惜沒辦法，抱歉，我午餐已經約了人。仔細注意任何不尋常的舉動，微微抽動的嘴角，必須在沉默中傳達的聲援姿態。這時，她袋子裡的聯絡電話響了，她選擇忽略它，莎拉·哈肯瞥了一眼袋子，而她的手機正擺在桌子上。噢，只是我的孩子打來的，艾莉舒說。當電話再次響起時，她把它關掉了。她穿著冬季外套，獨自在一家露天咖啡館吃午飯。其實她不太想吃，只喝咖啡，用鼻子緩緩吸入青色的香菸煙霧，回想起茉麗察覺了這個氣味，在門廊門口攔住她，像一個警惕的父母懷疑她。別傻了，她一面說，一面發出不自然的笑聲，同時轉過身去，用手掩著嘴。她低頭看著腿上的聯絡電話的螢幕，她嘗試打給馬克，但電話只是一直響。一個灰色幽靈般的男人在她旁邊的桌子坐下，細長的手指將點燃的香菸塞到嘴裡，輕輕撕開報紙。她轉頭望向街道，眼前的世界在詭異的幻象中流逝，蒼白麻木的臉孔匆促返回工作，他們大多是公務員，每天都有新的跨國企業關門，找藉口離去，很快，這個城市將空無一人。附近一位女士將椅子往後推，灰色上班族短裙底下是螢光粉的慢跑鞋，她想起了貝禮需要一雙新鞋，想起昨晚從夢中驚醒，夢裡她坐在自己的一雙鞋前吃東西，會擠壓腳趾的那雙紅色懶人鞋，她獨自一人在鞋前拿著刀叉。她回到辦公桌前時，大家都進了會議室，保羅·費爾斯納下午兩點要召開策略會議，她查看電子郵件，她並沒有收到邀請。看著他們聚集在會議室裡，保羅·費爾斯納拿著一份報紙走進會議室，她身體裡有樣東西甦醒了，從太陽神經叢向外爬到她的手腳，她穿過辦公室，感覺手變得很冰冷，聽見自己敲門的空洞聲音，她清了清喉嚨，把身子探進會議室。我沒有收到開會通知，她說，你需要我出席嗎？百葉窗拉了一半，會議室陸續坐滿了人，保羅·費爾斯納坐在椅子上，手臂搭在椅背上讀報，他轉過身來看著她，彷彿從某個陰暗內心深處凝視著她，她從他的眼神中讀到的是，他已經將她牢牢釘住，她正在掙扎。艾莉舒，這裡不用你操心。他在座位上向前傾身，以手勢示意她離開。她站在門邊，覺得自己毫無用處，她想說，對，但這是我的案子，沒有我你不能繼續，她卻無法張開嘴巴，她發現自己的手碰到了圍巾，便讓手垂了下來，該死的白色圍巾，看到保羅·費爾斯納臉上浮現的那絲微笑，她恨不得自己此刻沒有圍著它。她走到一旁讓同事通過，不知不覺來到茶水間，手中還拿著一個空杯子，人事部的一位女士正在嘮叨有人把盤子丟在水槽裡，她把杯子放在水槽裡，然後走了出去。

她在屋裡走來走去，聽著兒子從城市的另一頭說話的聲音，最後停在他的臥室門邊，落在房間裡的街燈如冬月的幽靈。光灑在床上，鋪出一張半透明的白床單，她躺下來，光灑在她的身上，擁抱著她，她在他的聲音中感到幸福，傾聽著那在長長吸氣中思考的心靈。瓦斯暖氣震動了幾下，發出嚓的一聲，又恢復了寧靜，馬克低聲說了些什麼，他說，我不再知道我是誰，我被困在這個房間裡，但這不是一個房間，這是監獄，媽，這真的是監獄，我怎麼睡得著呢——同樣的夢我已經做過兩次，我看到自己被帶到街上，好像在受審，我走在人群中，有人大聲宣布我有罪，罪名是怯懦和虛偽，昨晚半夜我醒來，拉開窗簾，看到她家燈亮著，猜猜是誰穿著婚紗站在廚房門口看著這間小屋，好像她知道我醒著，媽，她讓我覺得很可怕，有一天晚上，她拿著我的晚餐過來，但一句話也沒說，就是站在那裡，看了一會兒窗外，好像我不存在一樣，然後她轉過身來對我說，世界上的一切都只是幻影，我問她是什麼意思，她看了我一眼，然後笑著說，你遲早自己會明白的。艾莉舒捏著鼻樑，她的後腦杓下方一陣劇痛。她睜開眼睛，坐起身來，把雙腳擺到地板上。她沒有權利那樣跟你說話，她說。媽，我不能這麼做。

你不能這麼做是什麼意思?媽,我很想他,我很想爸爸,我努力照你的要求去做,但我不能繼續袖手旁觀,什麼事都不做,我認識的人去打仗了,他們加入了反抗軍。馬克,她喊了一聲,但接著沉默了,她伸手但找不到合適的字眼。聽我說,她說,你仍然是我的兒子,我還沒成年的兒子。這是什麼意思?他說。我不知道是什麼意思,意思是我不能讓你出事。她聽到一聲長嘆,然後是停滯的沉默,沉默彷彿是一陣可以感受到黑雨,雨從黑暗中落下,洗刷所有的人,黑色的雨滴落入了她兒子的嘴裡。

她離開辦公桌,拿了外套,把白圍巾裹在脖子上,告訴同事她要提早吃午飯。她敲了敲賽門的門,聽到一聲咆哮,接著是一個高亢的聲音大喊,是誰?賽門穿著海軍藍睡衣,玄關的燈亮著,時間剛過一點。他揶揄地看了她一眼,然後走進廚房。我不知道你來做什麼,他說,我自己沒問題。爸,我只是來打個招呼,我多抓了一個小時的午休時間。她關掉玄關的燈,站在那裡——五味雜陳的舊氣味中有一絲新的氣味,她猜是陳舊的菸草味,不確定是不是她自己的。她覷眼看著父親,史賓賽一面嗚嗚叫,一面繞著他的腳轉。爸,你上次餵狗是什麼時候?史賓賽轉過身來,垂著嘴角看著她,她領略了黑曜石般的眼睛所透露的訊息,那不是屬於狗的無情,而是屬於狼的無情。你午餐吃什麼?她一面問,一面把水注入水壺中,賽門在桌了上快速翻著一堆文件。午餐?他說，我還沒想到要吃午餐。她發現自己開始輕聲哭泣，拉了張椅子坐下來，擦擦眼睛，然後笑看著她的父親。對不起，她說，只是我在工作中被排擠，我不知道該怎麼辦，一切都發生得太快了，報紙上的公告，馬克變得難以親近，你總是知道該做什麼。她抬起頭，在他的眼睛中看到一種漫不經心的神情，目光像在四處尋找著什麼，賽門緩緩站起來，好似陷入了沉思。他走到水槽前，轉開水龍頭，什麼也沒洗，又把水龍頭關上。他轉過身來看著她，宛如她剛剛出現在他的面前。爸，我剛才說的話，你聽到了嗎?他說，你想要什麼?我說我問了你一個問題，關於我的工作，關於馬克。她看著他的嘴唇像受到衝擊似地顫抖起來，他搖搖頭，用手揮開那個問題，隨後轉身指向流理臺。那個東西，他說，那個叫什麼的東西，我沒辦法讓它動。爸，你是說微波爐嗎?她站起來，把杯子放進去，按下啟動鈕，看著機器嗡嗡動了起來。她說，功能正常，我不知道你在說什麼。一股突如其來的悲傷湧上心頭，她走上樓時多了一個領悟，時間其實並非水平延展，而是垂直向下，一路墜落至地。她停在他的臥室外，又聞到了陳舊的菸草味，推門一看，床頭櫃上有一個原本在客廳的古董銅製菸灰缸，裡面有半滿的菸灰，旁邊還有一包香菸。她拿起菸灰缸，數了數菸頭，又摸了一下地毯上的燒痕。她高舉著菸灰缸走進廚房，接著把菸灰缸放在桌子上。這是什麼?她說。什麼是什麼?爸，你什麼時候開始抽菸了，你把地毯燒了個洞，你想把房子燒了嗎?他撇開視線，抱起雙臂。我不知道你在說什麼。爸，我不能繼續忍受你這樣了，如果不是這個原因，那就是另一個原因，我必須去找醫生談一談。他瞬間變得陰沉，眼神與那隻狗同樣黯然。我告訴過你，等我準備好了，我就會戒。她屏住呼吸，盯著他的臉，感到雙手開始顫抖。爸，你連菸都不抽，你已經有三十多年沒抽過菸斗了。她看著他的嘴張開又闔上，然後他看著窗戶，好像在尋找外面的什麼東西。爸爸，你能告訴我今天幾號嗎？她看著他還是一動不動，然後他狡猾地轉頭看手腕上的錶。他抬起頭，露出得意的笑容。今天是十六號，他說。沒錯，她說，但是是幾月呢？他不肯看她的眼睛，反而環顧了一下屋子，看看牆壁，看看狗，再用撒嬌的眼神看她。我什麼都不用告訴你。他再度轉身面對窗戶，她望向院子，想起有一次膝蓋被金屬碎片割傷了，是他把她抱上了車。馬克的事，他說，在你用這些廢話分散我的注意力之前，我們正在談論馬克和你的工作，你需要考慮目前的狀況，全國各地的武裝叛亂越來越多，國防軍的士兵叛逃，加入自由軍，隨便你怎麼稱呼他們，逃兵被逮到只有當場擊斃一個下場，反抗軍的規模越來越大，還會繼續壯大，這就是馬克要去的地方，也是他覺得自己必須要做的事，至於你的工作，三個月之後不會再有經濟可言了，所以，我說真的，這件事我不會擔心，倒是你現在應該要採取行動了，趁著他們還沒加強管制邊界，你一定要趕緊帶孩子出去，去英國，艾莉舒，或者去加拿大找愛妮，他們已經把你的地址登在報紙上，你兒子被公開羞辱，成了逮捕的目標。他低頭看著雙手，緩緩搖了搖頭。你不能阻止風，他說，風會直接吹過這個國家，但是你不要替我擔心，我自己會過得很好，沒有人會找一個老人家麻煩。

接起電話時，她正獨自緩緩駕車穿過車流，時間是八點五十五分，她調低收音機的音量，聽到凱洛的聲音。艾莉舒，你聽得到嗎？喂，凱洛，我聽到了，我正開車要去上班，我剛買了一個酥皮麵包，嘴裡塞滿了東西。聽著，我不知道該怎麼跟你說，艾莉舒，但是馬克昨晚沒有回來。麵包在她口中結成了硬塊，她強迫自己嚥下，感覺有什麼惡毒的東西爬進她的喉嚨。你聽到了嗎，艾莉舒，我真的很抱歉，我不知道該說什麼，我昨天晚上睡著了，今天一大早就醒了。OK，讓我想一下，我現在就打電話給他，我相信沒什麼好擔心的。她掛掉電話，伸手到袋子裡找聯絡電話，翻來翻去摸不到，於是把袋子裡的東西全倒在座位上，拿起手機開始撥號，有個聲音說，您撥的電話無法接通。她想找個地方停下來，運河沿岸卻無處可停，車流拉著她持續前進，直到前方的車子遇到紅燈停下，海鷗俯衝到水岸小徑。在前面一輛車的後窗上，她看到一張貼紙寫著，最好的防禦是武裝的公民，在貼紙下方，另一張貼紙寫著，終結司法獨裁。到了十字路口，她轉了方向，朝北駛向凱洛家，告訴自己，最簡單的解決方案，最有可能是正確的，他只是騎腳踏車出去了，誰知道去了哪裡，結果錯過了宵禁時間，騎腳踏車回去的風險太高，巡邏車會把他攔下來，當場逮捕他。她抬頭望向逐漸開闊的天空，尋求某種解脫，想像自己的憤怒在眼前飛舞，飛向了冰冷的挫折。當她把車停在凱洛家門外時，前面的窗簾起了皺褶，片刻後，凱洛站在她的面前，雙臂交叉，神情怪異。在廚房的燈光下，臉上的骨骼更加突顯，眼底泛著淚水。艾莉舒一聲不吭走到小屋前，發現門並未鎖上，也看到了馬克俐落果斷的行動，他整理了床鋪，帶走個人物品，除了他的腳踏車靠在牆邊以外，房間就如同他第一次來時的樣子。

整個晚上直到深夜，她袋子的手機始終默然無聲，夜晚過去了，它依然沉默。黎明時，她從一場根本算不上睡眠的睡眠中醒來，迎接她的是一種已成某種咆哮般抽象概念的無聲。她必須喚醒自己，戴上面具面對孩子，催促他們吃早餐，趕緊上車，告訴自己沒有理由驚擾他們。她在車上回過神來，彷彿自己根本沒在開車，一個機械人正在駕駛座上按部就班地駕駛車輛，她完全置身於時間之外，工作時昏昏沉沉，心不在焉，一天不知不覺過去了，她彷彿獨自坐在某個前廳，等待一扇鎖著的門開啟。隨即就到了傍晚，接著傍晚也過去了，手機擺在廚房流理臺上，手機握在她的手中，她一遍又一遍查看，彷彿隨時會亮起他的來電，第二個夜降臨了。睡覺時，她把手機放在枕頭旁邊，在夢中聽到它的幽靈鈴聲，醒來時手中的手機卻無聲無息。她抱著班往下走到樓梯的中間，正喊著找他的鞋子時，手機在臥室裡開始響起，她聽了兩遍才相信，在樓梯上推開貝禮，大聲叫他讓開。她關上臥室的門，讓嬰兒站在嬰兒床裡。馬克，她說，聽到低沉的音樂聲，聽到雜音，聽到緩慢的吸氣聲，然後聽到了吐氣聲，知道他害怕說話，她只想打擊他，彰顯對他的掌控。為什麼這麼久才打電話，我們擔心死了，凱洛都快急瘋了，她為你做了那麼多，你沒有權利就這樣離開她的家。電話另一端沉默不語，然後嘆了一聲氣，清了清喉嚨。我以為我們不能提任何的名字。現在別管那個了。媽，他說，你要我掛斷電話嗎？你希望我掛斷嗎？世界崩垮了，帶走了她對房間、對屋子的感覺，她在黑暗的空間中只感覺得到他的呼吸，感覺到呼吸背後的思想，她罵自己責備他。馬克，她說，我擔心死了，你可能發生任何事。對不起，他說，但我做不到。一個堅固的東西開始鬆動了，她的心像礫石一樣滑動。你做不到什麼？她說。你要我做的事，逃跑，我不能再繼續配合。那你認為你現在是在做什麼？媽，這不一樣。什麼不一樣，我們說好了，我們已經決定這樣做是最好的，如果你留在這個國家被當局發現，想想會發生什麼事，他們會把你送上不公開的軍事法庭，想怎麼對你就怎麼對你，他們會把你帶走，就像帶走你爸爸。她覺得他正在咀嚼著什麼，聽到汽水的嘶嘶聲和吞嚥的聲音。聽我說，他說，我在一個安全的地方。我想知道你跟誰在一起。媽媽，一切都很好，我保證，我會用這個電話和你保持聯繫，對不起，拖了這麼久才打電話。她閉上眼睛，回憶起一種在夢中曾經有過的感覺，她從一個房間走到另一個房間，大聲呼喚，卻沒有人回應，即使她知道自己是在作夢，也無法清醒過來，她睜開眼睛，看見自己的手伸過一個不斷擴大的隱密深谷。馬克，她說，你是我的兒子，拜託，回家來，我們可以解決這件事，知道你走了之後，我根本睡不著，我對你還有法律上的權利。什麼法律呢？媽，在這片土地上，已經沒有法律了。他提高聲音，她卻沉默了。你在否認，媽，你不肯承認發生了什麼事。她說，說真的，我認為這完全不公平，也完全不是重點，你和我做了約定，你沒有遵守這個約定。他說，你怎麼就是不明白呢，這種事還會再一次發生，你非要等到它走到我們家門口，把我們一個個都帶走，你才要明白。班站在嬰兒床的柵欄旁，伸出手，咿咿呀呀的說話聲漸漸變成嗚咽。她走過去，把他抱在懷裡，用拇指安撫他咆哮的臉頰。我不能再坐視不管了，馬克說，這整件事讓我很氣憤，讓茉麗很氣憤，我想回到以前的生活，我希望爸爸回家，回到我們以前的生活方式。馬克，你仔細聽我說——不，媽媽，現在是你要聽我說，我希望你聽聽我想要說的話，我已經不再擁有我的自由，你要明白一件事，當我們向他們屈服時，我們就沒有了思想、行動和存在的自由，我不能這樣活著，抵抗就是我僅存的自由。她從某個隱藏的山頂往下墜，她想說的話散落一地，滲入泥土，她爬了起來，在黑暗中倉促尋找兒子的蹤影，卻除了意志之外，什麼也看不到，他的意志如一道縹緲的光掠過眼前。她睜開眼睛，把班放回嬰兒床，在房間裡走來走去，拉扯著自己的頭髮，覺得這件事來得太快了，她把兒子交給這個世界，而這個世界卻成了陰間地獄。馬克沉默不語，她只聽得見他的呼吸，不知該如何與他對話。她說，注意安全，寶貝，你聽到了嗎，不要做傻事，手機開著，我希望能夠和你說話。他說，你能叫茉麗聽電話嗎？她在樓下，我不希望她知道發生了什麼，你認為她對這件事會有什麼反應，爸爸走了，她已經夠難過了。媽，聽我說，我得掛了，告訴她——聽我說，告訴她，我也很想她。

天氣中藏著記憶。春天般高遠的天空，敏捷的燕子，黑色的燕隼，看著候鳥歸來，憶起了逝去的歲月，她天真無邪地認為水果可以隨意採摘的時光，從施與的手中接過果實，咬了一口，沒有品嘗，就不假思索地丟棄了果核。她獨自走在鳳凰公園，想逃離自己的思緒，反而看到思緒就在眼前，闊葉樹低頭看著她。她抬起頭來，想著在樹下流逝的時間，想著樹木如何在自己的木頭上以年輪記下歲月，日子一天天過去，她卻無法抓住它們，日子持續流逝，但遠去的不是時間，而是另一樣東西，她也被帶著一起往前走。沿著開伯爾路一直走，在一個男人牽著孩子的寬闊背影中，她看到了賴瑞，男人轉身走到後車廂旁，她看到了同樣的紅鬍子，看著他把孩子扶到座位上，以為自己被騙了，賴瑞始終過著雙重生活，所以捏造被捕的事來欺瞞她。她走上軍械堡旁邊的小丘，希望這是真的。她擦去一張白長凳的雨水，坐下來眺望利菲河，大學生已經不在水上划船了，空氣宜人，正是在這樣一張長凳上，她與賴瑞並肩而坐，感受著即將成為馬克的孩子的胎動，那最初的悸動彷彿是孩子生出了翅膀，預備從她體內起飛。

5

喧鬧聲在睡夢中綻放，向上漂流，穿越兩個世界，耳邊響起腳步踩在碎石上的聲音，臥室窗下的笑聲彷彿從夢中放飛的影子。她突然進入黑暗的房間，血液中的意識冰冷迅速，有東西撞到樓下的玻璃門，聲音以空洞的震動傳遍整個房子，她立刻衝下床，逐漸感受到身體的重量。她看到外頭車道上有三個男人，停著一輛未熄火的白色ＳＵＶ。有什麼被扔到門廊的玻璃上，她身後傳來砰的一聲，臥室的門撞上了牆，茉麗撲到她的懷裡，大喊有男人想闖進屋子，她摀住女孩的嘴，從窗戶往後退。一個瞬間居然能夠放緩速度，又同時在其他時間的某個領域中展開，她在無光中跋涉，穿過層層交織的黑暗，害怕狼群的包圍，她從遠方呼喚自己，卻聽不到自己的名字。一個巨大的東西再次撞擊玻璃，茉麗嚇了一跳，緊緊抱住自己的身體，低聲呻吟。艾莉舒不假思索走到嬰兒床前，抱起熟睡的孩子，將他放在茉麗的懷裡，帶著他們走出房間，茉麗在樓梯上停下來，開始如鋸木頭般費力地喘氣，眼神因恐慌而渙散。艾莉舒搖晃她的肩膀。好了，她說，沒時間了，進去浴室，照顧好弟弟，不要出聲。貝禮揉著眼睛，走到臥室門口，艾莉舒也要他進浴室，囑咐他們兩人把門鎖好，沒有我的允許，不許出來。她朝著臥室的窗戶走去，聽著外面的笑聲，想像所有可能的結果，如果他們想闖進來，鎖門也沒用，她摸黑摸索手機，她不記得把它放在窗邊，緊急專線接線生用緩慢而堅定的聲音說話。隔著窗簾，她看見一名男人爬上了她的休旅車，手臂喉嚨都有紋身，另一名男人俯身趴在車邊。男人舉起球棒猛敲擋風玻璃，隨後掏出性器在車上小便，當男人拉上拉鍊跳下碎石時，他笑得呲牙裂嘴，猶如猿人一般。對街，一盞臥室的燈亮起，然後又熄滅，SUV也開走了。

她看著月亮通過房子，瘀青似的曙光照著嬰兒床上的班，殘缺的光線落在茉麗身上，沉睡的茉麗像幼兒般蜷縮，依偎著自己的身體。黎明來了，但白晝已經逃逸了，她現在領悟到一件事，讓黑暗變得虛幻的光非常虛假，黑夜仍舊真實不可動搖，她也知道，把孩子叫到懷裡安撫也是虛假的，這棟房子已經提供不了庇護。她輕輕掙脫茉麗，走到椅子前，悄悄穿好衣服，轉頭看著光滑的光線輕撫茉麗的臉龐，睡夢中的她皺著眉頭。從門外望進男孩房，貝禮正躺在馬克的床上，穿著他的衣服，睡在羽絨被上。她下樓，走出前門，從車道上撿起一塊石頭，站在休旅車殘破的擋風玻璃前，看著引擎蓋、車側、牆壁、窗戶和柵門上用紅漆噴上的同一個字。她開始向賴瑞敘述這件事情的經過，彷彿它已成了過去，是一段從記憶中形成的故事，他們坐在休旅車上，她到他獲釋的地方接他，注意到他衣服變得寬鬆，人瘦了一圈，看見他雙手抓著鬍鬚，知道什麼在他的血液中甦醒，什麼潛伏在所有做父親的血液中，一種原始暴力覺醒過來，卻發現自己被噤了聲，當一個男人意識到自己無法保護自己的家人時，內心的某些東西會破裂，這件事最好不要讓他知道。對面一戶人家的前門打開，傑瑞．布雷納拿著一個黑色垃圾袋走出來。他把袋子丟進垃圾桶，瞄了一眼屋子，察覺自己已經被看到了，便揮了揮手，插上前門的門鎖，朝她走過來，這個老人手腳敏捷，穿著拖鞋，長袍上打著一個結。天啊，艾莉舒，他們到底做了什麼，你一定嚇壞了吧。他彎下腰撿起一塊石頭，用大拇指來回搓揉。人渣，他說，貝蒂通知了警衛隊，但他們來的時候我們一定睡著了，真是吵死了。她看著他瞇著眼睛，仔細研究紅漆噴了一遍又一遍的那個字，TRAITER，隨後用困惑的眼神望著她。是我搞錯了還是拼錯了？我不知道，傑瑞，你怎麼拼？等一下，我沒戴眼鏡無法思考，沒錯，應該是O，不是E——傑瑞，我認為他們確實寫出了他們想表達的話，寫得清清楚楚，我也打電話報警，但沒有人來，我等了他們大半夜。她看著那對不滿的眉毛不信地往上挑，隨後又沉了下來，宛如有個想法模模糊糊在他們眼前的水泥地逐漸成形。他說，這個國家真是退步了，警察一定是忙了一個晚上，到處都是這種破壞分子，這種文盲，你家肯定不是唯一受害的房子。他摸著汽車側面。這輛車得送去修車廠了，他說，不過房子的牆壁可以清理乾淨，我棚子裡有一些白色磚石漆，可以把它蓋過去，我現在就去拿出來，只要幾分鐘就好。她抱起雙臂，看著街道對面。哦，就讓他們看吧，傑瑞，讓大家看看我們的家變成了什麼樣子，一個只掃門前雪的普通家庭，這難道不正是這個國家當下生活的最佳廣告嗎？陽光穿過房屋的隙罅，傑瑞轉身看著自己的屋子。無論如何，我都得去把油漆找出來。他穿過街道時，長袍的帶子鬆開了，但他沒有拉緊。她把臉轉向街道，看著一排排緊閉的大門，數著窗上懸掛著國旗的房子，六棟。當她回屋子時，心中充滿了憤怒，憤怒地在樓上尋找丙酮，以前是放在浴櫃裡，她又到樓梯底下找刮漆刀，卻在眼前的架子上發現她的屈辱，羞恥、痛苦和悲傷在身體裡肆意流動。現在知道了，一切將會公諸於世，他們將在社區受到怎樣的批評，他們目睹了昨晚所發生的一切，卻選擇了沉默。

孩子已經穿好衣服準備上學，但卻遲遲不願意出門上車。貝禮跟著她走進廚房，看著她從櫃子拿出午餐盒，麵包、起司和火腿已經在流理臺上。他說，媽，我們能不能請一天假，我不想上學。她從抽屜拿出一把刀，用臀部將抽屜關上。我說把毛巾從地上撿起來，你撿起來了嗎？媽，你聽到我說的話嗎？你不想去上學。對，我不想去上學。好，不去上學你要做什麼，你不會整天無所事事，看電視看到眼睛都快凸出來了吧，去拿你的外套。他還是不肯上車，抱著手臂站在玄關。她走出去，把嬰兒放上休旅車，回到玄關，站在兒子的面前，提起他的書包，塞到他的懷中，推著他往外走。她再度進屋時，茱麗撲通一聲坐在樓梯上，垂著眼睛，兩膝並在一塊，好像一個抱著什麼東西入睡的孩子，醒來時東西卻不見了。艾莉舒拿起她的外套和袋子。她說，你沒吃早餐，你快餓昏了，不如在車上吃點吐司吧？茱麗的目光越過她，看著街道，聲音幾乎是耳語。如果他們又來了呢，媽，他們可能會再來，如果下次他們闖進屋子怎麼辦？女兒的眼神讓艾莉舒不禁跪下來，她握住茱麗的手，用拇指輕輕撫摸。他們不會再來的，寶貝，他們為什麼還要再來，他們已經玩夠了，對他們來說，就是這麼回事，他們在報紙上看到馬克的名字和地址，就想嚇嚇我們，其他的房子也是他們的目標，我今天晚一點會去找警察，之後再告訴你情況，我保證，我們不會有事的。說話時，她內心有一個聲音在說，不要對女兒說謊，但站起來時，她確定自己說的是實話，而且開始表現得很不耐煩，拉著茱麗的手臂，用動作催促她出門。我們快要遲到了，她說。茱麗不肯坐前座，於是貝禮鑽過座椅之間的空隙，從後排溜到前座，面對蜘蛛網般的碎玻璃。艾莉舒把門廊門拉上鎖好，站在一旁打量著房子，傑瑞·布雷納來了又走了，把牆壁處理得一乾二淨，而且動作很快，他還用丙酮清潔過窗戶，看著這棟房子，你絕對不會知道他們曾經遭受審判，被人用血紅色的油漆，打上了國家敵人的烙印。她上車時，正彎腰拉襪子的貝禮用嚴厲的眼神瞄了她一眼。他說，你不要把車開到靠近學校大門的地方。艾莉舒發動休旅車，開上路後，隔著車窗仔細觀察，在每一輛經過的車內都能看到驚愕的臉孔，騎腳踏車的人在紅綠燈前瞪大了眼，小學生則呆呆地指指點點。她開著車，感受著手中的憤怒，車子在車流中前進，彷彿是由她體內殘酷澎湃的血液所提供動力。她駕駛著車子，很滿意他們公開罪刑，草率地判了決，她心裡暗忖，就讓他們用眼神笞打我們吧，讓他們看到我們是怎樣的叛徒，他們又創造了怎樣的世界。茉麗不肯把手從臉上拿開，艾莉舒聽不清楚她在說什麼。什麼事，寶貝？貝禮憤怒地盯著母親。他說，媽，她說她不想上學，她說她想死。

她對房子感到不安，對自己的身體也感覺不自在，每晚躺在床上時，她總是豎起耳朵，細聽街道的各種聲響。一輛車之所以經過，有很多可能的原因，一個晚歸的狂歡者，一個早起的工作者，她翻了個身，發現茉麗正睡在賴瑞的床上，卻絲毫沒有她進入房間的印象。她摟著女兒，希望自己能夠入睡，希望醒來時進入一個不同的世界。警察始終沒有來，她打了三通電話到警察局，最後又打一通，想找提蒙斯警官說話，卻被告知他已經調職了。她已經獲悉還有其他類似的侵犯事件，他們家的遭遇在全國各地上演，汽車的擋風玻璃被水管或球棒砸得粉碎，商店櫥窗被打破，房屋的外牆遭到破壞。有傳言說，其中一些人是安全部隊成員，還有一些隸屬於警方。這難道不是某種巧合嗎？愛妮說，一切都發生在同一天晚上，好像一種集體的心靈感應，我們現在每晚都在看你們的新聞，我開始低聲禱告，我忍不住，即使我骨子裡不信宗教，我還是忍不住想念馬克。愛妮，請不要在電話裡提起他。疾風迅雷般的發展，彷彿有壓力在推動一切，她感覺體內有某種感應設備，能夠讀取空氣中的力量，告訴她，熱量正從高溫流向低溫，氣體從高壓流向低壓，能量則朝著混亂擴散，而那些不再具備足夠力量的事物，終究會被驅散。一輛汽車在屋外減速停了下來，她靜靜躺著，屏住呼吸，一道門開了又關上，她把手伸到床底下，拿起賴瑞的鐵鎚，垂在身側，走到窗前，一個鄰居從計程車走到他家門口，正在翻找口袋裡的鑰匙。

她扯下貝禮床上的溼床單，隨後不自覺翻弄他的床頭櫃抽屜，連她自己也不知道為什麼。亂七八糟的筆、貼紙，還有各種戰鬥姿勢的塑膠玩具士兵，其中一個正要丟擲手榴彈，其他的單膝跪地瞄準，這些以前都是馬克的。她把手伸進去，摸到一個打火機，隨後又發現了兩個，她拿出來一看，才發現都是從她的袋子拿走的。她從地上撿起一件帽T，湊近鼻子一聞，沒有菸味，她心想，誰知道他在搞什麼鬼，也許他是希望你戒菸吧。她和他一起走在康乃爾路上，樹間的空氣嗡嗡作響，她觀察他步行的變化，大膽而自信的步伐，彷彿在試穿一件新衣服。她摸摸口袋裡的打火機，正準備說話時，兩人都抬頭看著掠過上空的軍用直昇機。毛毛蟲正在翻身，他說，你怕毛毛蟲嗎？她不作聲，仔細地看著他，努力不皺眉頭。毛毛蟲？她問。對，毛毛蟲。你在說什麼？我在說毛毛蟲。什麼毛毛蟲。我不知道，很難解釋，我以為你知道。他說話的時候，臉上浮現一道皺紋，指尖輕輕拖過牆上的常春藤。毛毛蟲正在翻身，他說，牠正在獲得權力，毛毛蟲做牠喜歡做的事。他們在阿拉莫德咖啡館外頭停下腳步，她沉默不語，目光停在破碎玻璃的鋸齒邊緣，她數了一數，球棒或石頭敲擊了三下，窗戶上貼著一個X。門上貼有一張強制關閉的通知單，期限是下星期。燈還亮著，但咖啡廳裡空空蕩蕩，一個正在往咖啡機裡倒咖啡豆的男人轉身迎接他們，臉上有兩種表情，虛浮的笑容掩飾不了哀傷。哦，伊薩姆，她說，他們做了什麼，我還以為你可能關門了。趁著貝禮挑選座位，他們低聲交談了幾句，接著艾莉舒過去和他一起坐在窗邊，她壓低聲音，靠了過去。她說，我希望你不要再亂說什麼毛毛蟲了，我不喜歡。但毛毛蟲是事實，他說，牠不在乎你喜不喜歡。聽著，我要老老實實跟你說，接下來的日子會很難過，我現在真的很需要你的幫助。貝禮旋轉著鹽罐子，她從他手中把鹽罐子搶下，放在面前的桌子上。你還在尿床，她說。我腳會痛，他說，我想買新鞋子。我們明天就去買新鞋子，我想知道的是，我們可以做什麼來停止尿床這件事。我沒有尿床。貝禮，我希望你認真面對這件事情，你想不想從現在開始睡在馬克的床上，如果你願意的話，你可以睡在他的床上，你不是一直想睡在窗邊，他回家後，你再把床還給他就好。她端詳這張直率孩子氣的臉孔，思索他存在的這個簡單事實，回想他嬰兒時期的模樣，也想像他老了以後的樣子，他是懸浮在永恆黑暗中的一粒光，閃閃爍爍，但就在一瞬間，鼻子四周布滿雀斑，那雙眼睛既熟悉又生疏，彷彿在眼後看著這個世界的人已經變了，他每天必須起床，面對一個沒有父親的家，哥哥也不在他的房間裡了。如果他不回家呢？我要你聽清楚，她說，爸爸哥哥一定會回來。如果他們不回來呢？別傻了，你覺得這一切結束後爸爸跟哥哥會去哪裡呢？毛毛蟲喜歡做什麼就做什麼。我叫你別再說什麼毛毛蟲了，我說，他們一定會回來，你一定要相信我的話，這是我這輩子最篤定的事，但現在我們必須盡力做該做的事，你明白嗎？明白，他說，但是毛毛蟲不在乎我們做什麼。那就反擊，她說，抓住毛毛蟲的喉嚨，扭斷牠的脖子。她看到伊薩姆穿著柔軟的拖鞋朝他們走來。她點了雞蛋和咖啡，貝禮點了大份的早餐，伊薩姆低頭看著他，微微笑著。你想要喝什麼，牛奶、可樂、果汁還是水？我要咖啡。艾莉舒隔著桌子皺起眉頭。咖啡？對，我已經長大了。好，伊薩姆說，那就給這位年輕人來杯咖啡吧。

午休前十五分鐘，人資部沒有事先通知，就臨時找她去開會，當時她正在講電話，螢幕上突然彈出訊息。她朝辦公室的另一頭看過去，會議室的燈亮著，百葉窗拉下，保羅·費爾斯納不在他的辦公室。她二話不說掛上電話，拿起杯子走向茶水間，看到同事心不在焉看著螢幕，心裡思忖著突如其來的新一輪任命，那些被帶入公司的黨派人士，以及政府如何一步步加強了掌控。她看著咖啡機將液體注入杯中，接著把杯子丟進水槽。她決定讓他們多等幾分鐘，於是又回到辦公桌，從袋子拿出聯絡電話，傳了簡訊給馬克，她曾撥過電話，但他的手機關機，也已經三天沒有回覆訊息。一隻看不見的手拉開會議室的百葉窗，她桌上的電話也開始鈴鈴作響。她想像自己拿起外套，一聲不吭轉身離去，然後叫來了一個律師，只是現在哪一個律師還派得上用場呢？她走向會議室，發現自己像木偶一樣被牽著走。會議室的橢圓桌旁坐著保羅．費爾斯納，旁邊是人事部一個她不認識的黑髮女人，她走進去，拉了把椅子坐下，盯著女人猶豫的笑容，接著保羅．費爾斯納開口了，謝謝你，艾莉舒，謝謝你過來。她沒看他的眼睛，而是看著他狹窄的嘴巴，歪斜的下齒，放在桌子上的小手，手邊的文件是她的離職協議書。有那麼一刻，她望向窗外，猶如漂流在自己的痛苦中，嵌入式人工光源與借來的室外自然光交融，她低頭看著自己的手，有一種不真實的感覺，她既悲傷又憤怒，真想大笑兩聲，九年的付出竟然落得如此結局。這時，她上下打量黑髮女人，笑著說，要我告訴你怎麼開始嗎？這時，她看著保羅．費爾斯納的眼睛，在那張臉上看到了一個無底洞。

鏡子映照著陰影籠罩的房間。鏡子也映照出她的臉，彷彿她正要穿過黑夜，而非午後，窗簾緊閉，孩子在嬰兒床上熟睡，貝禮在院子裡大聲喊叫。她對著鏡子，不再認識自己，手伸向抽屜中的舊日時光，母親的黃金婚戒，梨形切割的鑽石訂婚戒。她將兩枚戒指托在掌中掂量，尋找扣留在逐漸消逝之記憶中的影像，愛妮鐵青著臉出現在她的眼前，然後如幽靈一般消失了。母親過世後，妹妹不肯收下母親的任何一枚戒指，她當時是那樣的痛心。她閉上眼睛，在動作中尋覓過去，但過去只以感覺的形式流轉，她感受到母親嘲諷的眼神，母親曾經苦澀地說過的那句話，你爸更適合婚姻。她低頭看著戒指，算著它們的價值，手掠過床上的其他物品，鉛玻璃花瓶，她祖母的週年紀念橢圓銀托盤，還有她自己的洗禮湯匙。每件物品都能激起一瞬的情感，然而它們本身卻什麼也沒有，她厭倦了它們，它們不過是傳家寶，不過是存在漆黑抽屜中的裝飾品，茉麗出現在門口。希望你不要生氣，她說，我昨晚收到馬克的簡訊。當艾莉舒的目光從門上移開時，鏡子裡她自己的眼睛閃耀出刺眼的光芒，我已經要你別生氣了。拜託，茉麗，趕快說他說了什麼？他昨天半夜一點十分傳給我，他說他很好，叫我不用擔心，他這麼做是為了爸爸。艾莉舒看著房間的一隅，好似在某個無聲空間中看著她的兒子，她轉過身，茉麗已經坐在床上，摩挲著鉛玻璃花瓶。你告訴貝禮工作的事了嗎？她說。我不確定他現在需不需要知道。你為什麼不跟愛妮拿錢呢？我告訴過你，茉麗，不會有事的。我們復活節會吃羊肉嗎？我們會吃羊肉，雖然我不知道我們為什麼還要過節。她發現自己正看著房間另一頭的鏡子，看到母親也在看著，這面鏡子也是屬於她的，毫無疑問，琴也看到她的母親，而她的母親也在她的面前看到了她自己的母親。時光突然帶給她一陣暈眩，然而，當她睜開眼睛時，鏡子仍然說著它的老實話，當下只有這一刻。她把母親的訂婚戒指戴在手指上，拉開窗簾，迎接一個晦蒙的午後。

安妮·德夫林律師走在街上，姿勢就像一個習慣不停運動的人，手輕握成一團，眼睛直視前方，艾莉舒等待著她走過。這女人身材窈窕，一襲深色西裝，一圈圈的淡紅色捲髮繫在腦後，她隨著她穿過奧康納街大橋，進入一家服飾店，從其中一個出口離開，來到王子街，再進入一間購物中心，尾隨至亨利街，律師在那裡等著艾莉舒走到她的身邊。許多商店都已經關門了，不過街上依然熙熙攘攘，體育用品店還在營業，義大利冰淇淋的香味吸引許多人排隊。我的助理失蹤了，安妮·德夫林說，他上星期五回家後就再也沒有人見過他，我問了GNSB，但沒有得到回音，他自己一個人住，我只好聯絡他的父母，我的丈夫和小孩都覺得很害怕——一個穿著運動服的女毒蟲插入她們中間，對著手機又吼又叫，艾莉舒突然瞥了一眼安妮·德夫林那張疏於照顧的臉龐，她幽怨的眼睛正注視著這個蛇髮女妖梅杜莎。我想我應該很安全，畢竟我經常出現在國際新聞頻道上，也替國際媒體撰稿，不過，很快他們就會來找我，中心的同事要求我休假，我的丈夫也要我先迴避，他說，我如果消失了，除了親眼證實我的當事人的下落，還有什麼意義呢。她握住艾莉舒的手腕，用力一捏。對不起，艾莉舒，我沒有新的消息要告訴你，我會繼續努力，當然，我已經做了大量的調查，我也有一些祕密管道，但就是沒有人能告訴我賴瑞的下落，我真的不知道應該對你說什麼才好，我們只能希望他還在拘留所，目前除了繼續抱著希望，什麼都做不了。手腕再一次被捏住，然後放開了。她的身體浮現一種無底的感覺，彷彿整個大地都塌陷下去，她望著街上漫步的人，他們無止盡地迎面湧來，她心想，有多少人已經被迫消失了呢？艾莉舒，我現在認為一個黑洞正在我們的面前打開，我們已經錯失了逃脫的機會，即使政府被推翻，這個黑洞也會繼續擴大，繼續吞噬這個國家數十年。艾莉舒走向自己的車子，回想起那女人的聲音，望著仿造的街道，覺得自己要喘不過氣來，既心慌又孤獨，她必須回想一下自己把車子停在哪裡，她把車子停在法律研究中心附近的街道上，她走向休旅車時，越看越覺得有點不對勁，她發現輪胎被劃破，前車燈被踢壞，照後鏡也掉到地上。

貝禮抓起遙控器，關掉電視，接著就把遙控器拋到客廳的另一頭，遙控器撞上沙發的扶手，掉在地板上。當她告訴他已經賣掉車子的消息時，她竭力保持微笑，但那個笑容毫無生氣。我們現在要怎麼生活？他說，我們怎麼去學校？聽我說，她說，石油已經漲到離譜的價格，我們根本負擔不起，你可以像別人一樣搭公車上學，我們勉強還能過得去。他轉頭看著她，露出一種蠻橫的眼神，艾莉舒看著那張臉，認不得那張臉，他的手握成拳頭，垂在身體兩側，看起來好像要出手打她一樣。他說，你讓我們看起來很可笑，我怎麼跟我的朋友說呢？茉麗離開椅子，站到弟弟的面前。閉上你的嘴，她說，一輛破車子而已，又不是媽媽的錯，你難道不懂發生了什麼事嗎？艾莉舒正在找東西，卻又不知道自己想找什麼，她站在原地，彷彿忽然陷入了虛無，拿起一本雜誌又放下。你把我的鋼筆怎麼了？她盯著茉麗說，不要碰，跟你說過多少次了？茉麗的臉龐浮現痛苦的皺紋。你為什麼這樣對我說話？她甩著手臂衝向門口，貝禮依然帶著凶狠的神情看著他的母親。看吧，他說，這個家就是個笑話，我再告訴你一件事，你他媽也是個笑話，真希望我從來沒有你這個媽媽。她逃進廚房，感到渾身不舒服，但他嗅到了血腥味，緊跟在她的後面。她站在水槽前，怕那張陌生的臉，怕那對刀一般刺在背部的眼睛，她望著屋外的雨，樹木對雨水投降，也對即將到來的黑暗投降。這時，她恍然大悟，毛毛蟲已經吞噬了她的兒子，或者是兒子吞下了毛毛蟲，她要把毛毛蟲從兒子的嘴中拉出來，於是轉身面對他。你怎麼敢這樣對我說話？她昂起下巴俯視他。這裡每一件事情都在改變，你就只會站在那裡大吼大叫，亂甩手臂，但是，你都已經十二歲了，還在尿床，很快你就要十三歲了，你根本什麼都不懂，如果你知道發生了什麼事，你就會馬上給我閉上嘴巴。在那一刻，她掐住了毛毛蟲，毛毛蟲在兒子的面前蠕動，兒子的眼中閃過一絲恐懼，那張惡毒的面具於是脫落了。她看見一個孩子在她的面前，亟欲將他抱到懷中，只是兒子的臉忽然一僵，堆滿了輕蔑。又來了，他說，你又在說蠢話了。她的手掌在她還沒來得及思考之前，就重重打在他的臉上，他錯愕地看著她，摸著自己的臉頰，彷彿在檢驗那一巴掌是真的。他露出假笑，任由淚水從眼眶滑落，然後眼睛瞇成一條縫，彷彿在挑釁她不敢再打他一次。她在他的面前融化了，她凝視著他的眼睛，尋找她的兒子，卻在那裡看不到他，而是看到他正盲目摸索著內心那隱晦的世界，抓住了某樣東西，初次踏入男孩與男人相會的禁忌領域。這時，貝禮的臉龐忽然一皺，像幼兒一樣哭了起來，他搖著頭，不肯被抱住，但她把他摟在懷中，怎麼也不肯放手，由衷感受到自己全部的愛。他推開她，朝著後門走去，走到外面，牽起馬克的腳踏車，推著它穿過屋子。你牽車做什麼？她說。我要出去。不行，看看時間，快到宵禁時間了。他繼續推著腳踏車，進入玄關，最後她聽到了前門關上的聲音。

藍色瓷磚肉舖的隊伍排到了門外。此時是五點十五分，她推著睡在嬰兒車中的班，站在隊伍裡，抬頭看著天空中變幻莫測的天氣。她望向東方，鉛色雲層勾起她一種莫名的感覺，她隔著玻璃看著肉販帕迪・皮金和他的兒子文尼，文尼默默做事，一隻修長的白手腕伸向一盤肉。她一邊思索找工作需要用電話聯繫的那些人，一邊努力不去聽隊伍裡的閒聊，那個男人一邊用手拍打摺起的小報，一邊同一位老婦人交談，他的眼珠突出，神情焦躁，或許就是曾經教馬克踢足球的那個人。那些反抗軍來日無多了，他說，我們會像趕老鼠一樣趕走他們，接下來發生的事情會非常重要。她低頭看著自己的腳，回想從BBC聽到的消息，叛亂在全國各地繼續蔓延，反抗軍在南部取得了據點，隊伍緩緩朝向店門移動，她拿出錢包開始數錢。一股倦意貫穿全身，她多麼盼望能從無夢的狀態中醒來，把手探入身體，抽出夜晚的感覺，因為每一天總有些夜的痕跡殘留在血液裡，累積在她的肩背臀部，有一天，她會從一場身體根本沒有休息的睡眠中醒來。排隊時，她身後站了一個女人，但艾莉舒進門時，女人已經不見了，一個老人用顫抖的手指著一盒雞蛋，文尼從玻璃下方拿出一個空托盤。艾莉舒，我馬上就回來。佩帝．皮金回頭一瞥，目光掠過艾莉舒，看向她身後的某處，裝著咖哩雞的塑膠桶，開放式的冰箱，他把些許零錢放在櫃臺上，附耳對兒子說了一句話。她看著他們穿過冷藏庫的條狀隔簾離開，留她一個人在店裡，她聽到鋸子啟動的聲音，她願意躺下來，要求被鋸開，她的骨髓一定像瀝青一樣黑。一位老婦人走進店裡，佩帝．皮金回到前面，向她打招呼。塔根太太，他說，今天好嗎？艾莉舒用銳利的目光看著肉販，肉販看著這位老太太，她用戴著手套的手指著玻璃。他靠在櫃臺上說，我只有這些，沒有多的，塔根太太，到處都供不應求，不過下禮拜我可能會有一些。他旋轉一袋香腸，接著用膠帶機束起，把那袋香腸放在櫃臺上，收了婦人的零錢，艾莉舒走到玻璃前，佩帝．皮金卻轉身走進了冷藏庫。塑膠條緩緩擺動，鋸架旁的釘子掛著褪色的宗教月曆，翻開到錯誤月份錯誤年份的一頁，她試著回想當時他們做了什麼，但毫無印象，他們開車上學上班，他們回家，平淡無奇的一個月過成了平淡無奇的一年。她的手指壓著鑰匙的鋸齒邊緣，開口大聲喊道。不要讓我站在這裡等，佩帝，我沒那麼多時間。從冰冷的房間，她聽到一個沉重的箱子被拖到地上的聲音。一個豐滿的女人喘吁吁走進店內，伸出胖嘟嘟的雙手站在那裡，看著佩帝．皮金揮著手臂穿過簾子。他的目光越過艾莉舒，笑瞇瞇迎向另一個女人。瑪格絲，他說，我要打烊了，快，要買什麼？看著肉販那張下垂的肉臉，肥短通紅的雙手，面無表情站在她面前的樣子，她心裡越來越不舒服。別鬧了，佩帝，她說，我站了這麼久，你不準備招呼我嗎？女人怯生生地轉過身，朝肉販皺了皺眉頭，肉販背過身去，轉動一袋香腸。香腸，他說，今天每個人都想吃香腸。他拿了些零錢，放在櫃臺上，看著那個女人走出店門，然後他靠在玻璃上，嘆了一聲氣，拉過一個空盤端到後面去。街上傳來一個孩童在藍色瓷磚上奔跑的腳步聲，聲音漸漸消失在泛黃的光線中，店鋪的氣味鑽入了艾莉舒的身體，脂肪血液的氣味與她自己身體的血液脂肪交混，讓她站在那裡，充滿了死亡的感覺，一輛運送石灰的卡車緩緩駛至店外的路旁。

她仔細研究了羊肉，用杓子抹上一層油，關上烤箱門時，聽到有人走進客廳，她看向茉麗的身後，莎曼珊雙手交疊站在她的面前。媽，我邀小珊來吃晚餐。哦，她說，勉強擠出一絲笑，茉麗用挑釁的眼神看著她。她把烤箱手套掛起來，走到水槽前，聽到女孩子在沙發上不知道聊著什麼，見到這個女孩子，讓她又開始替兒子擔心起來，而這份擔憂熟知她的每一個部分。她閉上眼睛，再次睜開時，映入眼簾的是黃得簡直散發著香氣的暮色，樹下一隻豐盈的畫眉鳥，完全沉浸在屬於自己的時刻，那樣地生活著，在廣闊的天空下，自由來去。她從烤箱取出一盤烤馬鈴薯，招呼大家來吃晚餐，莎曼珊懶洋洋站在門邊，雙手依然溫順，但顯然很高興能加入他們。她端詳著女孩子，仍然感覺到自己的輕蔑，認為她是一個侵入者，直到她注意珊曼莎的眼神和微笑，揮手邀她坐下來，才明白了一件事，她們兩個人都被拋下了，陷於同樣的茫然，也明白了她們都在尋找同樣一樣東西，她的兒子。貝禮看著烤箱門。媽，他說，你肉放在裡面太久了，會烤得太乾。她看著他的臉蛋，尋找透過小男孩的嘴說話的賴瑞。烤箱已經關了，她說，你怎麼不自己拿出來？貝禮把肉放在流理臺上，退後一步看了看，洋洋得意。茉麗問，媽，你不是說在肉舖買不到烤肉用的部位？我走到凱勒梅堡區才買到，現在物資短缺，你不知道嗎？用餐時，光線逐步轉為金亮，夜幕降臨，她忘了打開上方的燈，看著他們籠罩在陰影中，看著茉麗好像看到另一個孩子，有莎曼珊在，她變得精神起來。貝禮喝了口牛奶，問國家現在是否正在戰爭，艾莉舒仔細看著他的牛奶鬍子和眼底的疑惑。國際新聞說這是叛變，茉麗說，不過，如果你想給戰爭一個恰當的名字，可以叫它是娛樂，我們現在是世界其他地方的電視節目。莎曼珊把刀叉放在盤子上。我爸說這是恐怖主義，他是這麼說的，這些人只不過是恐怖分子，他對著電視大喊說，他們會得到他們應得的報應。艾莉舒移開目光，茉麗默默看著她的盤子。這羊肉真好吃，你們說對吧，艾莉舒說，可惜馬克不在。她拿刀在肉上移動，卻沒切下去，隨後站起來打開燈，貝禮看著她再次坐下。所以，馬克加入了反抗軍？他問。莎曼珊的臉龐流露出晦暗的痛苦，艾莉舒假裝在拿鹽巴，貝禮用袖子擦了插嘴。艾莉舒說，我不知道你在說什麼，我告訴過你，馬克去北方上學了。那為什麼我不能跟他說話？你以為我很笨嗎？為什麼你老是說廢話？他拿刀子戳肉，直接用刀子把肉送入嘴中。前幾天，我聽說有三個逃兵，在大馬路上被處決了，後腦杓中了一槍，砰，砰，砰，他一邊說，一邊作勢拔槍。艾莉舒放下刀叉，把椅子往後推。我不想聽這種話，她說，貝禮，你把碗盤放進洗碗機，莎曼珊，要不要留下來吃甜點，我們可以在客廳看電影。茉麗和莎曼珊走進客廳，艾莉舒跟在後面，茉麗上樓去洗手間，莎曼珊從一張照片移到另一張照片前。我不是故意的——你知道，她說，聲音有些飄忽不定，只是我真的很不喜歡我爸爸，我覺得他是個瘋子，什麼事都要扯上陰謀論。艾莉舒尋找女孩臉上隱藏的東西，正在矯正的牙齒，溫暖卻神祕的舉止。你媽媽呢？她說。我不知道，莎曼珊說，我想她什麼都順著他的意思，我問你，你住在這棟房子多久了？啊，讓我想想，我們在馬克出生以前就買了。她們的目光相遇，她突然明白了。她說，他跟你聯絡過，是不是，全寫在你的臉上了。一瞬間，她看透了女孩的悲傷，看到她的悲傷在搖曳，猶如一簇赤裸裸的火焰，女孩交叉抱起雙臂，朝門口看去，茉麗走進了客廳。她看著母親，然後看著莎曼珊，雙手叉腰。怎麼了？她說。艾莉舒走進廚房。誰要吃甜點？她高聲說，我們有水果罐頭和冰淇淋，茉麗，電影你來選。

她在運河堤岸等候電車時，空氣開始膨脹了。它們日夜都在天空中，彷彿城市被蟲害所擾，軍用直昇機黑壓壓一片，她幾乎不再注意到它們。站在她旁邊的一位老人抬頭望著天空，用手遮住眼睛。你永遠無法知道它們是要來了，還是要走了，他說。她看向對面等待的人們，只見一片靜默的冷漠，呆滯的目光盯著手機，兩個女人又開始聊天，一個小女孩在人行道上玩跳格子遊戲。陽光刺得班皺起了眉頭，她拉上遮陽罩，接著遇上了老先生的微笑，目光瞥向他那雙破舊的黑鞋，發現一條鞋帶鬆了，電車駛近路口時發出一陣鈴響。老人繼續望著天空，用悅耳的嗓音說了句話，她說，對不起，我沒聽清你說什麼，她指著他的鞋子，你的鞋帶鬆了。老人靠向她，指著天空。五隻銀幣，六隻黃金，七隻是永遠不會說出的祕密。[1] 她轉身離開男人奇怪的笑容，上電車之前，看了一眼身後的運河，一隻皎潔的天鵝掠過了陽光的皺紋。

[1] 出自一首在英國與愛爾蘭人人耳熟能詳的喜鵲童謠。

當凱洛・賽克斯頓從老舊咖啡館的樓梯走下來時，艾莉舒假裝沒看到她。她研究彩繪玻璃窗，然後佯裝驚訝。拉開椅子的是沮喪的手，牽動嘴角的是痛苦的笑，是畫在小丑臉上的笑。凱洛把袋子放在地板上，小心翼翼環顧夾層，喃喃的低語，專注的閒聊，穿梭桌間的女服務生，一個年長女士留著柔順的銀色長髮，用拇指和食指捏起司康的碎屑，讀著一份摺半放在腿上的報紙。凱洛說，我一直很喜歡這個地方，只是過了學生時代後就很少來了，這裡都沒變，不是嗎，你不覺得自己好像被保留在一段已經不存在的時光中，那些彩繪玻璃窗，彷彿外面再也不存在其他的事物——艾莉舒正在研究裝飾玻璃中一個紅袍女人，不知道她應該是誰，某個虛假神話中的少女偶像，謳歌著她的自由。她喚來女服務生，問凱洛想點什麼，心想她應該選擇在別的地方見面，像是聖史蒂芬公園涼爽的樹蔭底下，凱洛正在轉動她的婚戒。艾莉舒，你們被分到哪一區了？我們是D區，我覺得他們隨便亂分。我是H區，這些分區就像郵遞區號、行政區，過一陣子肯定會變得流行起來，我本來想走高速公路穿過市區去找你，結果他們在M七車道上架起粗大的水泥樑，還有裝甲車和軍隊，他們現在顯然很緊張，不是嗎，反抗軍離城市太近了，那人叫我回去，還叫我沿著會轉上岔路的那條車道走，很有禮貌，我認識一個人，能幫我弄到一張給必要工作者的許可證，這樣我想去哪裡都可以。艾莉舒試圖想像凱洛二十歲時的模樣，修長優雅的脖子，宛如一隻身處男學生之中的高傲天鵝，如今她只看到不安的雙手摳著拇指的角質，皺巴巴的上衣布滿汗漬，眼瞼紅腫，瞪大的雙眼被某種思緒的引擎牽動，使她長夜無眠。這個女人隨身帶著某種東西，一種波動起伏的恐懼從她的身體蔓延至整間咖啡館。我靠著我是父親的主要照顧者的身分，弄到一張許可證，艾莉舒說，但也花了好一番功夫才拿到，他的健康越來越糟糕，而且沒有病識感，有時候他好像懷疑哪裡不對勁，但又看不透自己的心思，所以將懷疑轉向外界，如果不是他是假的，那就是這個世界是假的，凡事都能怪到別人頭上。凱洛抬起頭，女服務生端著托盤走來，將飲料置放在桌上，又含笑快步走開。你看起來好像一個星期沒睡了，艾莉舒說，你到底有沒有睡覺？睡覺啊，凱洛說，她的聲音遙遠，來自久遠以前的時光，她隔著桌子看著艾莉舒，卻彷彿沒有看見她。我沒什麼睡，她說，我每晚都妄想能有一個寧靜的睡眠，但現在這是不可能的，我過了一段時間才明白，其實我早以某種方式睡著了，你知道的，其實我一直睡著，但我以為自己醒著，試圖看透像一片巨大的黑暗矗立在眼前的問題，這種沉默吞噬了我生命的每一刻，我認為我快要瘋了，但後來我醒了，開始明白他們對我們做了什麼，明白這種行為高明的地方，他們從你的身上拿走了一些東西，用沉默取代那些東西，你每一個醒著的時刻，都要面對著這個沉默，無法生活，你不再是你自己，而是沉默之前的一樣東西，一樣等待沉默結束的東西，跪在地上，日日夜夜向它低聲乞求，等待被奪走的東西歸還給你，唯有這樣，你才能繼續過你的日子，但是，沉默沒有結束，你看，他們留下了一個可能，你要的東西可能有朝一日會被歸還，所以你終究還是被征服了，你癱瘓了，像一把老舊的刀那樣鈍，沉默不會結束，因為沉默就是他們的力量來源，就是它的祕密意義。艾莉舒抱起雙臂，靠在椅背上，看著凱洛把手伸進袋子，拿出一個資料夾放到桌面。凱洛說，現在我們明白了，他們一直在對我們撒謊，沉默是永遠的，我們的丈夫不會回來，他們不會回來了，因為他們已經回不來了，每個人都知道，就連街上的狗也知道，所以，我要自己動手處理這件事——她打開資料夾，裡面有一疊影印紙，上頭印著吉姆．賽克斯頓的彩色照片，還用全大寫字母寫著被國家綁架和謀殺幾個字，照片下方的小字詳細說明事件真相。艾莉舒迅速把椅子往後一推，將資料夾蓋在凱洛的手上。你瘋了嗎？她說。她下意識環顧屋內，女服務生正俯身靠近一張桌子，把杯碟收到托盤上，老太太正要摺起她的報紙。你千萬不能這麼做，凱洛，這會害你被捕，也會害我被捕，我必須顧慮到孩子——凱洛把杯子端到脣邊，但眼神並沒有低垂，反而露出一副知道與事實相反之祕密的表情。艾莉舒，我知道你也知道，再隱瞞已經沒有意義了，我們都清楚，他們根本不在卡勒平原，反抗軍占領時就已經說了，他們從一開始就不在那裡，所以，你認為他們在哪裡呢？艾莉舒無處安放眼神，只好閉上眼睛，心臟以奇怪的節奏跳動著。在眼睛的黑暗中，她無法用眼看見，只能用心感受，一個龐然巨物的影子即將壓到在她的身上，一種被逼入黑暗的恐懼，往下，再往下，她睜開眼睛，向上尋找空氣，看向樓梯，然後轉頭看著凱洛，喚起她的憤懣。就在此時，天色驀地明亮了起來，穿過裝飾玻璃，花樣色彩落在凱洛的身上，彷彿她由內而外被照亮了，她的面龐洋溢著深愛丈夫的回憶。聽好了，凱洛，這些話我已經聽夠了，我不會聽信你從街上聽來的謠言，這些話只有壞處，沒有好處，沒有人知道任何事，完全沒有事實根據，你只是已經不再相信了，但你必須繼續相信，有懷疑，就不會有絕望，有懷疑，就會有希望。她想穿上外套，但袖子翻了出來，令她回想起賴瑞站在門口的那一幕，她再次望向樓梯，感覺到自己的恐慌，匆匆抓了外套，打開錢包，抽出一張鈔票放在桌面。唔，她說，應該夠付我們兩個的錢。一隻被指甲摳傷的手伸過桌子，把鈔票推開。那麼，凱洛說，你的大兒子還好吧？艾莉舒停止拉上外套拉鍊的動作，在凱洛的臉上看到一抹難以言喻的笑。你對我兒子說了什麼？她說，你跟他說了什麼？眼睛閃著內情，修長的手伸向空中，夢似地朝艾莉舒一揮，彷彿要打發她走。你的兒子會成為你的驕傲，她說，反抗軍是不會被阻擋的，他們會把殺人犯趕出去，終止恐怖活動，這個國家的鮮血將澈底洗淨，你記住我的話，這將會是美好的一戰。

6

她把一個垃圾袋放在有輪垃圾桶的蓋子上，朝街道望了幾眼，黑色垃圾桶已經三星期沒人收了，一隻海鷗正從一個靠牆的黑袋子裡覓食，袋子一側已經被什麼動物咬破了，可能是狐狸夜裡幹的，裡面的垃圾散落在小徑上。她噓了海鷗一聲，拍拍手，海鷗用呆滯的眼神看著她，然後張開鳥喙，露出黑黝黝的咽喉。她打算上樓替茉麗放洗澡水，但先熱了一杯牛奶，一邊聽著外國新聞，一邊在櫃子裡翻找可可粉，反抗軍已經逼迫國防軍撤退，很快要攻打到都柏林了。她停在臥室的門邊，看著茉麗靠在枕頭上，膝蓋縮在胸前，盯著她的手機瞧。她彷彿與他們都疏離了，幾乎成了陌生人，像是另一個房子中的另一個孩子，這個女孩幾乎不再說一句話。艾莉舒把熱可可放在梳妝臺上，拿起一隻老舊的泰迪熊，發現它的眼睛已經瞎了，被鈕扣取代，她不記得自己縫過這顆扣子。趁熱把可可喝了吧，她說，我現在去給你放洗澡水。茉麗從螢幕上抬起臉來，望著母親，眼神清澈如水。媽，她說，我希望你好好聽我說，我們得走，我們得趁早離開，免得來不及。艾莉舒低頭看著從鞋子中掙脫出來的右腳，雙腿承受著身體的重量，每一隻腳的腳掌、能吸收衝擊力的蹠骨、柔軟的腳趾，終日承受著世界的重量，她多麼希望賴瑞能夠幫她揉揉腳，然後洗個澡。那你外公怎麼辦？她說，誰來管他，他的情況越來越糟，如果你爸爸突然意外獲釋，他又該怎麼辦，這些你都沒有考慮到。茉麗拿起熱可可，雙手捧著杯子，閉上眼睛喝了一口。學校裡有人去了澳洲、加拿大，也有人去了英國——我們能去哪裡，我們沒有地方可去，去別的地方要花很多錢。我們可以去愛妮那裡，等爸爸被釋放。茉麗，政府不發護照給班，他們也不給馬克換新護照，這些你都知道。回過神來，她已經在浴室塞浴缸的塞子，她轉開熱水，用手指試了試水溫，享受刺痛的斥責，接著又抱著手臂回到茉麗的身邊，開始拉平羽絨被。聽我說，她說，我離開學術界已經很久了，不管怎麼說，這種情況不會持續太久，我們並不是生活在世界的某個黑暗角落，你也知道，國際社會一定會介入解決問題，目前會談正在倫敦舉行，會談就是這樣進行的，先是嚴厲的警告，然後是制裁，當制裁沒用時，他們把所有人召集到談判桌前，隨時可能達成停火的協議。茉麗的眼神中有一樣東西自由地進入了她母親的思想，她四處遊蕩，從謊言中篩選真相，艾莉舒不得不把目光移開。媽，馬克會怎麼樣？轉身正要走出房門的艾莉舒停了下來。馬克？她說，我不知道，我該怎麼回答，他一定不會有事的，我就是知道，我明天必須帶外公去做掃描，你知道他的脾氣，要把他弄出家門要花一番功夫。媽，我打過他的電話，馬克的電話，一直打不通。有什麼東西滾過了艾莉舒的嘴，她在房間裡走動，彎腰拾起地上的衣服，隨後站在浴室，凝視著蒸騰的熱水，是什麼升起了又消散，是什麼一刻接著一刻顯現卻無法確定，這種感覺總是給人產生了希望。她很想走進臥室，握住茉麗的手，說一切都會好起來的，但她站在柳條筐前，把衣服丟進去，感覺自己也從自己的懷中掉了下去，感覺他們正在墜入一個她一輩子也無法用任何東西來定義的深淵。

她熟悉門後的房間，諮詢師精明幹練，動作像小鳥般敏捷，她的父親坐在她的身旁，撫平褲子上的摺痕。她好想用指關節輕撫他長滿白色鬍渣的臉頰，好想握住他的手，但終究沒有這麼做，他說他寧願待在家中，說了兩次。她看著國家電視臺的新聞標題，頭條新聞說的都是家常茶飯，描述一個屬於過去的世界，或是一個與現在平行的奇異世界，這個世界公告新官上任和預算削減，另一個世界卻謠傳著政府軍展開大屠殺，平民被圍捕處決，在櫃臺後方，接待員正啜飲著外帶杯中的茶。爸，她說，我希望你搬來跟我們一起住，直到這一切結束，我不希望你一個人住，這對孩子也有好處。我對現在的生活非常滿意，你媽走了之後，我一直是一個人住，你跟你妹妹會突然背著我把我的房子賣掉，我知道你們兩個是什麼樣的人。爸，你在說什麼啊，現在這麼多人出國，誰還想買房子，你可以把狗一起帶來，我們可以在後面弄個狗窩——我跟你說了，我現在過得很好，我有存糧，如果我需要什麼，我會在遛史賓塞的時候去道爾太太的店賈。爸，道爾太太的店已經關了起碼二十年了。她從椅子站起來，低頭看著他。我想喝咖啡，她說，我剛注意到後面的走廊有飲料販賣機，你想喝茶嗎？我們什麼時候回去？他說，我跟你說過我不喜歡坐公車。他凶巴巴看著她，她則看著賽門腦後的那幅畫，牡丹乍綻。爸，我問你要不要喝茶？賽門搖搖頭，她蹲下來看著嬰兒車裡酣睡的孩子，用手背輕壓孩子紅通通肥嘟嘟的臉頰，孩子的上唇抵著下巴。我馬上回來，她說，如果他醒了，就牽著他的手。她穿過長長的走廊，紅色的門在她身後唰的一下關上，販賣機不在她所想像的地方，她停在安全服務臺前問路，她完全弄錯了，販賣機原來是在醫院入口附近。她站在機器前找硬幣時，手機響起了。喂，她說，我是史塔克太太，一個女人聲音自我介紹說她是貝禮學校的人，她沒聽清名字，一定是祕書。史塔克太太，你的兒子這兩個星期經常曠課，我們在他書包裡放了一封信，要他帶回去給你簽名，但他交回來的信上簽名，看起來是自己簽的。一個男人站在她的後面，發出不耐的鼻息聲，她轉過身，嘴上說著道歉，離開了販賣機。對不起，她說，我頭一次知道這件事，以前都是我開車送他到學校大門口，不過最近他改搭公車，今天晚上我會問清楚是怎麼回事。史塔克太太，上星期學校發生了一件跟你兒子有關的事件。事件，什麼事件，請叫我艾莉舒就好。這件事發生在課堂上，你的兒子明顯違反了與言論和騷擾有關的校規。真是抱歉，他做了什麼？你的兒子在不適當的情況下針對特定的人大笑——不好意思，我不明白這是什麼意思。意思是，史塔克太太，貝禮嘲笑老師，擾亂課堂秩序，這種行為違反了校規。是，當然，我明白，不過我覺得很奇怪，貝禮很喜歡伊根老師，我覺得伊根老師不像是可以忍受無理取鬧的人。伊根老師已經不在學校任教了，史塔克太太，她三月份時被安排了長假，目前由我負責所有主要工作。艾莉舒沉默了半晌，想像伊根老師被護送離開教室，也試圖在腦海中勾勒出電話裡說話者的形象，隱約感覺到一個模糊的女人輪廓，小巧的嘴，蒼白瘦削的臉。對不起，她說，我不知道伊根老師的事，貝禮沒有告訴我，對了，你一開始在電話中自我介紹時，我沒聽清你的名字。史塔克夫人，我叫露絲．諾蘭——請叫我艾莉舒就好，那麼，貝禮現在的老師是誰？現在我負責伊根老師的班級。哦，你就是那個被他嘲笑的老師？很不幸，沒錯，是我。那麼，他為什麼嘲笑你？我希望你明白一件事，史塔克太太，他的笑並不適當——是，是，我明白，但我想要問的是，諾蘭老師，在黨讓你負責學校以前，你當了很久的老師嗎？我不知道這有什麼關係。如果我兒子大笑，那麼，我相信他看到了什麼值得笑的事，天啊，難道這樣就算是犯罪嗎，等他回家，我會跟他談談逃學的事，但現在，如果你不介意的話，我要掛了。她在販賣機前投幣時，手不停地顫抖，她抱起雙臂，看著機器咕嘟咕嘟流出咖啡，她又投了一次錢，為父親選了茶，他說他不想喝茶，但無論如何他該要喝口茶。她走在走廊上，很想抽根菸，想像兒子的臉出現在她的面前，結果拐錯了彎，記憶中門診的牌子是在另一個方向。當她穿過紅門時，她看到班獨自坐在嬰兒車，賽門不在候診室。她敲敲櫃臺的玻璃，問她的父親是否被叫進去了，也許去了廁所？她說。她把熱飲放在座位上，解開嬰兒車車輪的鎖，倒推著車子從門口走出去。她探身往男廁裡呼喚，到醫院門口找保全，男人對著對講機講話，第二個保全趕來，要求描述一下她父親的樣貌，她一面回話，一面替賽門找藉口，哎呀，他可能只是去逛逛迷路了，他會找到回來的路。當她找到他時，他正坐在自助餐廳的電視機下吃著三明治。他拿起不鏽鋼壺倒牛奶。她鑽進他對面的座位，將手放在桌上，望著他的眼睛，他靠到椅背上，迷惑地看著她。原來你決定吃午餐了，她說。我趁你媽媽看醫師時吃點東西，他說，你不妨也在等她的時候自己去買個三明治。他此刻微笑著，有那麼一瞬間，她像個孩子看著他吃東西，粉紅色的舌頭舔著一隻快逃走的蝦，嘴角一抹美乃滋。他在找餐巾紙時，她遞給他一張，他擦了擦嘴，然後伸手輕撫她的臉頰。別擔心，他說，一切都會好起來的。她看著他的臉，努力回以微笑，同時留意到他的手，那皺巴巴的皮膚像沙粒般，猶如潮水退到了指關節之外。

新聞又公布了一項法令，禁止收聽或閱讀任何外國媒體，國外新聞頻道將被封鎖，網際網路即日起中斷。這太莫名其妙了，貝禮說，他們怎麼能就這樣關掉？不知道，寶貝，他們愛怎樣就怎樣，他們想控制資訊流通，他們不想讓我們知道發生了什麼事。那我現在怎麼辦，我怎麼活下去？你現在得準備去上學，我陪你坐公車，你的毛衣在椅子上，可能會有一陣子沒網路用了。貝禮靠在冰箱旁。沒有牛奶加麥片，他說，難道加牛奶也被禁止了嗎？昨天牛奶還很多，是你一直喝一直喝。傍晚時，她爬上梯子，茫然地凝視著閣樓，然後奮力爬了上去，靠著一束手電筒的光尋找吸頂燈，閣樓似乎沒有燈。她得跟賴瑞說一下，他是負責上下物品的人，閣樓是你的事，你不能指望我在你不在家的時候帶著手電筒爬上來。手電筒的光照亮了馬克塞耶誕樹和裝飾品盒子的地方。他弄得亂七八糟，裝滿舊衣的垃圾袋，堆滿兒童玩具的箱子，行李箱裡是她不敢亂扔的雜物。她把一個老舊的行李箱拉過來，鬆開彈簧夾，卻發現自己並不想看到裡面，當她往裡面瞧時，看到了她不想面對的東西，於是蓋上箱子，靜靜站在漫著灰塵氣味的空間中。她感覺閣樓不像房子的一部分，而是獨立存在，一個雜亂無章的前廳，陰影幢幢，好似這個地方就是記憶本身的房子，她眼前所見的，是他們年輕歲月的殘跡，是被摺疊、裝箱、打包和遺棄的自我，迷失在被消失和被遺忘的其他自我的混亂中，塵埃在他們的生命歲月中沉積下來，生命歲月漸漸化為塵埃，會留下什麼，關於我們曾是誰，誰又知道多少，閉眼的一瞬間，我們終將消逝。這個時候，她感覺賴瑞在她的身旁，轉頭一看，與自己的悲傷交會，她把雙手握成一團，搖著手，一遍又一遍地告訴自己，凱洛說的不可能是真的，沒有人知道什麼才是真的，她告訴自己，她所感受到的不是悲傷，一定是其他東西，委屈是披著希望外衣的悲傷。她必須從活板門逃離，回到白晝。她打開行李箱，拿出她所看到的東西，一條賴瑞的皮手鍊。她一動不動地站著，用指尖觸摸手鍊，尋找他們兩人的身分，茉麗在梯底喊著，她才想起她上來尋找的東西，隨身收音機在一個老舊的塑膠袋中，她從活板門把它遞下去。她把收音機拿到餐桌上，用布擦乾淨，茉麗在她背後看著。你拿那個東西做什麼？她說。我想收聽新聞，國外公共廣播的真實新聞，不是這裡告訴我們的謊言。不是收音機，我是說你手腕上的那個東西。噢，以前是你爸爸的。她摸摸手錶，把天線拉到最長，轉開收音機，她簡直不敢相信，電池還有電，她調整長波頻率時，房間充滿了熱烈的靜電聲，一陣奇怪的電子嘟嘟聲屬於她的童年的沙沙聲，遙遠的城市在夜晚響起了外星的語言。茉麗用手指摸著收音機的鍍鉻邊緣。看來我們現在要回到過去了，她說，很快我們都得騎腳踏車，用手洗衣服，說喝茶其實是要吃飯，我們再也不知道自己是誰，我無法想像沒有網路的自己。茉麗的眼眸有光，心中藏著一絲幸福。艾莉舒把皮手鍊從手腕上褪下，遞給她。他一定希望送給你，她說，但不要告訴你弟弟，他在哪裡，快到宵禁時間了，他明知道自己被禁足。我不知道，你一去閣樓，他就立刻跑出去了，我叫他不要出門，但他警告我不要告訴你。她發現自己站在前窗看著，再一次打電話給貝禮，但是他沒有接。七點鐘，她走到街上，看著一輛白色小貨車駛過，望著路面等了一會兒，然後穿上外套，對茉麗喊道，我出去幾分鐘，如果他回來而我還沒回來，就打電話給我。她走路時，雙手緊繃，耳朵細聽是否有來車，馬路靜得彷彿被關掉開關，她低聲練習萬一被巡邏車攔下時要說的話，不好意思，但我的孩子沒有按時回家，他才十二歲，我只是到附近看一看。貝禮不在平日常去的地方，比如街角旁的牆邊或學校附近的遊樂場，她回家時，看到他在路邊踢球，和一個她不認識的小孩聊天，他揮手道別，然後運著球往前走，遇到她時，漫不經心地抬起頭。她無法說出她的恐懼，這種恐懼像墨水染黑了血液，將嘴巴扭曲成憤怒的形狀，盯著眼前那張乖戾的臉。我晚回去又怎樣？他說，我現在不是回來了嗎？少大驚小怪了。

超市外，排隊的人群繞過街角，一路延伸到瓶罐回收處，兩個士兵揮著手，一次放行三四個人通過，隊伍才往前移動幾步，便又停了下來。她停好嬰兒車，拉出一輛手推車，想把班放到座位上，但他又蹬又踢，呼天搶地，彷彿她剛剛把野蠻難馴的他從洞裡拉出來一樣，她只好讓他站在推車上。旁邊一個女人，也拉出一輛推車，笑瞇瞇地對班點頭。他會買了你，然後[illegible]賣了你哦，她說。艾莉舒笑了笑，沒看女人的臉，只是瞧著兒子興高采烈蹦蹦跳跳的樣[illegible]頭她應該先寫好要買的東西，每個人都在瘋狂搶購日常用品，她卻想不出自己最需要什麼，大家要的東西都一樣，麵包、義大利麵和米，瓶裝水已經被搶光了。她在罐頭食品區前停了下來，發現貨架上所剩無幾，班坐了下來，正玩著推車裡的東西。她對班說，你需要奶粉，其他人需要煉乳，免得一般牛奶沒了，你根本不知道接下來是什麼情況，反正也無所謂，囤這樣，結果一定是另一種東西先用光。她站在熟食櫃臺前時，恰巧看到一個穿襯衫打領帶的男人側身穿過通道，低頭查看筆記板。不好意思，她說，你是經理嗎？她跟著他走到一扇和牆壁一樣刷成米白色的辦公室門前，若不是他打開門走了進去，她根本不會注意到那裡有扇門。他隨後又出現了，將一張紙夾到筆記板上。你想應徵工作，他說，有帶履歷嗎？沒有，她說，我剛剛才在外頭的布告板上看到廣告，我以前沒有做過食品零售，不過我現在很適合做兼職工作。好，男人說，我先記下你的資料，我們會盡快聯絡你，只要我能讓這該死的筆寫出字來，你自己在做什麼工作？她等了半晌，一個沮喪的聲音透過對講機呼叫收銀員，音樂重新播放，其實根本不是音樂，而是一種愉快的模糊噪音。我從事全職工作將近二十年，她說，之前一直在生物科技業擔任資深管理職務，我學的是分子生物學，我擁有細胞與分子生物學的博士學位，不過以現在的情況來說，相關工作並不多。男人停止甩筆的動作，以一種讓她認為自己像個傻瓜的眼神與她對視，她覺得自己講得太過正式了。經理將目光投向正在推車上下晃動膝蓋的班，搓了搓半長的小鬍子，想要擠出一個笑容，但終究還是放棄了。好，他說，我記下了你的名字和電話號碼，這只是晚班的兼差工作，負責上架商品，已經有幾個人來應徵，其實人數還不少，不過我們一定會給你回音。她不會記住這張臉，這張臉已經屬於那些直率同情的臉孔，屬於那些轉過頭去的臉孔，她看著這張臉，明白這張臉是如何知道了，明白所有的臉是如何知道了，這張臉訴說著一切的創造，恆星那可怕的能量，宇宙粉碎成灰塵，在瘋狂的創造中，一次又一次地被重複創造。她抱起兒子，塞進推車的座位中，完全不理會他的尖叫，她把推車裝滿東西，加入收銀臺旁長長的隊伍，目不轉睛看著推車裡的東西，兩個月份的罐頭食品、嬰兒奶粉、衛生紙和洗潔精，就在那時，她突然覺得發生的事情叫人難以置信，很想哈哈大笑幾聲，她看著前頭胖子溼漉漉毛茸茸的脖子，他推著滿滿一車的啤酒和衛生紙，她看著周圍排隊的人，鄙夷她所看到的一切，人類的共同命運，他們不過是屈從於身體、部落和國家需求的動物。她走到外面經過士兵時，班舔著起司條，她不敢把他從座位上抱起來放進車裡，她不記得她把車停在哪裡了。她沿著停車場走了一圈，繞回來時，在推車停放處看到了嬰兒車。你這個大笨蛋，她說，你在想什麼？你準備怎麼把這些東西弄回家？她杵在原地，看了一會兒她所買的東西，然後摺起嬰兒車，放進推車中，推著車朝出口走去，踏上大馬路旁的小路，想起了她忘記買的東西，洗衣精，孩子的零嘴，賽門愛吃的餅乾，推車的輪子卡在路面上，接著一個輪子開始推不動了。她踢了幾下車輪，看了一眼手錶，又繼續走上回家的路，影子開始勾勒出午後的輪廓。

彷彿一尊神從天而降，她被戰火的聲響驚醒，砰砰砰砰，猛烈的敲擊聲讓她的心臟隨之狂跳，她找不到電燈開關，手在黑暗中盲目地摸索，最後才發現連著電線的開關落在床頭櫃後面。外面什麼也看不見，只見煙囪頂上有一隻孤伶伶的海鷗裹在藍色珠光中，細雨如靄。附近一帶的每一隻狗都在狂吠，她關上窗戶，低頭看著班，熟睡的臉蛋露出淘氣的微笑，小拳頭投降似地舉在頭上。她找不到自己的睡衣，於是從門後掛勾取下賴瑞的睡袍，結果手卡在袖子中，穿不進去。她穿過屋子，想看清前方，世界擴展到了不可能的領域，廚房窗戶外的光越來越亮，可怕的事物變得清晰，南郊上空竄起兩柱黑煙，附近有一架武裝直昇機，她猜不出有多遠，也許有三四公里遠吧。她轉開收音機等待新聞，然後走到外面的晾衣線前，看著玫瑰色光芒中的樹木，好奇它們知道些什麼，也許他們說的是真的，樹木能夠感應空氣，透過地面傳達它們的恐懼，讓其他樹木知道危險來了，天空中傳來的聲音宛如吞噬一切的烈火在嘴中咀嚼著木頭。她把衣服丟進籃子，低頭看著自己的手，不知道為什麼自己還是那麼冷靜，另一扇門已經打開了，她現在看到了，彷彿看到了她一生都在等候的東西，一種古老的本能在血液中甦醒，她心想，有多少人在多少輩子中目睹戰火摧毀了家園，一面看著，一面等待命運的到來，進入無聲的談判，低語呢喃，然後出聲哀求，心中料想著所有可能的結果，就是無法直接看到幽靈。電力斷斷續續，燈光昏暗不明，一陣顫動的噁心感穿過她的腹部。毛毛蟲在翻身，貝禮說，她看著他的臉，覺得他的身高已超越了他的年齡，過去幾個星期，他突然抽高，現在站起來比茉麗還高，唇上也浮現了暗影。茉麗的眼睛緊盯著她，他們都在等著她宣布什麼，而她卻不知道該說什麼。我們需要做好準備，以防停電，她說，你們吃早餐，然後準備上學。上學？貝禮說，早餐我會吃，但我不去上學，在這種情況下，學校根本不可能開放，我真的想不出上學還有什麼意義。她把一盒早餐麥片放在桌上，打開國家電視臺看新聞播報。政府頒布了一系列新法令，所有學校和第三級機構立即關閉，公民除非是購買食物、藥物或照顧老人與病患，一律留在家中不許外出。當她轉過身時，貝禮雙手叉腰站在她身後。看吧，他說，我就說學校會停課。把你臉上的笑容收起來，她說，我要你去找出家裡所有的電池，把蠟燭也都收集起來。好多事要處理，她需要菸和酒，她的靴子需要換鞋跟，她還得幫她父親寄出一些醫療表格。她撥給賽門，直到第四通他才接起來。這隻狗發瘋了，他說，牠以為外面在過萬聖節。爸，她說，你看新聞了嗎？你還好吧？他又對著那條狗大吼大叫。對不起，他說，我沒聽清你說什麼。沒關係，她說，我可以從這裡看到黑煙。有人在敲門，他說，等一下——她聽到話筒噹一聲被放到底座上，前門開了又關，賽門又一次對狗吼叫起來。外頭沒有人，他說，只有來搗亂的王八蛋。爸，我要你待在家裡，不要帶史賓塞出去散步了，聽到了嗎？電話那頭沉默了，她聽到狗在汪汪叫，彷彿被授權代表她的父親說話。我院子需要鋪在表層的土，賽門說，我們這星期找一天開車去買，好嗎？掛上電話後，她一動也不動，只是盯著她的拇指根部，她用手指在那裡刻出了一連串不規則的月亮。她走上樓，換上牛仔褲黑毛衣，把嬰兒抱下來，放到嬰兒餐椅上。班一吃飽，我就要趕緊去街角的商店一趟，她說，我要去自動提款機提錢，我們還缺一些零零碎碎的東西。茉麗驚愕地看著她。怎麼了？艾莉舒說。她說，讓班留在家裡，你不用帶他去。我告訴過你，寶貝，現在外面很安全，不管怎麼說，我只是到街角而已。她看著貝禮走到冰箱前，往裡面看了一眼。一定要再買牛奶，他說，我們又快喝完了。

她走在路上，聆聽著天空的聲音，未知與熟悉交織，槍擊聲和爆裂聲不時響起，隨後又陷入一片怪異而破碎的沉寂。路上只有零星的人車，嬰兒車的剎車線讓車輪咯咯作響，她不知道修不修得好，她站在自動提款機前，放下雨傘，才發現雨早停了，提款機不是壞了，而是斷了電，螢幕裂開，像是被磚頭砸過一樣。在馬路的對面，一個男子遮著眼睛看著天空，三架武裝直升機像破碎的箭頭緩緩朝南移動。馬具店沒營業，水果蔬菜店的窗板也關著，有人用藍色油漆在店面潦草寫著一行字，歷史是力量的法則，大小寫交錯，旁邊還畫著一個拳頭。她沿路尋找另一臺自動提款機，腦中回想起妹妹說過的話，電話中那個自滿的聲音，歷史是不知道何時要離開的人們的無聲記錄，這句話分明是錯的，她對賴瑞這麼說，想像他就坐在餐桌另一頭，一面玩手機，一面掩飾著他那張我根本沒有在聽你說話的臉。歷史是無法離開的人們的無聲紀錄，記錄下別無選擇的人，當你無處可去，卻也沒有能力前往時，你就是無法離開，當你的孩子拿不到護照時，你就是無法離開，當你的雙腳扎根在這片土地上時，你就是無法離開，若要離開，就只能用力拔起自己的雙腳。街尾的提款機螢幕上，破碎的光線顯示一個信箱圖案，街角商店的窗戶上用麥克筆寫著，沒有乳製品，沒有麵包，旁邊畫了一張苦臉。店內貨架有一半是空的，她拿了幾根壓到變黑的香蕉，一卷垃圾袋，電池，又挑了兩片巧克力，然後比了一下香菸，收銀員計算總價時，她皺著眉頭看著面前的商品。對不起，她說，你剛剛說菸多少錢？收銀員雙手一攤，睡眼惺忪地瞥向店門。我能怎麼辦？他說，每樣東西都漲價了，看看你在別的地方買不買得到。她的憤怒籠罩了眼前的一切，她把垃圾袋放在昨天的報紙上，無法在電池和巧克力之間做出選擇，最後把電池放到一邊，問道，菸不要了，巧克力加垃圾袋多少錢？零錢從她的手中滑落，話語也不經意從嘴裡飛了出來，把她送到店門口。等這一切結束，你就會像個大傻瓜，所有人都曉得了你的真面目。

班吵著要離開嬰兒車，她拐入聖勞倫斯街，發現一輛重型軍用卡車正擋在路中央，政府軍全副武裝，其他士兵則敞開外套，露出裡面的黑色T恤，將一袋袋水泥堆放在離房子五十公尺左右的檢查哨。街角一名士兵單膝跪下準備武器，另一名士兵朝她走來，平舉戴著手套的手，示意她停下腳步。她已經停止呼吸了，好似那隻戴手套的手正掐住自己的喉嚨，她想做個手勢，表示自己並沒有任何不妥的舉動，但卻不敢抬手。她說，不好意思，我就住在這條街上，我想回家。士兵用手在空中劃圈，好像在指示車輛掉頭。他說，這條路封閉了，行人不得通行。她看著士兵的臉，綠色眼睛，怒眉斜豎，在那一刻，感到一種擴張的壓迫感，武裝的身軀彰顯了絕對的力量，然而，她從士兵的眼中捕捉到一絲的不確定，她正在和一個不比她兒子年長的男孩說話。聽我說，她說，我就住在四十七號，我要帶孩子回家吃午餐。她不知不覺將嬰兒車推向士兵，接著見到他眼中充滿了驚慌，他快速對著無線電耳機說話，另一個士兵要她停下來，一個戴著深色貝雷帽的軍官俐落走來。對不起，她說，我只想回家，我家就在那裡。軍官並沒有順著她手指的方向看過去，反而要求她出示身分證。讓我從錢包拿出來，她說，錢包在袋子裡，我得先把袋子從肩膀拿下來。兩個平民正在幫助設置檢查哨，她認識其中一人，他在附近的公寓打雜，以前是個毒蟲，牙齒幾乎掉光了，她想不起他的名字，去年賴瑞曾給他二十鎊，讓他清理排水溝。她按照要求，把袋子放在街上，顫著雙手打開，接著拉開錢包拉鍊，拿出身分證，軍官的目光從她的臉一路移到孩子的臉上。這裡是戰區，他說，我的士兵接到嚴格的開槍指令，請待在家裡，等候進一步通知。好，好，一定，她低頭說，快步離開時，看到一個水泥袋從卡車上掉下來，摔在地上裂開，微風捲起粉塵，在士兵周圍吹散開來，好似一個苦行僧，垂眉闔眼，伸出雙臂，從一場異國戰爭來到了他們之間。

戰爭就這麼圍繞著他們展開了，槍聲響起來好似氣動鑽孔機，炮火震撼著大地，房子隨之震顫，窗戶和木地板也不時格格作響，貝禮調大了電視的音量，身旁的收音機報導反抗軍動向以及城南被圍困的區域。外面的天氣真好，她說，我們一年能有幾天這樣的日子？院子裡應該有加了冰淇淋的檸檬汁，班在淺水池玩水，茉麗和貝禮在吊床上扭成一團。然而，她望向窗外，只見多處升起的油黑煙霧，宛如破碎的柱廊，她一直緊閉著窗戶和落地窗，只在晚上才打開通風，因此六月的熱氣被困在屋內。她再次嘗試打電話給父親，但是線路已經斷了，父親的市內電話傳來斷線的嘟嘟聲，她數著已經幾天沒和他通話了，想像父親帶著狗散步，不知道走去了什麼地方。她走到茉麗房間的門口。這個女孩不肯起床，不肯進食，也不肯看她媽媽一眼。不要這樣，艾莉舒說，我希望你振作起來，戰爭很快就會停止。她把女孩拉到懷中，輕輕抱了一下，放開她，凝視著她，彷彿能看見她的心靈，那個正在慢慢消逝的心靈。電力時有時無，在停電的瞬間，嗡嗡不絕的電流聲消失，取而代之的是一種原始的寧靜，戰爭刺耳穩定的干擾自由地進入腦海。她告訴自己，那是石子在鐵皮屋頂上滾動的聲音，是有人用力釘釘子的聲音，是一輛老舊車輛的排氣聲，是附近房屋的警報聲，直到聲音一個接一個地沉寂下來。貝禮上了樓，和茉麗一起坐在她的床上，用筆記型電腦看電影，兩人共用一對藍牙耳機，艾莉舒在樓下想讀一本小說，外面突如其來的喧鬧讓她捧著書上樓，她站在浴室，沒用馬桶，卻壓下了沖水鍵，然後想不起來書放在哪裡。下午，班在嬰兒床睡午覺，她坐在臥室窗邊等待ＢＢＣ的詳細報導。新聞播出時，她氣得直發抖，隨即關掉了廣播，心想，這不是新聞，這根本不是新聞，真正的新聞是平民看著士兵躺在她家門外的沙袋上玩手機，真正的新聞是靠在沙袋上的突擊步槍，是士兵燦爛的笑容，是散落在柏油路面上的速食包裝和咖啡杯，是住在街那頭的退休夫婦決定要離開了，是他們在車道的爭吵，是那個女人拍著手，說著什麼東西不能帶進車裡，是丈夫叫妻子閉嘴，是女人像抱小孩一樣抱在懷裡的黑色袋子，是袋子裡面的東西，真正的新聞是車內的所有物品，是男人不得不關上的後車廂，真正的新聞是車道最後一次拉上柵門，是入夜後仍舊漆黑的屋子，是亮了一個星期紅燈才熄滅的紅綠燈，是不允許通過檢查哨的車，真正的新聞是街道上萎縮的空氣，是停業的商店，是釘著夾板的窗戶，是整夜啞聲低吠的狗，是大兒子不再打電話了，因為打電話太危險，沒有人知道他的死活。她看著一位軍官騎著一匹點著頭的黑馬走在街上，從馬的體型來看，她猜是一匹弗里斯蘭種運動馬，騎士的手靜靜地置於膝上，深色靴子從腳底一路閃亮到膝蓋。他移動的姿態如此安詳，如此威嚴，宛如他只是武力與法律的使者，檢查哨的士兵起身，但軍官沒有下馬，只是揮舞著馬鞭，猶如在空中施展了咒語。她看著那匹馬，牠頭也不動，只有耳朵微微轉動，宛如在聆聽著不安寂靜之外的聲音，高大針葉樹的私語，樹葉折射的太陽輻射，牠能夠聽到在全城敞開雙臂等待的死亡，等待著從天而降的死亡。突然間，屋內開始嗡嗡作響，床頭燈也亮了起來，貝禮在樓下興奮地大叫，客廳的電視又能看了。有那麼一刻，她覺得這不像是戰爭，外面只是在進行軍事演習，馬兒流暢地轉身，騎手的打扮似乎也不是為了戰鬥，而是騎馬出遊，胸前棕色皮帶，胸口翡翠領帶，噠噠的馬蹄在柏油路面點出了軍事刺青。樓下的電視上，一個穿著T恤面帶微笑的佛陀正在示範烹飪，微波爐時鐘閃爍著螢光綠，冰箱低聲嗡鳴，穩定哼著永恆的旋律。電力恢復了，她有很多事情要做，她把衣服塞進洗衣機，選擇了一個較短的洗程，替筆記型電腦和手機充電，加熱米飯和燉肉，再次嘗試聯繫父親，想像他吃著冰冷的晚餐，就著燭光閱讀，對著狗又喊又叫。她把貝禮叫到桌邊，用勺子把燉肉盛到碗裡，要他端上樓給不肯下來的茉麗，電力時有時無，她走到樓梯平臺時，又沒電了。她把碗重重放在床頭櫃上，瞪著那張不肯看她的臉，扯下一個耳機耳塞，拉著她的胳膊要她坐起來，把碗放在她腿上。喏，她說，我幫你把晚餐拿來了，我甚至不指望你和我們一起在樓下吃，但請你趁熱吃吧。她下了樓，貝禮隔著桌子看著她，班拍打著餐盤，湯匙飛了出去。茉麗這樣，我們該怎麼辦？貝禮說。我不知道，她說，我真的不知道，你能從抽屜裡拿根乾淨的湯匙給我嗎，聽我說，你姊姊身體不舒服，我想她有抑鬱症，但現在要預約看醫生很難。貝禮撅著嘴沉思。她需要吐出來，他說，這是她該做的，吐出來就沒事了。吐什麼出來？你能拿個湯匙給我嗎？毛毛蟲，他說，我是說吐出毛毛蟲。

無風的悶熱讓沉睡的心靈變得黏稠，黏到了夢境，她穿著睡衣，赤足站在屋外，她必須把兒子的事情告訴士兵，她站在馬前，馬閃耀著最深邃最真實的夜色，動物的體熱傳到了她的手上，她知道，這不是馬的味道，而是人的氣息，聲音則是屬於偵緝警督約翰·史坦普，那雙眼俯視著她。你來找我，是為了真相，他說，那就讓我給你看一點真相吧。他拿出一面鏡子，她看到的不是自己的臉，而是一個老巫婆的臉。約翰．史坦普把鏡子拿開，她再定眼一看，他手中已經什麼也沒有了。你不可能看見真實的自我，他說，你只能看見自己不是什麼，或者自己想成為什麼——馬兒輕輕地向後飄去，聽到身後的敲擊聲，牠昂起頭，偷偷笑了。真實永遠就在你的眼前，而你卻無法看見，也許這根本就不是一種選擇，因為看見真實會把現實加深到你無法生存的深度，但願你能夠醒來——馬鞠了一躬，馬即將離去，我忘了穿衣服，她低頭看著自己的腳說，我好冷，我要進屋去了——貝禮站在她的臥室門前，大聲叫她起床。我醒了，她大聲回應，隨即聽到一聲哨聲，接著是一陣劇烈的震動，好像什麼爆炸後鑽進了地底下。越來越近了，貝禮說。她不敢往窗外看，叫貝禮留在門邊。街道曙光初現時，檢查哨無人，只有一名青年獨自站在路口，看似在等待放下武器去上學的命令，一輛豐田越野車緩緩駛過。車輛在檢查哨停下，兩名全副武裝的士兵走出來，留著車門沒關，出聲呼喚青年。貝禮坐在他父親那側的床邊，翻著床頭的抽屜。這是什麼？他舉著一個她看不見的東西說。把那個放回去好嗎，她說，動作快，我們必須把床墊搬到樓下。她把床上的羽絨被和床單拆下來，他們彎曲著床墊，把它搬出房間，放在樓梯上，她低聲跟賴瑞說話，我們費了好大勁，才把這個搬進房間，後來多好玩啊，她把床墊拉下樓梯，但貝禮無法讓床墊順利繞過欄杆柱子，他用力往前一推，床墊立刻又打直了，撞掉牆上的照片，照片從她身邊滾落，直接砸在玄關的地板上。

她吃力地撐住床墊的重量，貝禮不是推得太用力，就是根本沒有抓穩，慢一點好嗎，她說，你快把我撞下樓了。我什麼都沒做啊，他說，床墊有自己的想法。他們把床墊推進客廳，靠在前面的窗戶上，一團黑煙在屋頂上方緩緩盤旋，士兵和越野車都已經不見了。你覺得呢？貝禮說。我覺得我們最好暫時睡在樓下，她說，戰鬥可能不會太靠近，但我們睡在樓下比較安全。她的電話在樓上響了，她連忙跑去接。爸，她說，真高興你打通了電話，我一直在打電話找你，我們這裡已經好幾天沒電了，你那邊一切都好嗎？我剛才在院子裡，他說，隔壁的英國常春藤又長過來了，到處都是，他是故意的，你知道的，我去年把它全剪了，但它又從牆壁和工具棚的屋頂長過來，快把我種的東西都掐死，我過去敲他的門，但他就是不理我，我問你，我找不到長柄剪，我猜你沒問我就拿走了。她屏住呼吸，試圖喚起她畢生熟悉的面孔，看到的卻是殘破的水中倒影。爸，她說，我一直很擔心，我不知道什麼時候才能過去看你。不用擔心我，他說，我沒事的。哦，她說，我剛想起來了，我想我把它放在工具棚裡了。什麼放在工具棚？長柄剪，我修剪吊鐘花時你拿給我用，聽我說，你確定一切都好嗎，你食物夠嗎，你現在缺什麼嗎？當她掛上電話時，她正站在那張面朝下躺在地上的照片前。她拾起照片，看到馬克小時候，他兩手豎起大拇指，從滑水道口溜下來，玻璃沒破，但木框鬆了，她想不起照片在哪裡拍的。聖熱昂德蒙特，她自言自語。什麼？貝禮從客廳說。什麼什麼？她說，看著他的臉，她看到馬克的影子，畢竟兩人還是有相似之處。

趕緊沖個冷水澡，接下來可能好幾天沒得洗了，她呼喚茉麗下樓來，然後鎖上門，咬牙站在水前，然後走進去。她的頭髮在手中散開，像在做夢一樣。頭髮像深色水生植物從腳邊飄過，當她走出淋浴間時，她把它撈起來沖進馬桶。突然間，重型武器開始交火了，她走到窗前想往外看，但根本無法判斷離得有多遠，樹梢上方是一片溫暖的藍天，茉麗上次綁絲帶是多久以前的事，應該有兩個星期了吧。回過神來，她發現自己已經站在茉麗面前，雙手叉腰。我叫你下樓去，她說。茉麗看著她，臉上帶著怪異的神情，然後突然開始大喊，我們快要死了，我們快要死了，艾莉舒一把抓住她的手，把她從床上拉起來，對她說，夠了，夠了，帶她進浴室，轉開淋浴間的水龍頭，脫下她的衣服，也不管水冷不冷，就把她推到水底下，看著那瘦弱雪白的身體沒有任何反抗，只是抬起一隻手臂遮住胸部。你不會死的，艾莉舒說，我只是要你下樓去，他們不會打到我們家附近。艾莉舒走進淋浴間，開始用毛巾匆忙地為茉麗洗澡，她跪在地上，彎身為女孩洗腳，茉麗在發抖，艾莉舒還穿著她的衣服，膝蓋溼透了，上衣的手臂也浸滿了水。你必須好好振作起來，她說，等你爸爸進門時，你希望他見到誰？是他留下的女兒，還是一個鬼？她抬頭看向茉麗，只見一張空洞微笑的臉。但是爸爸不會回來了，茉麗說，他不會回來了，因為他死了，你不知道嗎，他們沒告訴你他死了嗎，我只想知道為什麼。艾莉舒的手停在茉麗的身體上，她的呼吸哽在喉嚨，毛巾從手中滑落，她艱難緩慢地站起來。她用拇指和食指夾住茉麗的下巴，抬起她的臉，好清楚看見那雙不停轉動卻拒絕看她的眼睛。以後不許再說這種話，她說，以後不許再想著這樣的話，爸爸沒死，因為沒有人這麼說，我不知道你可能聽到了什麼，但那都不是真的，現在沒有真相，你不知道，也沒有人知道，不可能有人知道任何事情的真相。存在體內鎖在心中的東西從茉麗的嘴裡釋放了，化作了啜泣，她的雙手捏著空氣，艾莉舒把她拉到懷中，輕聲對她說話，撫摸著她的後腦杓。我們已經進了一條隧道，沒有退路，她說，我們只能一直走，一直走，直到走到另一頭的光明。她替茉麗的頭髮搓出泡沫，輕輕摸著她的頭骨，從手指感受她的思想，她應該如何思考生命，這個心靈曾充滿世界，如今世界已不復存在，世界從她的眼中一點一點流瀉了。她用一條黃色毛巾擦乾茉麗的身體，然後把她包起來，讓她坐在椅子上。你以前是怎麼跟我說曲棍球的，你說你從沒有輸，你不是學到東西就是贏，我們現在正在學習，你不覺得嗎，我需要你回到我身邊，我比以往任何時候都更需要你。茉麗抬起臉，但表情空洞，沒有任何防備，好似所有的痛苦都消失了，現在只是看著，從一個無人居住的軀體往外看，一個聲音在低語。如果他沒有死，我為什麼會有這種感覺？她說，為什麼我整天都覺得胸口有這種感覺，睡著的時候有，半夜醒來的時候也有，我覺得好像有什麼東西在我身體裡面死掉了，就是這種感覺，我怕的是，在我身體裡死掉的，是我心中保有爸爸的那一部分，這就是我這麼害怕的原因，我非常想讓他留在我心中，但我不知道該怎麼做。艾莉舒想要握住茉麗的手，但是茉麗舉起雙手阻止她。有天晚上，我夢見他回來了，她說，當時是晚上九點，他剛進門，踢掉靴子，換上拖鞋，原來他一直在工作，只是找不到他的手機，事情只是這麼簡單而已，他拿著晚餐，坐在我旁邊的沙發上，用手摟著我，然後我就醒了。艾莉舒輕撫著茉麗的手，看著她睜大的眼眸飽受心靈重擔的折磨，她的情感在喉嚨深處翻騰。即使爸爸不在你的身邊，他也一直陪著你，她說，這就是這個夢的意義，爸爸回家來提醒你，他一直陪著你，因為爸爸會永遠活在你的心中，他現在就陪在你身邊，摟著你，而且他會永遠在這裡，因為我們小時候得到的愛，會永遠存在我們的心中，爸爸非常非常愛你，他對你的愛是無法被奪走的，也無法被抹去的，請不要叫我解釋，你只需要相信這是真的，因為這是事實，這是人心的定律。

她在漆黑的客廳中醒來，不確定自己是否睡過。手機上的時間顯示是一點二十分，茉麗輕輕摟在她的懷裡，貝禮睡在她們身旁的床墊上，嬰兒床靠在牆邊。炮擊與槍聲持續了不知道多少日，交戰在晚間忽然停止了，但她的身體不相信這片闃寂，神經陣陣刺痛，頭骨深處轟鳴不止。她轉向茉麗，輕輕吸入她髮絲間漸漸消逝的茉莉花香，感受到沉睡呼吸下的平靜心靈，想要伸手將恐懼連根拔除，將心靈撫回原有的模樣。忽然，有什麼東西從她心靈的暗處飛出，她先是一動不動，接著離開了茉麗，起身進了廚房。曙光稀微，星光依熠，她注視著那些深深扎根於大地的樹木，心中思量著，美好的時光終會再現，歡快的聲音，尋找拖鞋的腳步聲，腳踏車輪穿過門廊的喀喀聲，都會再次響起。她看到一顆照明彈在夜空中搜尋，像是一種會發光的魚，在漆黑的海洋中茫然漂流，這時，她偶遇了丟在另一個房間的念頭，這個念頭隨著她進入了廚房，現在就站在她的面前，她並不想聽，但這個念頭說，她的兒子幫忙他們帶來了這場毀滅，這個念頭還說，在毀滅完成之前，她的兒子無法歸來。在重型武器猛烈的攻擊聲中，她再一次驚醒，嬰兒站在小床上喊著媽媽，她抱起孩子安撫，放在腿上來回搖晃，每當附近響起爆炸聲時，她的肩胛骨就不由自主地收縮，而孩子像是被麻醉似的，對噪音毫無反應。晨曦從廚房的窗戶灑進屋內，照在地板上熟睡的孩子的身上，原本放在那裡的茶几已經被推到牆邊，上面堆滿了孩子的課本和昨晚晚餐的杯盤。槍聲稍歇的空檔，男人的呼喊聲此起彼落，那一刻，她想起了星期日早上的足球賽，體型肥胖的男人大喊著，把球傳過來，隨後另一個聲音也響起了，當她聽到擴音器持續傳出一個政府軍士兵的單調聲音時，喉嚨深處彷彿有什麼東西卡住了。鄰近一帶的每個人都聽到了，他語氣像是超市經理，在肉品櫃臺宣布降價了。我們會派人去找你，當我們找到你時，我們會知道你是誰，當我們知道你是誰時，我們會找出你的家人，然後我們會去找他們。一枚炮彈爆炸，地面泛起一波漣漪，那個人的聲音消失了。她告訴自己要深呼吸，抱著班躺下，想睡但是睡不著，最後她一定是打瞌睡了，因為當她睜開眼睛時，她看到貝禮已經離開了客廳，他也不在廚房，他去了樓上的浴室，還把門鎖上。馬上給我下來，她喊道，跟你說過多少次不要上樓了？她抱著班跟上去，用力敲門，砰砰砰，馬上把門打開。她聽到他想要沖馬桶，接著他打開了門，用難為情的眼神看著她，指著水箱。沖不了水，他說，水龍頭也沒有冷水了。她看著洗手臺，好像不相信他。我跟你說過多少次了，不要上樓來，有必要就用廚房的水桶。那張乖戾的臉轉過去，彷彿都是她的錯。幹嘛這麼愛挑剔，他說，我就是忘記了嘛，你知道熊是在樹林而不是他媽的廚房拉屎，這是有原因的。她看著他手拖在欄杆上，垂頭喪氣地走下樓，然後檢查了洗手臺的水龍頭，廚房的水龍頭也沒有水，她繼續用塑膠瓶儲水，以防萬一，但這幾瓶水恐怕是不夠用了。他們在客廳用瓦斯爐烤麵包當早餐，然後用筆記型電腦看卡通，貝禮盯著茉麗還沒吃的那片冷吐司，一隻手悄悄移過去，吐司瞬間消失不見。艾莉舒在收音機旁聽著報導，政府軍正在撤退，她說，反抗軍已經移動到城南，一直推進到運河。十二點過後，貝禮用手指碰了碰她的手腕。你聽到了嗎？他說，聽起來好像停止交戰了。他們吃了一頓冷午餐，鮪魚、橄欖油和麵包，不相信寂靜會持續到下午，寂靜變得越來越厚重，越來越令人不安，這是暗示力量正在結集的寂靜，這是等待下一輪炮擊的寂靜，這是大野狼敲打稻草屋門之前的寂靜。她吩咐孩子暫時別出聲，接著聽到了一架引擎在街上緩慢駛過，還有男人的聲音，當她拉開床墊時，從前面的窗戶看不到任何東西，她其實很不想上樓，卻還是上樓從她臥室的窗簾看出去，檢查哨旁邊停著一輛日產敞篷小卡車，一旁站著兩個沒刮鬍子的男人，空氣微微顫抖。一名身穿臨時戰服和棕褐色跑鞋的男子站在一旁，胸前背著一把突擊步槍，看起來像是正在用手機尋找訊號，另一個男人穿著T恤牛仔褲，肩上掛著武器，他掀起棒球帽，抓了抓脖子後面的癢。一隻尖耳傑克羅素㹴從馬路對面的窗口向外張望，四名武裝男子徒步走來，滿臉灰塵髒垢，他們的衣服各不相同，既有便服，也有軍服。他們動手拆除檢查哨，拉著沙袋的兩側邊角，拖到路邊堆起來，沒牙齒的前毒蟲又來了，遞給他們香菸，幫忙拆除他幫助建立的路障。所以這就是自由，她心中想著，但她的心卻無法自由，看著反抗軍，她無法吶喊出她的喜悅，這不是喜悅，而是解脫，不是解脫，而是喚醒她最深處的恐懼，無法驅散的寒冷，那個圍繞著其他所有想法的想法，要是她的丈夫和兒子不回家怎麼辦？看著這些人站在街上點菸，設法取得手機訊號，她感到無比厭惡，她看到的不是人，而是黑暗中誕生的影子在白天招搖過市，她看到的是他們以死亡對抗死亡，以此來結束死亡。房屋上的旗幟多麼迅速地被取下，一面不剩。半小時後，士兵走了，道路暢通無阻，人走出家門，傑瑞·布雷納正在打掃他家的院子，一位身穿玫瑰粉色T恤的禿頭彪形大漢站在一隻貴賓狗旁邊，狗的一條腿翹在樹上。貝禮看到街上有一個年輕人經過，說道，我想出去，我想去買冰淇淋。

7

戰火蔓延至康乃爾路，如一場洶湧的洪流席捲而過，牆垣和房屋的外牆化為瓦礫，一輛燒成骨灰色的豐田小客車殘骸橫躺在路中央，彷彿是被大水沖來的，柏油路上滿是彈痕和汙漬。當她對賴瑞描述這一切時，那語氣彷彿賴瑞絕對不會相信一樣，大馬路旁的一棟商業大樓在幾天後仍冒著煙，水泥粉塵與灰燼覆蓋在樹葉上，也堆積在車窗車身皆彈孔累累的汽車上，白色塵埃在空中飄散，似乎仍在緩緩降落，落在學校外面那棵依舊屹立不倒的懸鈴木上，半截樹幹已經燒焦了，猶如惡徒曾經試圖放火燒它一樣。沿街的窗戶都用垃圾袋或塑膠布封住，民宿前，一位老人正在窗臺上釘夾板，這條街道看起來同時像是兩個地方，外國戰爭的透明影像和這座城市的畫面交疊，夏日的色彩與毀滅的灰白色調倉促融合。水車隊伍長得不知道要排多久，她和貝禮一起站在隊伍中，看著民眾搖晃著水罐容器，孩童在斜斜的夕陽下推擠打鬧。她說，光靠這幾個塑膠瓶子，我們沒辦法提足夠的水回家，我們得設法找到更適合的容器。城市有一種太平無事的錯覺，割草機叨叨絮絮著夏日白日夢，鳥兒在花園大快朵頤，人人都在談論通貨膨脹，所有東西的價格都漲了十倍、二十倍，有一個人在街頭用發電機幫人充電，只收十磅，當電力恢復供應時，你會因為害怕帳單金額，不敢開啟家中的任何設備，繼續這樣下去，貨幣將變得一文不值。當一輛載著反抗軍的小卡車駛過時，她尋找馬克的臉，看到反抗軍在水車旁站崗，也會想像兒子在他們之間聊天抽菸滑手機，他們似乎過得很開心，不久以前，他們不是從事各行各業，就是學生、實習生或失業者，一轉瞬，已成了血腥屠殺的老手。貝禮好奇馬克為什麼沒有打電話回家，他說，我們現在應該要有他的消息才對。她端詳著他的臉，注意到上唇的柔毛開始變厚，她不忍心告訴他應該開始刮鬍子了，這不是母親的職責，還是之後讓賴瑞或馬克教他吧。她說，我不知道，我真的已經不知道了，我們可能會有一陣子沒有他的消息，全國各地還在打仗，他打我的電話很危險，你永遠不知道誰在竊聽，肩膀借我扶一下，我的靴子裡有東西。她把手靠在他的身上，脫下靴子，摸索襪子，根本不是石頭，而是石頭的種子，一顆慢慢地、穩穩地長成尖銳岩石的種子，她把襪子翻過來抖了抖，再穿回去，踩了幾下試試，種子不見了，但她向前傾身時，種子又回到了她腳掌的前端。

她踩著貝蒂·布雷納的舊腳踏車，城市在自己的呼吸中誕生，碎玻璃在街道兩側的瓦礫中熒熒發亮。海報多麼迅速地又出現在公車路線沿途的廣告看板上，手寫的或電腦打字的傳單，印著失蹤男女、被政府逮捕或拘留者的照片，前一刻你還在床上熟睡，醒來時卻看到GNSB站在你的房間，叫你穿上衣服，還幫你找到了鞋子。她仔細研究每張海報上的面孔，低聲念出名字，請幫助我們找到我們的哥哥，你見過我們的朋友了嗎，我們親愛的母親不見了，我們的兒子失蹤了——一架直升機在城市上空盤旋，她跳下腳踏車，推著走向父親的家，低聲說著感激，一切如常，前門緊閉，狗在屋內，然而，事實與她的想像南轅北轍。她把油漆剝落的柵門從圍牆抬起，推著腳踏車走了過去，目光瞄向對街的房子，但沒有停下腳步，也沒有對在窗前鬼鬼祟祟的塔利太太打招呼，陽臺上的盆栽和吊籃花盆，二十年來不曾開花，也沒有枯死。她站在父親家門口時，聽到對面有人喊她的名字，塔利太太已經揮著手走到柵門口。嗨，你好，艾莉舒，我只是想看看你爸爸是不是一切安好，那天我看見他出門，手上牽著狗鏈，但項圈裡沒有狗，狗反而跟在他的身後。她打開前門，朝屋裡頭喊，嗨，爸爸，是我，艾莉舒。當她推著腳踏車進去時，狗的味道撲面而來，不過香菸的味道已經淡去了，廚房裡傳來史賓賽低沉的狗吠。步入玄關的那張笑臉屬於她父親，但白鬍子彷彿屬於他人。她說，我喜歡你的新造型，讓你看起來有一種高貴的風度。他指著自己的臉說，我一點也不喜歡，那該死的東西，你叫它什麼，我沒辦法讓它動，你從哪裡弄來的腳踏車？她說，我需要找人檢查一下齒輪，老是卡住，我必須在宵禁前趕回去，因為孩子獨自在家，我經過了兩個反抗軍的檢查哨，在第三個檢查哨，他們叫我回頭，所以我就繞過他們轉了一圈，他們隨便制定規則，和政府一樣糟，一輛麵包車在我們附近繞來繞去，用擴音器大聲宣布一長串限制事項，晚上七點以後誰都不准外出。賽門說，我猜你想喝茶吧，不過我沒有牛奶了，電力斷斷續續，不過至少還有瓦斯。她說，至少你還有自來水。她仔細地看著他，骯髒的餐具放在流理臺上，水槽中也堆了不少，她注意他沒用刀叉或杯碟，視線移向他的手，彷彿他一直是用手喝水。她問，你把爐子點著幹什麼？現在是最熱的夏天。她面前的這張臉露出疑惑的神情，轉身去研究那隻狗。他說，太陽一點熱度都沒有，我的腳都感覺到溼氣，我告訴你這隻該死的狗幹了什麼好事，有一天，牠在公園裡跑掉了，前一分鐘還拴著狗鍊，下一分鐘就不見了，當我回到家的時候，牠居然在院子裡等著吃晚餐，真把這裡當成五星級飯店了。她懷著悲傷和驚奇的心情凝望著她的父親，看著這個老指揮官站在高處，不屈的心靈望著一個即將消逝的世界，史賓賽悶悶不樂地看了他們兩人一眼，眨了眨眼睛，然後把頭靠在爪子上。茶有一股霉味，她一邊洗碗，一邊清理流理臺，同時回頭和賽門說話。我早該想到塔夫特太太不會來了，現在根本找不到人幫忙，如果你能來我們家住一陣子，你就什麼都不用擔心了，有飯吃，不用打掃，在這一切結束之前，你可以做你想做的事，家裡有個男人在也很好。他說，她還在繼續拿走我的東西。爸，打掃的已經好幾個星期沒來了，聽我說，我真的需要你幫忙，我不知道你一個人怎麼撐得住，超市關門了，你得排上幾個小時的隊才能買到日常用品，我們待在一個屋簷下一起度過這個難關比較容易，我可以叫計程車，附近還有一兩輛在跑，我們可以收拾一袋行李，今天就接你過去。你付錢給她了嗎？付給誰？塔夫特太太，你沒付錢給她，所以才沒人來幫忙。爸爸，我當然付了錢給塔夫特太太，聽我說，我要你仔細聽我說，現在連穿過城市都很困難，道路還是一團糟，到處都是路障，局勢很不穩定，我可能有一陣子不能來看你——我早跟你說過了，我現在這樣很好，對吧，史賓塞，我去你家，只會成為一個討厭鬼，不管怎麼說，我有我的存糧和日常用品，說點別的事吧，你講話越來越像你媽了。

一個女人，一個陌生的女人，坐在廚房裡，茉麗迅速從椅子站起來，當艾莉舒推著腳踏車經過時，她做了一個道歉的手勢。女人轉過身，用嚴肅的綠眼睛向她打招呼。她說，史塔克太太，很抱歉這樣打擾你，我們方便說幾句話嗎？艾莉舒把腳踏車停到外面，走到水槽前，用盆子裡的水洗手。屋子靜悄悄的，她轉頭問茉麗，你弟弟在樓上嗎？貝禮一小時前就出去了，我當時正在哄班睡覺，我不知道他去了哪裡。我不是交代你們兩個都不要出門嗎？茉麗聳聳肩，別過臉去，艾莉舒往牛仔褲擦乾雙手，示意茉麗離開廚房，隨後拉上玻璃門，挺直了腰桿。你是為我兒子的事來的嗎？乾淨俐落的笑容，精緻的手指和指甲，自信爾雅的舉止。是你妹妹請我來的。愛妮？她問，恐怕你是要告訴我我兒子的消息吧，我沒有咖啡，但你想喝的話，我可以泡茶。她伸手指著野營爐上的鍋子，女人笑著婉拒了。茉麗在門邊偷偷聆聽。跟我到外面吧，說著艾莉舒用手示意她跟著。她們穿過院子，走到樹蔭下，年輕女人朝著一條絲帶伸出手，輕輕摸了一會兒後放開。艾莉舒說，在這裡沒人能聽到我們的談話，你還沒告訴我你的名字。我是一個小規模組織的成員，你不需要知道我們是誰，我們受雇於像你妹妹這樣的人，他們住在國外，有能力幫助自己的親人。年輕女人望著面向院子的房屋後方，從外套掏出一個牛皮紙信封，一捲用橡皮筋束著的鈔票。她說，請妥善保管這份文件，這是一張許可證，上頭有高級官員的簽名，蓋著司法部的章，能讓你自由進入政府管制區，購買新鮮的肉類、蔬菜、乳製品給你的孩子，不用支付天價，聽我說，史塔克太太，我來，是因為你的妹妹安排我們來協助你、你的孩子，以及你的父親，我們得盡快行動才行。她注視站在院子裡的這個女人，卻彷彿看到遠在多倫多的妹妹，愛妮說服了她的丈夫，透過電話安排這一切，而她自己已經好幾個星期沒有和妹妹說過話了。出國？她說。對，我需要你的照片和個人資料，以便偽造護照和身分證明文件，我們可以把你送出國，我們可以讓你離開這個國家，你妹妹會安排讓你們轉機到加拿大。有什麼東西悄悄掉落在自我的地板上，她轉過頭，望著爬滿常春藤的牆，還有應該在春天重新栽種的花圃，這座院子需要投入很多的心血，她閉上眼睛，看見一切消失殆盡，時間就像一張漆黑的大嘴，從黑暗中隱約浮現的是她難以言喻的挫折感。出國？她說，又低聲重複了一遍，把那卷鈔票捏在手裡，塞進牛仔褲的口袋裡。沒錯。就這樣嗎？她說話時無法看著女人的臉。這有一定的風險，但這種事我們經常處理——樹皮中凹陷的眼睛成了這一切的見證者，那對沒有視力的眼睛在風中眨也不眨，睜大眼睛面對著世界，她低頭看女人的黑色踝靴。她說，這實在太難接受了，我的意思是，我不想，不，這不是我想要的。女人的臉上毫無表情，嘴脣在她面前冷靜地呼吸，清澈的綠眼睛仔細地打量著她。艾莉舒說，你還沒告訴我你的名字。你可以叫我梅芙。我猜那一定是你母親的名字，梅芙，告訴我，我妹妹怎麼會希望我就這樣離開，甚至連提也沒有跟我提過，你知道這樣的房子被拋棄後會怎麼樣嗎，我的大兒子隨時可能回來，他會推開院子的門，懶洋洋地走進廚房裡，好像從來沒有離開過，他會走到冰箱前，說沒有火腿了，然後拉過一把椅子，問有沒有他爸爸的消息，你知道嗎，我丈夫被抓走了，自從他失蹤後，我們就再也沒有他的消息了——那些在院子度過的夏夜，火盆的鐵鏽與燒焦的痕跡在她眼前早已化作灰燼，她閉上眼睛，想像賴瑞將酒倒入杯中，當她睜開眼睛時，樹上掛滿了哀傷，微風吹起的絲帶如同一根根有所指的指頭，低聲要她離開。年輕的女人抬起眼睛微笑著。她說，Prunus avium。你說什麼？她說，你的櫻桃樹，野櫻桃，我的祖母是植物學家，跟她在一起，就像才十歲就得修拉丁文學位，這些樹看起來很老，種很久了嗎？我想是吧，應該吧，我們買下這棟房子的時候，這些樹已經長成了，我丈夫認為必須砍掉，否則可能會在暴風雨中倒下，但我不確定，我想等一等再看看，春天的花真是一道風景。史塔克太太，你妹妹跟我說了你丈夫的事，我不知道該說什麼，我不知道你了解什麼。她想開口說話，卻抿緊了嘴脣，艾莉舒看著不需言語也能傳達的嘴脣和眼睛，她能聽到那雙眼睛想說的話，但她不要聽，那雙眼睛是錯的，那雙眼睛什麼都不知道，當什麼都沒有被證明的時候，那雙眼睛不可能知道任何事情。史塔克太太，你正在面臨一個困難的選擇，離開家是最困難的事，但我認為你還沒有看清楚局勢，沒有意識到即將要發生的事，你頭頂上的那架偵察機，你認為它成天在上面做什麼，停火協議不會持續太久，反抗軍已經失去動力，軍方開始包圍他們，這座城市的南部將被圍困，軍方會把這個地方變成地獄，他們會擊潰反抗軍，你將與外界隔絕，得不到日常用品，我告訴你的都不是祕密，你要替孩子著想，你還有一位需要醫療的年邁父親——我父親？艾莉舒一面說，一面抓起一片樹葉，揉成稀爛。我妹妹幾乎沒有替我父親做過什麼，我父親需要的是留在家裡，被他的回憶包圍著，伸手就能觸及過去，很快，他只會剩下影子，世界對他只是一個奇異的夢境，現在讓他離鄉背井，無異於讓他處於一種不存在的狀態，我不能讓這種事發生。史塔克太太，這我明白，但我要解釋一下，你妹妹為了這件事花了很多錢。我猜也是，你看起來不像是做非法交易的人。史塔克太太，我是醫學院的學生，我以前是醫學院的學生，在我能夠再次返回醫學院繼續學業之前，我做這件事，每一個環節都要花很多錢，要偽造護照、文件，要行賄，要過路費，這不是沒有風險，我相信你會改變心意，但我們真的得加快動作，三四天後我會派一個年輕人來拿我們需要的東西，在那之前，你可以用這張許可證取得日常用品，你現在有足夠的貨幣應付通貨膨脹，加拿大幣很好用。貝禮走到玻璃門前，在那一刻，她看到馬克在同一個年紀的樣子，藏於一張臉上的特徵，居然能夠在轉頭或一瞥的瞬間，忽然顯露在另一張臉上。她看著地面搖頭。請轉告我妹妹，我很抱歉，她說，告訴她，我非常感激這筆錢，我真的非常感激，等我方便時，我會親口謝謝她，東西變得非常昂貴，只要我一有能力，我就會還給她。她看著年輕女子走上街道，關上玄關的門，貝禮站在廚房裡，渾身泥巴灰塵，手中拎著兩個灰白色長方形五公升容量的汽油桶。他笑著把它們放在地上，不肯說是在哪裡找到的。桶子散發出濃重的霉味，她需要去水車買煮沸的飲用水來洗乾淨，她帶著一絲驕傲和欣慰盯著他看，隨後又氣得開口罵他。我養你不是要你當小偷的，她說，她看著他那充滿委屈的眼睛逐漸變得陰沉，他微微瞇起眼睛，彷彿要將她縮小一般。他說，你為什麼不高興，你什麼事都不高興，我總不能把它們放回去吧。她眼前的臉又變了，這次變成了賴瑞的臉，賴瑞的怒氣越來越深，肩膀也轉過去，不想再理會她。

他們在清醒的夢境中糾纏在一起，她的手臂環繞著他的腰，賴瑞醒來，低聲說了什麼，當她睜開眼睛時，他正站在床邊緩緩地搖頭，眼中流露出哀傷的神情。她問，你搖什麼頭？她看著他走向門口，走廊的燈光照亮了他的臉，她覺得好像不再認識他了，他是賴瑞，但同時又是另一個人，一個被歲月與悲傷掏空的男人，當她再望過去時，他已經不見了。她渾身溼透醒來，失魂落魄，想著她想說的話，你怎麼敢來夢中找我，就好像你已經死了。她哭著走進廚房，從水槽裡拿起一個玻璃杯，出於習慣轉開了早已停水的水龍頭。青色黎明時分，世界是如此的陌生，卻又那麼的熟悉，雨在樹叢中呢喃，這是一場古老的雨，對著它長久以來落下的地方，對著扎根於大地的櫻桃樹，對著他每離開一星期就會出現的一道絲帶般的光，喁喁細語。琥珀色的光線照亮了對面人家臥室的窗，她看著光線穿過浴室，有人起床，恰似要準備去上班，你走進浴室，往臉上潑水，刷牙，開始煮咖啡，你叫孩子起床，讓他們準備去上學，這就是我們的生活。孩子醒來時，她告訴他們，功課還是要寫，無論如何，學校很快就會復課，我不希望你們落後進度。茉麗喜歡一個人用功，但貝禮卻不肯寫功課，她陪他坐了一下子，然後說她必須去一個檢查哨，過關去買日用品。貝禮說，別忘了尿布、嬰兒溼紙巾和衛生紙，還有巧克力，燈的電池也快用完了。她走向位於海豚穀倉的檢查哨，一排雙層巴士停在運河沿岸的小路上，為反抗軍士兵抵擋狙擊手的攻擊。她站在坎麥大橋前排隊等待身分檢查，看著人們推著獨輪小車、手推車和行李，來來去去穿梭在三不管地帶，反抗軍要求檢查從政府那邊返回的民眾所攜帶的商品，所有東西都必須拆封檢查，一位頭髮漆黑的老婦人舉起雙手，開始對兩位堅持要檢查她的袋子的反抗軍大聲喊叫，死抓著不肯放手，最後有一名士兵從她手中搶下袋子，結果一隻雞從袋子裡飛了出來，老太太立刻在路上追著雞跑。艾莉舒將身分證遞給隱藏在太陽眼鏡後面的眼睛，一個不帶感情的聲音問她為什麼要到對面去，頭頂傳來戰機的聲響。她看到紅綠燈上掛著警告標誌，提醒有狙擊手，於是加快腳步過橋，目光望向遠處路口的塔樓，塔樓的窗彷彿從上方俯視著她，她感覺自己正站在某個權威面前，這個權威透過法令掌控著一個人的生死。一位聲音沙啞氣喘吁吁的老太太走到她身旁開始聊天，好像她們彼此認識似的。她說，謝天謝地，今天還算平靜，我的老媽媽住在奧利弗邦德公寓，現在都不敢出門，願上帝保佑她，我一個禮拜都沒辦法過來，這樣的人很多，你呢？艾莉舒根本沒有看那老太太的臉，她的目光落在距離橋兩百公尺外的政府檢查哨，那裡有水泥塊、沙包和一面沒有升起來的國旗，她看著一個人低頭騎著腳踏車橫過馬路，繞過一隻丟在路中央的靴子，那靴子看起來好像她收在櫃子裡但從來不穿的那雙櫻桃色靴子，一位年輕的女人推著一輛嬰兒車小跑步，車子放著一袋米，一位腳踝腫脹的老太太拉著花格圖案的菜籃車，一位高大的老人拄著一根拐杖，一隻獵犬沒有拴狗繩，在前方馳騁。她走到帶有一英吋高跟的櫻桃色靴子前，發現靴子的拉鍊沒拉下，就已經從主人的腳滑落了。

賽門在起居室對著電視咒罵，她把背包裡的日用品倒在餐桌上，走進起居間，站在他的面前，雙手叉腰。她說，我幫你刮鬍子吧，如果你想在這裡刮，那我們就在這裡刮。她上樓拿了一條毛巾，打開浴櫃，拿出一罐刮鬍泡沫和一把藍色塑膠刮鬍刀，架上有一包抽了一半的香菸，她順手塞進了口袋。賽門坐在扶手椅上等著，雙手放在大腿上，手指張開，上頭纏著深色的海濱草，他大聲地呼氣，她抬起他的下巴，仔細端詳他的臉，兩場雪落在古老的大地上，她從未替男人刮過鬍子。他說，停火是不可能維持的，你聽到新聞了嗎？他們說的那些謊言，真把我們當傻子，今天他們說反抗軍違反停火協議，還記錄到他們過去二十四小時內對這座城市進行了二十八次攻擊，我們的陣地遭到多少次又多少次迫擊炮和大炮的攻擊，等等等等，你自己用耳朵聽聽就知道，反抗軍已經安靜了好幾天，只剩下零星的槍聲，政府正在準備另一波的攻擊，你等著看吧——爸爸，她一手扶住他的下巴說，你不要亂動，我才能替你刮鬍子，他們現在不會因為進一步的制裁威脅就破壞停火協議，每個人都希望停火。鬍子頑強地抵抗著剃刀，在她剛剃得滑溜的那片皮膚上，以肉眼難以察覺的速度繼續生長。他說，那個高個子昨天來過，他來的時候，把樓上翻了個底朝天。剃刀停在她手裡，她把剃刀放入一碗水中，抓住父親的手臂。爸，什麼高個子？你知道的，就那一個啊。賽門斜眼看著她，彷彿是她的問題。爸，我怎麼知道你在說誰？高個子，你家的小子。我家的小子？她說，你是說你的外孫嗎？不可能吧。他說，對，就是他，他大概三點鐘過來。他上樓幹什麼？她看著賽門閉上眼睛，她的目光在半透明的眼皮底下探索他的心思，她想把老人家從頭骨中搖出來，讓他的心智恢復清明。她把剃刀浸入水中，然後刮得太過用力，賽門舉手抗議，鮮血沿著他的下巴淌下來。你是說馬克嗎？她問，嗓音漸漸變了，空洞的目光掃視起居間，最後落在桌子旁邊的椅子上。你怎麼知道是馬克？她說，等我一下，我去拿面紙。他說，還能是誰呢，我問你是不是艾莉舒的兒子，他說他是，然後進來說他是來幫忙的。她說，來幫忙，幫什麼忙？我不知道，這個那個，他說他會幫忙打理院子。她進了廚房，用冷水沖手，又用杯子裝水潑到臉上，她站在落地窗前，望著院子，樹籬修得平平整整，花圃也才除過雜草，她回想起馬克去年夏天穿著工作服站在院子裡幫忙的情景。她將一張面紙放在父親的臉上，父親閉上眼睛後，她繼續在那似笑非笑的嘴角周圍刮鬍子。當她意識到他已經睡著時，她還在和他說話，手掌托著光滑的下巴，用毛巾擦拭玫瑰色的肌膚。她走到玄關，拿起他的大衣，從領口解開扣子，回到起居室，坐在母親以前的位置，從口袋拿出一個白色標籤，上面已經用墨水寫好了名字、地址和她自己的電話號碼，她把標籤縫在翻領上。她靜靜聽著空空蕩蕩的房子，耳邊恰似響起樓上的舊日聲響，母親呼喚他們吃晚餐的聲音，他們的腳步聲在樓梯上咚咚作響，爐中的火焰一陣刮刮雜雜，如同一座瘋狂的時鐘，正在與時間對話，彷彿爐中的木頭正在釋放長年累積其中的歲月，她心想，時間既是加法，也是減法，時間把今天累加到明天，同時也總是帶走剩餘的，帶走她眼前那緩慢的沉睡呼吸。她心想，是這具身體在替靈魂呼吸著，是心臟在不斷跳動著那個人，直到這個男人最終垮下來，她不自覺地伸手去握住他的手，輕聲說，我從來不曾希望你是另一個人。

她躡手躡腳走到前門，把門栓上，走出門廊，點了一支菸。暮色漸濃，夜幕將至，微雨輕輕灑落在小徑上，一只身影無視宵禁沿著街道走來。她看著這個少年駝著背走路，他們都在抽著菸，少年用手捂著嘴。他走了過去，但當她聽到一輛車從街角開過來的時候，她立刻退到牆邊，一輛四輪驅動車駛過，她注意到前座坐著兩名反抗軍警察，車子停下來，剎車燈照亮鄰近的窗戶。她走到柵門旁，低聲叫少年快跑，他卻轉身面對著那輛四輪傳動車，兩個男人下車圍住他。她看到男孩聳了聳肩，一名反抗軍警察抓住他的手臂，強行要他轉身，把他推向車子，準備銬上手銬。她一邊挽起袖子，一邊邁步走過街道，大聲喊道，你們要對我兒子做什麼？她在他們猶豫的那一瞬間出現在他們面前，少年的雙手已經被放開，反抗軍警察轉過身來，用一種她在黑暗中無法解讀的眼神與她對視。她不再在街上了，而是進入了她內心的某個部分，在那裡她是絕對的，嘴裡啣著一把劍，這個男孩是她的兒子，她拉著他的袖子，搖晃著他說，我不是告訴過你，宵禁後不要出門，現在快回到屋子裡去。她站到少年和兩個男人中間，轉身把少年推向街道，然後張開雙手擋在他們的面前。她說，非常抱歉，我知道現在有宵禁，但家裡的小寶寶正在長牙，我沒辦法盯著他們每一個人，他以為自己想出去就可以偷偷溜出去，這真的是最後一次了，我向你們保證。街道籠罩在虛假的安靜中，冰冷的目光審視著她，吉普車巾的雙向無線電發出劈劈啪啪的雜音。她轉過身去，生怕少年繼續一直走，走過了她的房子，便對他喊道，站在那邊等我。男人不再留意著男孩，她在他們面前抱起雙臂，其中一人清了清喉嚨，操著流利的城市口音。這次算你們走運，如果再讓我看到你的兒子在宵禁後還出門，我一定把他帶走，你聽明白了嗎？她繃著臉看著那個男人的臉。你問我明白嗎，明白，我明白，但我也想讓你明白一件事，我的大兒子離家出走，和你們一起反抗政府，而現在我卻站在街上，受到威脅，我們都希望這個政府下臺，但我們不希望它被更多相同的政府取代，這就是我想對你說的話。她走過街道，聽著引擎空轉的聲音，男人無疑正從照後鏡看著她，她握住少年的手肘，把他帶進了屋子。前門關上並鎖好後，她帶他走進廚房，茉麗和貝禮從筆記型電腦前抬起頭，他們好奇發生了什麼事。她叫少年坐到椅子上，他其實還只是個孩子，一臉鬱悶，畏畏縮縮，似乎做好了被挨打的準備。她現在終於明白了，為什麼他絕對不可能是她的兒子，那屬於在社會住宅長大的年輕人特有的敏銳眼神和野性舉止，她走進客廳，隔著百葉窗觀察外面。她說，在這裡待一會兒再走，他們會再繞一圈，然後你就可以跑了。少年的臉龐逐漸浮現出不悅的神情，他走向水槽，朝裡面吐了一口痰，轉過身來，露出怨恨的表情。他說，太太，你為什麼要這麼做？我本來都已經準備好要跑了。

她在廚房水槽前刷牙，一陣急促的爆炸聲突然響起，每一輪的衝擊都打破了夜的闃寂，她一隻手輕輕滑向心口，緊緊握成了拳頭。低頭時，她看到水槽中的牙刷，看到了希望從她的手中流逝，如同在無垠的天地間尋覓的愚者捧在手心的水，她知道貝禮來到了身後的玻璃門前。

最後一個是火箭，他說。她轉過身，從他的聲音中聽出了某種知識的喜悅，在黑暗中看不到他的頭，只能看見穿著四角褲和T恤的蒼白修長四肢。你怎麼會知道？她說著搖搖頭，再次轉向窗外，一記教堂鐘聲在藍色夏夜中響起，隨後遠處依稀傳來另一記遲到的鐘聲，猶如只是前一記的回音，然後她又聽到一聲沉悶的爆炸聲響。這股憤怒，她無法從手中擠去，這股悲傷，已經湧上心頭，當她關上窗戶轉身往客廳走去時，胸口像是壓了一塊沉重的石頭，她幾乎無法行走，她扶著流理臺，閉上眼睛深呼吸，她的腳好冰，她不記得自己把拖鞋放哪裡了，你剛才明明還穿著啊。他們蜷縮在羽絨被窩，在緩慢而穩定的軍隊鼓聲中，一輪又一輪的炮火繼續落在城市。她告訴孩子，他們很安全，政府的目標是反抗軍的據點，但她自己並不相信，每當又一輪攻擊開始，茉麗的喉嚨就會發出奇怪的聲音。班醒了，不肯待在嬰兒床上。她打開收音機，等待世界新聞的播報，卻沒有任何關於發生了什麼事的消息。她告訴孩子，炮火一定會停下來，事情總會慢慢轉好，明天早上我會再去政府那一區拿日常用品回來，說不定可以找到一些巧克力。一枚迫擊炮在附近爆炸，接著又是一枚，茉麗的喉嚨再次發出那種奇怪的聲音，但這次聲音更長，恰似一種古老而嚴肅的吶喊的開頭音符，她在羽絨被底下尋找母親的手，艾莉舒握住了她的手，她清楚自己正以虛偽面對孩子，虛偽得提供不了任何東西，沒有安慰，也沒有幫助，只有謊言、逃避和分散注意力，講著他們老早聽過的童年故事，有一次，她妹妹從樹上摔下來，背沒有摔斷，反倒是屁股骨折了，必須坐在橡皮圈上好幾個星期，她的奶奶在懷孕時曾被雷擊中，當場倒在後院，但毫髮無傷，不過你們的爺爺出生時，耳朵後面有一道疤。午夜兩點，轟炸上了外國新聞，軍方對反抗軍控制的據點發動了戰略攻勢，同樣也攻擊了睡眠，攻擊了黑夜提供的庇護所。現在她只希望能夠閉上眼睛，找到一扇通往清晨的門，但只看到墳墓般的黑暗籠罩著他們，夜色猶如沉重的石板壓在身上，她想像著房子將要塌下來砸在他們的頭上。一陣持續不斷的敲擊聲開始響起，沒有停歇，她的右手開始顫抖，只好用左手握住，藏到羽絨被下，她腦海中浮現那些朝他們發射火箭和迫擊炮的人的臉孔，他們正在將死亡送向親友，她也突然意識到，他們或許就是自己在街上曾經擦身而過的人。班又哭著醒來，怎麼也安撫不了，她的手指滑入他的口中，輕輕摸索牙齦，他的憤怒氣息吹拂在她的手上，這個可憐的小傢伙正在長牙，她卻無力緩解他的疼痛。她的拇指沿著他的下巴搓揉，心中好奇這個年紀的孩子對這個世界能有什麼樣的認識，她身上散發出恐懼的氣味，這個孩子在成長的過程中逐漸明白，這種氣味是無法捨棄或壓抑的，這個孩子吸收了母親的心靈創傷，存在體內，留待日後釋放，這個孩子長大成人後，會將他的恐懼和無端的焦慮發洩在周圍的人身上，她抱在懷中的，是一個受傷的男人。軍鼓節奏穩定，爆炸的攻擊如行軍般有序，轟隆隆的炮聲瞬間變得遙遠，猶似一片雷雲正遠遠飄向了大海，在她關掉收音機之前，收音機沒有任何新的報導。她認為茉麗和貝禮都睡著了，黑暗中傳來警笛聲和狗吠，班微微顫抖，彷彿要沉入更深的睡眠，他的身體必須驅走她的恐懼。她閉上眼睛，看到父親獨自一人在屋裡，狗在落地窗前用爪子撲來撲去，父親在樓梯底下鋪了床，張著嘴睡著了，父親像一塊岩石躺在地上，看到土地、海洋、山巒、湖泊都已經被抹滅了，世界一片黑茫茫，只剩下來自天空的死亡，這個爆炸入侵睡夢的死亡，讓她不敢閉上眼。

當她聽到槍聲從頭頂呼嘯而過時，已經分不清時間，即便入睡了，她的耳朵仍舊保持著警覺，兩聲爆炸如此接近，震得整棟房子都在搖晃，什麼東西摔到了地板上。茱麗尖叫著坐起身來，喉嚨卻發出了動物的叫聲。她找不到手電筒，後來才發現茱麗把它丟到了羽絨被底下，當她打開手電筒時，他們看到壁爐前的天花板石膏已經變成了碎片。貝禮在地板上吐了。他說，我不知道我怎麼了，可能是染上了什麼病毒，或者是食物中毒了。當她去廚房拿消毒水和抹布時，手電筒的光在手中顫晃，她在窗前站了半晌，望著裊裊白煙的冷光。一滴水都不能浪費，所以她在貝禮旁邊放了一個盆子，告訴他要吐就吐到盆子裡，她接著用力擦洗地板，動作粗暴，回到廚房時，發現手已經不再顫抖了。她伸展了一下手指，讓手稍微休息片刻，一枚迫擊炮的爆炸聲卻讓她的手又開始顫抖，她清掃客廳地板上的灰泥，然後開始清潔臺面、水槽周圍、水槽後方的窗臺、爐具周圍的防濺牆，又是一聲爆炸，近在咫尺，震得地面劇烈搖晃，她必須用兩隻手緊緊抓住水槽，心卻還掛念著抽油煙機上的油垢需要清潔，這些角落她忽略太久了，臺面悄悄落了灰塵，微波爐後方也卡滿了塵埃，食物殘渣掉進抽屜，躺在刀叉下，麵包盒和烤麵包機的麵包屑灑得到處都是，你切了一片麵包，結果半條麵包掉在地上，麵包屑滾到水壺下面，甚至掉進剛清理過的餐具抽屜裡。媽媽，你在做什麼？貝禮又吐了。她握住茉麗的手，上下搖晃，但她找回的卻是自己。她說，等外面亮了，我們必須把窗戶貼上膠帶，這樣玻璃才不會被震碎飛進來，現在幾點了，希望班可以繼續睡下去。

她站在玄關的鏡子前，笨拙地扣上外套的鈕扣。好幾天沒梳頭了，她把頭髮放下來，用手指隨便順了順。她的右手在顫抖，好像有什麼鑽進皮膚底下，以筋骨為食，她拿起梳子又放下，最後決定把頭髮綁起來。她拿起電話，希望能聽到撥號音，接著走到外面，抬頭望著天空，尋找飄煙的來源，這時，警笛聲響起了，傑瑞·布雷納提起一個垃圾袋，丟到小徑上那堆膨脹如山的黑色垃圾堆上。老鼠，他指著街道說，貓那麼大的老鼠，我從來沒有住在這麼髒的地方。她不知道該說什麼，也不再在意垃圾桶了，五天五夜幾乎沒睡過一小時，身體有一種不同以往的感覺，一種黑色深層的恐懼活在血液中，感覺無處可逃。傑瑞·布雷納舉起手，似乎想說什麼，但兩人聽到一架戰機飛過，同時抬頭看向天空，轟隆隆的回聲，天空彷彿一個洞穴，隨後幾公里外的空投地點傳來了爆炸聲響。現在應該是早上七點鐘，他說，你可以把那些殺人噴射機當成時鐘，聽見它們的聲音，就知道它們又要進攻了，或是已經進攻了。她看著傑瑞·布雷納布滿鬍渣的臉，想像他日日對鏡刮鬍五十年，而今臉頰卻閃爍著矽石般的光芒，髒兮兮的背心取代了襯衫領帶，手臂瘦削，拐肘見骨。她說，你缺什麼東西嗎，傑瑞？我準備設法通過檢查哨，我的袋子還能放幾樣東西。他沒有回答，只是呆呆站在那裡，她的目光越過他，看向前方的院子，明白了這個男人的困擾，他選擇在退休後照顧需要不時澆水的盆栽植物，用鋤頭對付鋪路石裂縫中長出的雜草，把餘生耗費在瑣碎的工作上，花園木屐磨禿了襪子後跟，在後頭高架花床間的忙碌也消耗掉了肘部贅肉，種滿枯萎的甘藍、當季紅蘿蔔，甜菜和蘿蔔則是為冬天做準備，他默默在屋內進進出出，回應妻子的每聲召喚。此刻，他眼神凶狠，掃視過街老鼠。他們的目的很明顯，他們想把我們像害蟲一樣趕走，這就是他們的打算，他們希望我們像老鼠一樣滅絕，這只是時間和精力的問題罷了，我以前是城市規劃師，你是知道的，這個城市的道路和建築數量有限，只要投下足夠的彈藥，過一段時間後，就能在每條道路上打出一個洞，你攻擊每一區公寓、每一家商店和每一棟房子，日夜不停攻擊，不斷投彈，直到將每一棟建築夷為平地，你還是繼續摧毀，直到你把磚瓦也變為了灰燼，除了拒絕離開的人，什麼也不留下。他轉過身，用瘋狂的眼神望著天空片刻。他說，我們為什麼要離開呢？告訴我，他們趕不走我們，必要的話，我們就住到地下去，我他媽的會在我的花園裡挖個洞，你一輩子都住在一個地方，就不可能想住到別的地方去，神經學上這叫什麼，這是已經連到大腦裡的線路，我們就挖洞住下，我們就是要挖洞住下來，不然還能怎麼辦，我不知道還能去哪裡，他們可以用棺材把我拖出去。她不知道該擺出什麼表情，只好別過身去，用腳尖踢著水泥。麻煩轉告貝蒂，再次謝謝她借我腳踏車，她說，不過車鍊常常掉下來，我叫我兒子看了一下，結果更糟糕。他說，那輛腳踏車很舊了，後輪的齒輪可能變形了，牽去找派地·戴維修理吧，他在埃米特路的炸魚薯條店旁開了一家小小的腳踏車行，我以前常常拿孩子的腳踏車去找他修理，替我向他問聲好，他會收你便宜一點。

她喂喂噥噥叫賴瑞接電話，無法從睡夢中掙脫，她的手臂被重物壓住了，當她醒來時，聽到電話在玄關鈴鈴作響，附近傳來警笛聲，她的手臂被茉麗的身子壓住。她匆匆跑去玄關，心想一定快要天亮了，還沒拿起話筒，就開始對馬克說話，你一定是搞丟了我的號碼，這年頭誰會背手機號碼，但家裡的電話你總是記得的吧，我不是從小就要你記住嗎——她從父親清嗓子的方式認出了他，那特有的吸氣聲，隨後微微顫抖的聲音，都是他的特徵。他說，你在嗎？她走了，你聽到了嗎，我在睡覺，醒來，她走了。她說，爸，現在幾點，電話斷線好幾天了，你是說那隻狗嗎？他說，你好好聽我說，我說的是你媽，我找遍了整個房子，但她不在，她把她所有的東西都帶走了，她的衣櫃是空的，我早該想到會發生這種事，我早該想到她會離開。高昂的聲音轉為害怕的呢喃，他開始用力吸氣。他說，我沒辦法呼吸，我沒辦法呼吸——爸，她說，天啊，你不要這樣，爸，我需要叫醫生嗎？他說，不用，你不要管我，那個女人想毀了我。艾莉舒用拇指和食指捏捏眼睛，捏捏鼻樑，想像一個從夢中驚醒的男人，知道不能把他妻子的死訊告訴他，因為他對她的死毫無記憶。一股顫慄的情緒穿過她的身體，她抬起頭一看，茉麗站在門邊，她揮手要她回去。循著積灰的陰暗電話線，她尋找父親的臉，想擁抱他，想像他就站在玄關，屋裡的每一盞燈都亮著，他肯定又忘記穿上睡袍和拖鞋。她叫他深呼吸，當她睜開眼睛時，看到兩張蒼白謹慎的臉蛋在門口望著。爸，她背對著孩子，壓低嗓子說，爸，我真的希望你好好聽我說，請你先深呼吸，聽我說，媽媽沒有走，她很快就會回來，我保證，她只是——你在騙我，他說，你老是騙我，我就知道這件事你也有份，你老是站在她那邊，像狗一樣，跟在她身後哭哭啼啼，沒有你們，我這屋子就真的他媽的太平了。她聽到好大一聲吸氣聲，隨後他開始放聲啜泣。他說，我沒辦法呼吸。她說，爸爸，哦，爸爸，請你聽我說，沒事的——我早該知道會發生這種事，他說，我早該知道，但我當成沒看見，我愛她，你知道的，我真的愛過她，我仍然愛著她，哦——告訴我，愛去了哪裡，告訴我，我已經記不起一切的去向，我們的愛曾經在我們的手心中跳動，這些愛現在去了哪裡？她驚惶失措，好像有什麼在皮膚下蠕動，焦慮地扯著自己的頭髮。她輕聲細語說，爸爸，求求你，爸爸，聽我說，事情不是你想的那樣，求求你聽我說，我早上會過去，只要天一亮，只要我有辦法，我一定會過去。不要，他說，我不要你來，我不要你對我好，我現在不要別人對我好，你媽趕我走，她把你們全都趕走，她就是這樣的人，讓我一個人靜一靜。她聽到窸窸窣窣的聲音，好像他用手捂住了話筒。我聽不見，爸，你說什麼？她氣衝衝地揮手叫孩子關上門。哦，天哪，他說，我做了什麼，我沒聽進去，我沒有聽你們任何人的話，我必須去找她，我知道她要去哪裡，我現在去應該能夠攔住——爸，她說，拜託，仔細聽我說，你不能出門，才剛過五點，他們正在炮轟城市，兩個小時後會開始空襲，請留在原地，我晚一點會設法過河，我也會去找醫生。接著她聽到話筒被放到電話底座上，只能在沉默中呼喚他的名字。

她打了塔利太太的電話，希望她能去看看父親的情況，但無人接聽。診所只有答錄機接聽，一則休診的語音訊息引導她到另一則語音訊息，您需要的服務停止營運，值班醫生已攜家人出國，可能永遠不會返國，他帶走了他的父母，若您需要緊急治療，請直接前往最近的急診室。她告訴孩子她必須穿過城市時，茉麗一臉驚慌，她伸手拿雨衣，茉麗跟著她走到玄關，她轉過身，茉麗抱著手臂站在玄關門前。媽媽，她說，你不能穿成這樣出去，你不能等一下嗎？外公不會有事的，他會回去睡覺，不記得發生了什麼事，他現在正坐在廚房對著舊報紙發牢騷，他正在喝加了餿掉的牛奶的茶，他正在到處找就掛在脖子上的眼鏡，你知道他是什麼樣的。艾莉舒看著茱麗的臉，一時間相信她說的是真的，她看著茱麗伸手握住她的手腕，低聲懇求她。好吧，艾莉舒說，希望你是對的，我會等到平靜的時候，午餐後的炮擊好像會停一段時間。炮擊空襲持續不減，感覺就像步入一個漆黑的房間，身後的門緊鎖，白天從她的手中流逝，午後變成了夜晚。他們吃著冰冷的晚餐，她收聽ＢＢＣ，儘管國際社會表示憤慨，政府的炮火愈演愈烈，她收聽國家廣播電臺，政府堅稱它正在轟炸恐怖分子。她關掉了收音機，卻無法入睡，躺在床上，思緒不斷地打轉，直到班將她喚醒，他雙手輕輕捧著她的臉，終於閉上了眼睛。天亮後，她堅定地站在孩子們面前，一邊套上雨衣，一邊語氣嚴肅說。我一刻也不能再等下去，她說，我現在必須立刻就去，我會盡快趕回來。

鳥兒將永遠棲息在這片土地上，當她騎著腳踏車穿越城市時，小鳥在破碎殘敗的樹木間呼喚黎明。過去沒有光的地方，如今有了光，建築成了斷垣殘壁，孤零零的牆壁和煙囪矗立，樓梯通向陡然斷裂的懸崖。後輪爆胎了，她無奈地將腳踏車藏在一所學校的牆後，繼續步行，城市東南方傳來炮火聲，空中瀰漫著灰煙，零星的槍聲不時響起，她低聲對賴瑞說，反抗軍和政府之間的界線已經改變，或許現在根本就沒有界線了。她匆匆穿過寧靜的住宅區和漂浮的塵煙，反抗軍的檢查哨已被遺棄。孩童推著輪胎，在垃圾箱裡燒東西，黑煙直沖天空，阻擋了戰機的視線。到了父親家附近，街道寂靜無聲，幾乎沒有車輛。她看到史賓塞坐在前門外的墊子上，於是出聲叫喚，牠立刻跳了起來，轉著圈子等著她讓牠進屋，她用指關節敲敲牠的頭骨，牠停了下來。你單獨在這裡幹什麼？她敲了敲門，聽了一會兒屋內的聲響，然後用鑰匙打開門，喇叭鎖上了雙重的鎖，她一走進玄關，就知道屋內沒人，外套從架上拿走了，燈也關了，無線電話話筒放回了底座。賽門房間的窗簾拉開，床只是大略整理過，拖鞋放在衣櫃前。她把狗送到後院，然後檢查電話，卻發現線路不通。她關上前門，走到街道盡頭，沿著父親每天必經的路線，從大馬路走向公園，當地的商店都休業了，她逢人便攔下打聽，但沒有人見過她所描述的那個人，一個斜視的年輕人騎著腳踏車經過，只是衝著她笑。塔利太太家的百葉窗已經放下，房子鎖了起來，陽臺上的植物也乾枯了。古斯·卡貝瑞慢吞吞地來開門，一隻莎草紙似乾巴巴的手放在門框上，探出他的白鬍鬚，搖搖頭，朝著街道左右張望。她穿過街道，走到加夫尼太太面前，對方要她先深呼吸，然後請她進屋，走廊瀰漫著乾燥花草的香氣，她跟著她走進一間昏幽的廚房，在桌旁坐下。你先喝杯茶，然後看看我們能做些什麼。女人點燃瓦斯爐，從一個容器往舊式的爐灶用水壺注水。我不知道該怎麼辦，艾莉舒說，沒有任何公務部門可以聯絡，城南似乎也沒有警察了，我會試著打電話去醫院。她看著用瓦斯加熱的水壺。她說，也許你可以幫我留意他，他隨時可能回來，我給你我的電話號碼吧，如果你能打通電話，可以打給我，另外，我不知道該拿那隻該死的狗怎麼辦，我知道牠只會找麻煩。水壺開始鳴笛，加夫尼太太站起來，叮叮噹噹從櫃子拿出兩個杯子。她說，如果你有吃的，我可以幫忙顧狗，我這裡沒有東西餵牠。她看著女人臉上的皺紋，回想她那幾個在街上跑來跑去的兒子的長相，他們現在已經長大成人，有自己的孩子，那些孩子就活在窗臺上的照片中。你兒子呢？她問。噢，他們早走了，兩個都在澳洲，他們一直要我離開，但我不想走。為什麼，加夫尼太太，你為什麼留下來？女人沉默了大半天。她用一隻斑駁的手托著下巴，想要說話，終究只是嘆了口氣，把目光移開了。我們為什麼要留下來？她說。艾莉舒走在路上尋找父親，一度畏畏縮縮閃到一扇門前，接著又匆匆趕路回家。正要穿過一個十字路口時，她忽然聽到身後傳來噠噠的馬蹄聲，轉頭一看，三匹馬正沿路小跑而來，兩匹斑駁的灰馬，一匹花斑馬，眼神狂野，瘋狂馳騁而去。

日子從她的指縫間悄悄流逝了，夜間轟炸時，她在屋裡看著她的父親，恰似他是站在她面前的鬼魂，賽門走了，杳無消息。她再次穿過城市，站在空蕩蕩的房子裡，然後蜷縮在街頭，對賴瑞低聲說，我再也不會離開孩子，我早該料到會發生這種事，我該怎麼辦，對，我知道，我早該知道，都是我的錯。電話網路恢復後，她接到了加夫尼太太的電話，告訴她狗跑了。妹妹也從加拿大打電話找她，她知道愛妮聽到父親的消息後會作何反應，自己的疏忽和慚愧已經擺在眼前，所以她關掉了手機，她對孩子撒謊，期盼賽門能夠歸來，她對自己撒了很多很多謊，愛妮傳了很多很多的簡訊要她打電話過去。我打不通你的電話，她說，我有話跟你說，請告訴我你沒事。城南被圍困，日夜遭受轟炸，ＢＢＣ報導稱軍方投放裝滿彈片和石油的桶裝炸彈，孩子想在樓梯底下睡覺，班的上下犬齒都冒出頭來，痛得他哇哇大哭。她體內有樣東西緊綳成一個無法解開的結，隨時保持高度警覺，這副軀體連睡覺時也在傾聽，排隊等候水車和日常用品時，眼睛彷彿從頭蓋骨的頂部監視四周。排隊的時候，她巧遇一個讀書時期認識的男人，他憔悴的笑容讓她陷入短暫的思索，她開始想像被人擁抱，與情人並肩躺在一起，擺脫所有的思緒，沉浸在身體的感受之中，暫時忘掉自我，那會是怎樣的感覺。她別過身去，為自己的樣貌感到羞愧，由於怕掉頭髮，她已經不再梳頭髮了。男人碰碰她的手腕，告訴她，一個走私犯在克拉姆林路的電器百貨做生意，她去那裡或許可以找到她想要的東西。她走在半毀的街道上，經過一群民防志工，他們戴著白帽，在一棟棟公寓大樓的廢墟中搜尋，一個武裝警衛帶她進入電器百貨，她開始排隊等候。二手洗衣機，滾筒式烘衣機，洗碗機，爐具，全都因為停電無法使用，她又穿錯了鞋子，這雙懶人鞋會咬腳，她脫下一隻，看著腳趾，心想她以前多麼喜歡這雙鞋啊，生下班之後，她的腳顯然是變了，足弓塌陷，骨頭拉長，已經不再是她的腳，手機在她的袋子中響起。讀完簡訊後，她盯著螢幕，又讀了一遍。我希望你知道他很安全。她回覆妹妹，誰很安全？一雙無眠的眼睛和一張未刮的臉龐隔著櫃臺看著她。她想幫孩子買奶粉和退燒藥，男人進了後方的房間，一個年輕人用計算機算帳。她自己也飛快地心算了一下，退燒藥的售價是平時的十二倍，她看著手機，等候愛妮的回覆，她快要沒錢了，只能跟妹妹乞討。愛妮遲遲沒有回覆，她又傳了一則簡訊，誰很安全？她正罵著自己的鞋子，急著趕緊回家時，愛妮回訊了，她停下腳步，讀了兩遍。爸爸很安全，愛妮說，我們的朋友把他救了出來，我打了好久的電話都打不通。

8

她把腳踏車抬進玄關門，後輪嘖嘖作響，好像咂嘴的聲音，她把腳踏車靠在牆上時，廚房裡的烤箱計時器正好響了起來。她喊人去關掉計時器，接著四處尋找拖鞋，又喊了一聲，最後乾脆赤腳走了進去。貝禮人呢？她一面問，一面繞過床墊，茉麗戴著耳機，正坐在床墊上看著筆記型電腦，班則在嬰兒床上睡著了，手中還抓著一把木勺。她把黑麥麵包從烤盤倒到架子上，輕輕扣敲底部，聽聽看有沒有空洞的聲音，這才想起應該關掉計時器，電力可能隨時再次中斷，她決定試著再洗一批衣服。溫熱的麵包靜靜散發著香氣，她不禁想起了凱洛·賽克斯頓和她那張刻薄的嘴，等回過神時，發現自己站在茉麗面前，揮著烤箱手套，我不是叫你把麵包拿出來嗎，為什麼沒拿出來？在螢幕上方瞥見的那雙受傷的眼睛，屬於凱洛，不是她的女兒，艾莉舒轉身走向廚房，但又停下腳步，一面細聽，一面看向天花板，接著立刻用手護著頭，世界崩塌的聲音響起了，屋子格格震動，水泥嘩啦嘩啦落下。她跑向班，把他從嬰兒床上抱起來，大聲叫茉麗趕緊躲到樓梯下方，茉麗拉下耳機，艾莉舒的目光在客廳裡狂亂掃視。貝禮在哪裡？她喊道，弟弟去哪裡了？茉麗流露出驚惶的神情，張開的嘴巴似乎想說什麼卻沒能說出口，但已早她一步逃到了樓梯底下，指著門的方向。她大聲說，他出去了，他說他要去買牛奶。艾莉舒把班放到茉麗的懷中，將她往壁凹推，口中喊著貝禮的名字，朝著前門走去，她拉開門廊的門，目光掃過街道，心想早沒有牛奶可以買了，就在這一刻，她無聲無息地被淩空抬了起來，身體向後飛去，雙臂張開，在明暗錯落的時空中逆行，嘴中還含著水泥碎塊。她落在一片寂然的黑暗中，上方籠罩著深沉壓抑的寧靜。她嘴裡含著某樣東西，不是血，血正從咬破的舌頭湧出，慢慢聚集在那異物的周圍，那東西也不是水泥，而是另一樣東西，她睜開眼睛，看到玄關灰塵漫天，一地的碎玻璃，茉麗靠上來，一手抱著班，另一手把腳踏車從她的身體抬起來，又張開嘴無聲地吶喊，艾莉舒聽不懂，茉麗拉著她的手腕，協助她坐起來。寂靜中，驀然響起一陣轟鳴聲，緊接著是哭喊的聲音和四處奔走的求救聲，伴隨著住家警報器的鈴聲，彷彿所有人方才在黎明時分被警鈴驚醒了，茉麗擦拭母親的臉龐，艾莉舒看到自己的血染黑了茉麗的衣袖，握住女兒的手腕，卻無法張口說話，她試著站起來，但感覺全身重量都壓在她的頭顱上，一陣頭暈目眩，不由得靠在牆上。她將重心壓在手上，強迫自己站起來，鮮血在牆壁留下了印記，班哇哇大哭，緊緊抱著姊姊，茉麗叫她趕緊坐下。但她必須強迫自己開口，設法讓舌頭動起來，說出那個含在血液中、卡在咬破舌頭下方的話，說出那個名字，只有一個名字必須在她口中成形，當她輕聲念出後，嘴巴就成了一個無聲的洞。貝禮。她踉踉蹌蹌往外走，不容任何人阻擋，她踏出了家門，走進一個煙霧瀰漫粉塵飛揚的空間，混雜的氣味迎面撲來，滲透了鼻子、眼睛、嘴巴，灼燒她的喉嚨。她一邊走，一邊呼喚兒子，男男女女從塵煙中走出來，玻璃和水泥在奔跑的腳步下嘎吱嘎吱作響，戴著白帽的民防人員在空襲現場互相招喚。隔著塵埃，她看到札亞克家右側的房屋突然坍塌成瓦礫，水泥灰塵懸浮空中，煙霧在輕柔的微風中緩緩盤旋，向外擴散，彷彿將要與從街尾第一個空襲目標升起的煙霧稱兄道弟。她的思考機制出了問題，怎麼也想不起對面住的是誰，無法將任何一張臉與熟人對上，她在一個寂靜的世界踽踽獨行，盯著塵土，突然間感覺到有人抓住她的手肘，一張戴著白帽的臉出現眼前，開口詢問她是否受傷了，一條毛巾毯搭到她的肩上，她被帶到街邊，坐在小徑上。她說，你不明白，她試著強顏歡笑，忍住嘴角的疼痛，我兒子出去買東西要回家，我兒子出門買牛奶了。茉麗緊緊抱著班走到她身旁，兩人的頭髮和臉龐覆滿灰塵，顯得蒼白，嬰兒的嘴唇失去血色，直到他張嘴大哭，她才瞥見那意外粉紅的舌頭，茉麗央求她回家，艾莉舒一面眨掉眼睛上的灰塵，一面努力想看清街道。她望向街的另一側，一對窗簾掛在一間臥室的窗外。她拉著毛巾毯，再一次朝第一個空襲地點前進，走著走著，感到一陣翻湧的噁心感，瓦斯味四處潛伏，磚瓦、木材和電線散落在地，破碎的殘骸還冒著煙，那裡原是一排整齊的房屋，現在人們聚在瓦礫上，徒手翻找，一名男子拖著一名女子的腋下，另一名男子則抬著她的腳踝，合力將她帶到一輛掀背式汽車旁，汽車後車廂已經打開了，一名男子正在放下座椅。就在此時，艾莉舒終於看到了她的兒子，儘管他彎著腰，背對著她，混在那群戴著白帽的民防人員和平民中，雙手搬著瓦礫，頭髮和衣服都被灰塵染白，她還是一眼就認出了他，她的聲音哽在喉嚨。他沒有聽到她的聲音，直到她拉著他的手臂，把他拉回街上，拉進了懷抱，他的長睫毛卡滿灰塵，他眨了眨眼睛，想掙脫她的懷抱。沒事，媽，他說，你能不能冷靜一下，我得回去幫忙。由於愛，由於痛苦，她不禁放聲大叫，帶著受傷的驕傲凝視著他，輕撫他的頭髮，接著立刻把手收回來盯著瞧，她抓住貝禮的肩膀，將他轉過身去，看到他頭髮上沾滿了血。她用沙啞的聲音呼喚，眼睛四處張望，大聲叫茱麗去找醫護人員，一個女人朝他們走來，她身著便服，但戴著手術面罩，背著背包，她輕輕撫摸艾莉舒的手腕，示意她安靜下來，她的雙手動作熟練且有效率，她要貝禮坐在小徑上，身子往前傾，將瓶裝水倒在他的後腦杓，貝禮抬眼看著他的母親。你看，他說，我早告訴你了，我絕對沒事。醫護人員從蹲姿站起來。他的頭骨上卡了一塊彈片，她說，我認為他不會有大礙，但還是需要動手術取出來，克拉姆林路的兒童醫院今天早上遭到炮轟，但無論如何，你都應該帶他過去，如果他們無法為他提供治療，你應該試試天普街醫院，如果你願意越過前線的話，找人開車送你們過去。空中似乎有一股腐臭的煙霧在翻騰，直接鑽進了她的口中，她瞬間像是被寄生一樣，無法將煙霧吐出，那股灼燒的氣味究竟藏著什麼。醫護人員已經轉向一名坐在小徑上的男子，他雙手抱膝，呆滯地凝視前方。她無法思考，滿街的人不是在大喊、揮手，就是指著需要送上車的人，能夠開口說話的只有茱麗，她低頭看著母親的腳，說，媽，你忘了穿鞋，你的腳上全是血。

落葉和樹脂的霉味充斥著園藝師的小貨車，滑門拉上後，車廂變得陰暗不明。她依稀記得茉麗的臉，那時，一群男人抬著一個躺在床單上的女人，朝著計程車走去，她們在大街上被迫分離，她看見女兒眼中浮現恐懼，但當她承諾帶著班回家時，恐懼隨即轉為堅毅，此刻，她彷彿看見女兒站在時間之外的塵煙中，她知道自己在女兒眼中看到她邁入成年的瞬間。工具在小貨車的地板上叮叮噹噹響，後方的乘客努力為一個仰躺在夾克上的年輕人騰出空間。他正用高亢嘶啞的聲音呼喚，但她看不到他在和誰說話，貝禮想從座位中間探頭往前看，她低聲要他坐下，叫他用毛巾毯壓著頭部止血。司機探出車門倒車時，通紅的脖子緊繃著，他踩下剎車，隨後關上車門，俯身靠在方向盤上，將排檔桿向前推動，小貨車緩緩向前移動，接著又再一次剎車停下，艾莉舒把毛巾毯按在貝禮的腦袋上，司機搖下車窗，開始大聲呼喊，揮動手臂。麻煩你倒車一下，老兄，讓我把這群人送出去。空蕩蕩的車殼讓沿途的每一個顛簸都震進她的骨頭裡，她試圖理清思路，但頭顱中的劇痛壓迫她的思考，她想不起來醫院在哪裡，也記不起醫院的名稱，車內沒有人說一句話，只有司機對著路上的障礙破口大罵，他用手根猛按喇叭，對著前方的車輛大喊，還搖下車窗，親手指揮交通，設法讓車子通過路口。艾莉舒閉上眼睛，看著自己在黑暗中被帶著往前走，看著自己成為自己生命的過客，在小貨車後方的此時此刻，只有此刻從現在的過去中浮現，所以未來並不存在，未來遁入了死亡概念的無聲中，然而，她尋找一小片可以抓住的東西，想從虛無中哄騙未來回來，以無數的變數計算事件的邏輯，打破它的沉默，她想像小貨車會如何停在醫院的急診室外，想像他們走進去，想像貝禮被迫等了好一陣子，最後終於入院接受手術，這家不行，就去天普街那家，她再度感覺未來掌握在自己的手中。她想起了醫院的名字，也記起了建築物的特徵，輕聲對自己說著它的名字，彷彿它可能再次從腦海中消失，克拉姆林，她輕聲對賴瑞說出它的名字，想像入院櫃臺的玻璃窗和電腦後方的職員，她和賴瑞在急診室等候了好幾個小時，等著叫到他們孩子的名字。她找尋賴瑞的臉，卻看不見，她在記憶中搜尋，想摸一摸他的頭髮，但他的臉對她來說依然模糊不清，她睜開眼睛，看見貝禮再次往前傾身，想要看清前方的情況。她伸手抓住他的T恤，把他拉了回來，這時，小貨車撞上了減速丘，貝禮被往後一甩，倒在她的身上，地板上的男孩發出痛苦的喘息聲，小貨車內響起一片呻吟，她對著司機大吼，要求他減速，隨後看到一隻懺悔的手舉了起來，指甲尖沾滿了泥土。對不起，親愛的，他喊道，我們馬上就到。她想不起他的臉，斜斜地從鏡子裡看著他，紅脖子上汗珠閃閃發亮，一頭黑髮在半小時內全白了，上一秒你還在修剪樹木，下一秒你就成了臨時救護車的司機，她心想，當這個男人今晚準備入睡時，回想起那個他幫忙抬上車的小孩，滿臉都是彈片，他會怎麼樣，在他有生之年，這幅景象將會在他的腦海中一再重現。

小貨車停在醫院坡道前的馬路上，再也無法前進，司機按了幾下喇叭，接著下車，拉開側門，她看見一張與想像中完全不同的面孔，一個不再篤定的男子，眼神透著悲傷和驚惶。看起來醫院也被攻擊了，他說，情況或許不算太糟，因為還是有人想要進去。一名抱著小孩的男子從車子低頭鑽出，朝著坡道走去，其他人也跟上去，司機則大聲呼救，找人幫忙照顧倒在地上的男孩。她和貝禮站在斜坡上，注視著醫院後方升起的濃煙，前方空地一片混亂，民眾大呼小叫，擠在入口處，兩個警衛和一名護理師站在門口，呼籲大家退後，被堵在出口匝道上的兩輛救護車開啟了警鳴器，要求前面的車輛倒車。她無法集中心思，只能握住貝禮的手，閉上眼睛，不去想她的頭痛，當她又睜開眼睛時，看到一列護理師、搬運工和平民，或是抱著裹著床單的孩子，或是將他們推下坡道，走向停在小路上的紅色小巴士，一個男孩站在對面屋子的車道上，一邊看著疏散的場景，一邊轉動手中的橘子。這時出現了一個胖小丑，戴著螢光綠假髮，穿著特大號的鞋子和醫生袍，朝他們走來，示意他們跟上去，她回頭看是誰在被召喚，那張彩繪大嘴卻喊著要他們快點，於是貝禮拉著她的手臂，他們最後坐上了小丑那輛破舊的豐田卡羅拉的後座。她緊握住貝禮的手，閉上眼睛，抵抗從頭骨底部開始蔓延的噁心感，思索著這一切是如何在不經意間發生，自己又是如何被拉著向前走，彷彿被捲入了一股巨大的力量，身體不再浮游，而是讓湍急的水流沖走，汽車駛離了醫院，加入巴士後方的小型車隊。貝禮坐在後排中間，她重新摺好毛巾毯，壓在他的頭上，看著他們經過老舊的購物中心，駛過一排又一排緊閉的店鋪，朝運河方向駛去，她透過照後鏡觀察老小丑，他的左眼憂鬱地往下低垂，手正拿著溼紙巾擦拭臉上的油彩。假髮已經被摘下放在座位上，甫露出的禿頭冒著汗珠，真正的那張嘴還藏在彩繪的大嘴底下，他告訴他們，到天普街不用很久，他說，他們認識我，不會有事的。當孩童車隊靠近運河時，一股肅靜的氛圍瀰漫開來，堆疊的沙包，帶刺的鐵絲網，反抗軍士兵揮手示意車隊駛入三不管地帶，巴士和轎車緩緩前進，一雙手從巴士伸出來，揮動著白色面紙和像是從書上撕下來的一張紙，小丑則抽出一條白手帕，在窗外慢慢揮動著。他說，很快我們就能到達對面，接下來就是一條筆直的路，我都沒想到問問你們的名字，對了，我叫詹姆斯，或者小丑吉米，隨你喜歡怎麼叫，我連鞋子都來不及脫，穿這雙鞋開車真不方便。他抬起膝蓋，露出一隻大紅色漆鞋，鞋帶是蝴蝶結，隨即又把腳放下，舉起拳頭放到嘴邊，朝著車頭方向噴出一團紅色的亮粉，在那一瞬間，世界爆裂成閃爍不定的血光，紅色雨滴落在排檔上，落在彩繪筆上，落在前座假髮的髮絲上，她現在看出那個男人精神失常，他們得趕緊下車，貝禮拉著她的袖子，小聲問，媽，這到底是怎麼回事？吉米說，那個傢伙老是惹護理師生氣，總得有人來收拾一切，好，各位，準備好囉，來吧，哇哈哈哈，哇哈哈哈。小丑搖下車窗，這時她才發現自己沒帶身分證就出門了，開始摸索牛仔褲的口袋，甚至連袋子和錢也沒有，她小聲告訴吉米，吉米卻裝作沒聽到，舉起他的醫院通行證，又出示他的身分證，指著後座的貝禮，這孩子頭部卡了彈片，要去天普街。一雙眼睛貼到玻璃窗上，仔細端詳貝禮和艾莉舒，要求他們出示身分證，小丑開始笑著抗議，指向前面已經通過檢查哨的巴士和車輛。聽我說，他說，我們別再拖拖拉拉了，這個孩子需要立刻就醫——當士兵命令吉米下車時，艾莉舒用雙臂抱住貝禮。我想看看後車廂裡有什麼。小丑堅決地倚在門外，當士兵要求他抬起備胎時，他繞到後方，而當他再次啟動車子時，他已脫下了小丑鞋，整個人看起來像是洩了氣，搓揉著那張只剩半面彩繪的臉，左手盲目地尋找溼紙巾。前方道路暢通無阻，車隊已經走遠了。他說，別擔心，我們很快就會趕上的。他在座位上前傾，猛打方向盤，隨後開始減速。該死，他罵了一聲。警察設置的路障閃爍著藍色燈光，兩名警察在路上揮手示意車子停下。小丑搖下車窗，開始解釋，舉起醫院通行證，並指著前方的車隊。在流汗的禿頭上，耳邊竄出的稀疏毛髮格外顯眼，警察俯身搖了搖頭。他說，我已經下令不能再讓人通過了，現在把車子掉頭。行行好，小丑說，我只是帶他去醫院，難道你看不出來這個孩子需要就醫嗎。小丑一邊喃喃自語，一邊掉頭，他用袖子擦嘴，臉上的油彩變成了猙獰的汙漬。一群王八蛋，他說，抱歉，我講話有點粗。他看著照後鏡，然後在一條狹窄的街道上突然急轉彎。他說，我沒辦法送你們去天普街，他們拿走了我的行照和身分證，不過你不用擔心，聖詹姆士醫院就在這邊，你可以告訴他們他十六歲了，他們一定會收他，當然，等他們把他治好以後，還能拿你們怎麼辦呢，他看起來已經夠大了，你可以叫他們去死，然後一走了之。

她想不起今天是星期幾，在醫院走廊漂白般的光線下，沒有日夜的感覺，貝禮半睡半醒，靠在她的身上，而她倚在牆邊，仔細檢查自己的腳，尋找是否有玻璃碎片。急診室處於超負荷狀態，患者有的坐在椅子上，有的坐在輪椅上，甚至躺在地上，衣衫不整，血流不止，兩名護理師停在走廊說話，輕聲笑了起來，貝禮打了個哈欠坐起來。他雙臂交叉，對著艾莉舒擺出一副飽受委屈的模樣，艾莉舒撥開他額前的頭髮，把他的敷料固定好。他說，我餓死了，快受不了了，如果你沒帶錢，我們要怎麼吃東西，為什麼我們不能先回家，晚點再來？她看著一個憔悴的男人躺在附近的毯子上，不知道是死了，還是睡著了，他穿著一件皺巴巴的黃褐色西裝外套，袖子上的血跡已經變色，手中抓著一個裝滿麵包卷的塑膠袋，只有一隻腳穿著黑色鞋子。另一個她看見被抬進急診室的男人，也只穿著一隻運動鞋，她心想，那麼多的鞋子失蹤了，那麼多鞋子的主人被人抬著手腳，或拖著腋下，送上轎車和小貨車的後面，那麼多鞋子因此從腳上滑落，匆忙之中被踢到一旁，或是躺在馬路或人行道上，成了孤兒，好像一眨不眨地等待主人歸來的眼睛。一位豐滿的護理師帶著疲憊的微笑走進雙開式彈簧門，喊著貝禮的名字，貝禮用手肘輕推她的肋骨，接著他坐到輪椅上，雙手拍拍大腿，臉上露出得意的笑。護理師說，你精神很好，一定很快就能好起來。護理師對著艾莉舒點頭，示意她也跟上，接著盯住艾莉舒的腳看。她說，哎呀，我看看能不能幫你在樓上找個什麼。床旁擺著一把可堆疊的灰椅，與整間病房隔著拉簾，她心中湧起一股愉悅感，看到未來已經以她所希望的方式來臨了，貝禮穿著紙袍，靠在枕上，臉上的灰塵血跡都洗乾淨了，頭也包紮好，就等著手術前的剃髮，她反覆在心中重複別人告訴她的掃描結果，不會對內部血管或組織造成傷害。她想握住他的手，她必須設法打個電話給茉麗，她看著貝禮不耐的臉龐，他的雙手很不安分，似乎想找些事情做，他看起來只有十四歲，頂多十五歲，但多看一眼就不像了，他看起來就像是一個在長達一天的轟炸中度過十三歲生日的男孩。今天是星期二，她拍著手說。他看著她，一臉困惑。沒事的，她接著又說，你知道你有多幸運嗎，要是那些彈片再大一點，後果不堪設想。媽，你說過了，確實沒有那麼大，所以不要再說了，你去問問護理師，能不能給我塊麵包什麼的，我快餓死了，告訴他們我一整天都還沒吃東西。樓下的護理師將麻醉溼紙巾、ＯＫ繃和紙拖鞋放在她的手上，全是透明包裝。她說，護理長剛才請你離開時順道去走廊盡頭的護理站一趟。艾莉舒清洗了腳上的傷口，貼上ＯＫ繃，穿著紙拖鞋，穿過病房，她準備著面對護理師的表情，同時想著自己對入院櫃臺職員說的謊言，她嘴裡垂吊著一朵毒花，心中想著，他們一定會打電話給我們的家庭醫師，或者不知怎麼知道了他的年齡，你為什麼要說謊，史塔克太太，你的兒子根本還沒滿十六歲，這裡不是兒童醫院，按規定是不可以收留小孩的，她會摸摸後腦杓，假裝很驚訝。她走到了護理站，看著護理師講電話，收到一個空洞飄忽的眼神，護理師放下電話後，嘴角一捲，像準備要吐出什麼似的，結果原來只是舌頭上正滾著一顆糖果。有人說你找我，我叫艾莉舒·史塔克，是貝禮·史塔克的媽媽，他是病房病人。護理師把一個文件匣拉到面前，開始翻找文件，最後抽出一份檔案。哦，沒錯，這裡有一張樓下寫的字條，我們缺少你兒子入院所需的資料，我們只知道姓名、地址和生日，但我們沒有你兒子的公共服務號碼，我們需要他的安全身分證，現在規定非常嚴格。沒錯，艾莉舒說，我在樓下已經解釋過了，我不知道我兒子的公共服務號碼，我甚至連自己的號碼也不會背，我也沒有帶錢包什麼的，我們本來沒有準備要來這裡——好，沒問題，這種事常有，聽我說，這件事今晚不用擔心，你明天來的時候再把資料給我們就好。艾莉舒皺著眉搖頭。抱歉，她說，但我今晚不能離開我兒子，他什麼時候要動手術？史塔克太太，幾個小時前就已經過了探病時段，你現在根本不該留在這裡，聽我說，我實在不知道你兒子什麼時候會動手術，這裡一片混亂，創傷醫療小組正在馬不停蹄地工作，對你來說，最好的事就是回家睡一覺，明天早上你兒子動完手術後，我會請護理師打電話通知你，你到時再來就好了。艾莉舒看著穿著紙拖鞋的腳。我不知道要怎麼回家，她說，我沒帶身分證件，穿越前線可能會被逮捕。護理師的嘴角微微撇到一邊。讓我看看能不能幫你弄到醫院通行證，她說，通行證可以證明你到醫院接受急救，很多人都是這麼做的，你可以靠它通過前線。她看著護理師的手，看到的卻不是那隻手，而是內心的某個角落，突然間，一種明亮的感覺穿透她的身體，她確信貝禮一定不會有事，生活有時會突然延展到你的掌控之外，但又會在一瞬間恢復原狀，她閉上眼睛，感覺緊繃的情緒從身體釋放，好像她已經讓它從她的手中滑落，一陣倦意猝然席捲而來，她好想坐下來閉上眼睛，她抬起頭來，看到護理師皺著眉頭。對不起，她說，你說什麼？史塔克太太，你臉色看起來有些蒼白，你確定你還好嗎，要不要用電話聯絡一下你丈夫，也許你運氣好能打通。她站在電話前，無法想起家裡的電話號碼，如果賴瑞也想不起來怎麼辦，她拿起電話撥了號，靠的不是記憶，而是保存在手指之間的圖案。

她在軍事檢查哨接受手電筒的檢查，必須解釋為什麼在宵禁五小時後才穿越前線，醫院發的通行證從她手中被收走，她指著自己的光腳，紙拖鞋已經破爛不堪，她必須等待，才獲准獨自在黑暗中走向那座橋，每跨一步都如同走過了一生，沿路停放著無窗巴士，一雙雙沒臉的眼睛注視著她走近。她沒有任何許可或證件可以交給站哨的反抗軍士兵，只能設法解釋，她無法看清手電筒後面的臉孔，只覺得他聽起來太過年輕，不可能明白，也太過年輕，不可能知道除了黑與白，除了軍團指揮之外的世界，他垂下手電筒，照著她血淋淋的雙腳，再次看著她的眼睛，彷彿在問自己，瘋狂是什麼樣子，瘋狂就像這樣，不是有人揮動手臂對著神大吼，而是一個母親想要返家與孩子團聚。士兵呼叫上級，上級請她走過去，那是一個與她年紀相仿的男人，鬍鬚投下了暗影，一身深色軍裝工作服，他說，我送你回家吧，一個人走太危險了。他指著一輛荒原路華，揉著下巴打呵欠，不打燈開車。我想你不需要我提醒你，宵禁之後還在外頭，是拿自己的生命做賭注。她從他的聲音就能猜出他在哪裡長大，讀的是哪所橄欖球名校，甚至後來的大學，也可以大致猜測在那宛如上輩子的人生中從事過的職業。她沉默了，陡然感到一種無能為力，無法開口再解釋一次這一切。當路不再像路時，駕駛放慢車速，停了下來，探出身子用手電筒照路，將荒原路華開上小徑，蜿蜒前進。當他把車子停在聖勞倫斯街的路口時，他讓引擎空轉，轉身尋找她的眼睛。他說，我很好奇，你為什麼選擇留下，這裡已經沒有什麼值得你留戀了。她說，那你呢，你為什麼會在這裡？他說，我在這裡，因為我有任務要完成，除非被裝進棺材離開，我會一直待到任務結束。她動了動嘴想說什麼，卻無法回答，手握著門把但沒有動。我有個兒子加入反抗軍，她說，我很久沒有他的消息了，你覺得他可能已經死了嗎？很難說，他說，他可能躲起來了，也可能被捕了，或者他只是很聰明，不發電子郵件，也不打電話，他們會透過簡訊追查你認識的家庭，我設法託人傳話給我太太，告訴她我很好，但我已經幾個月沒有見過家人了。他看著她爬出車外，囑咐她要小心安全。他說，現在離開還來得及，這個地方又要變成地獄之門了，政府即將同意讓聯合國從蘭士登路球場開闢一條人道走廊，經由港口隧道通往北部，只要吹笛人一吹笛子，你們就可以像老鼠一樣跟著離開，照顧好自己，好嗎？她走過街道，手中還握著那雙紙拖鞋，她看到塵煙已散，對面屹立著半座的房子，好似被屠刀劈開一樣，樓上一面窗框仍舊嵌在磚牆中，伸向空無一物的虛空，房子的另一半和旁邊的兩棟房子已化成瓦礫木屑，街上的一輛車也被燒毀了。她站在自己的房子前，看到前面的窗戶用垃圾袋遮住，門廊只剩斷壁頹垣，茉麗拿著手電筒走到門口，艾莉舒將她擁入懷中，班已經在樓梯底下睡著了。茉麗用手電筒照著破損的天花板。她說，樓上的情況更糟，然後指了指她掃除了玻璃的地方，水泥粉塵仍然飄浮在空氣中，餐具櫃、書架和相框都覆滿了灰塵，艾莉舒把照片收集起來，放在腿上，坐到賴瑞的扶手椅上，窗口的垃圾袋輕輕吸著微風。明天早上你帶班去打水，她說，我得回去貝禮那邊，早點幫他辦理出院手續，為了讓他住進聖詹姆士醫院，我謊報他的年齡。她太累了，連茉麗熱好的食物也吃不下，也累得無法入睡。她在扶手椅上休息，用上衣擦拭照片，看著過去的回憶像一場嘲謔的遊行掠過，低聲跟賴瑞談空襲的事，眼前浮現了賴瑞因為無法理解而皺起眉頭的模樣，他的雙手因憤怒而握成拳頭，卻在世界的奚落面前顯得力不從心，這座房子，已不再是家了。

她撐著傘走向她的兒子，鳥鳴喚醒黎明，隨後的槍聲又讓世界頓時安靜下來，那種深藏於腹中的恐懼開始蔓延，當一架戰機疾馳飛過頭頂時，恐懼已經擴展至她的雙腿。到了檢查哨，她看到更多的巴士停靠在運河沿岸，排成一列穿過坎麥大橋，延伸至三不管地帶，形成一道防護屏障。她被告知在沙袋後方等候，昨夜的士兵已經不在了。她看著橋的另一頭，路中央有一把翻倒的雨傘，柏油路上散落著玻璃碎片，十來個人站在橋對面最後一輛巴士的後方，等待反抗軍士兵下令離開。一位年輕人指向沙袋外面。他說，狙擊手就在海豚穀倉的塔樓裡。隨著一聲叫喊，反抗軍士兵開始開槍掩護，在最後一輛巴士等候的人拔足狂奔，一位母親捧著一束野花，拉著跟不上的小女孩的手，一個年輕人把頭埋在肩膀裡疾走，啪啪啪，狙擊手的槍聲發出拍手聲般的回音，母親縮起身子，拉緊小女孩的手，一個白髮蒼蒼的男人以報紙遮頭。一位老邁的婦人捂著胸口，吃力地跑過橋，走向反抗軍。隨後是一陣漫長的寂靜，只有一個士兵駕駛的巴士緩慢加速的聲音，他倒著車將巴士駛過橋面，延長封鎖線，當他把巴士倒到最後一輛巴士的後方時，狙擊手把握最後的機會，一陣快速的拍手聲劈里啪啦響起，一扇車窗裂了，巴士發出氣壓洩漏般的嘶嘶聲，猶如子彈穿透了它的肺部。車門打開，一個反抗軍士兵走出來，朝橋的方向走回來。她將雨傘收進口袋，努力壓抑著手中的顫抖。她即將要跨越過去了，她現在懂了，她會放空腦袋，成為一個只會奔走但沒有思想的東西，心裡盤算著，反正一切看起來都算還好，從最後一輛巴士到商店的安全範圍，也只是一小段路罷了。她跟在一名士兵後面，沿著橋單排前進，士兵囑咐他們緊挨著巴士行走，另一群人則繼續朝反抗軍檢查哨跑來，一聲槍響劃破了空氣，所有人都不禁畏縮了一下，不過依舊平安地過了橋，一名青年抱著一隻小狗慢慢跑來，一名婦女提著購物袋跑過來，表情扭曲，如同正緊繃著身體等待子彈的到來，等待骨頭粉碎，等待鮮血湧流，等待解脫，陷入黑暗之中。這時，艾莉舒看到一個皺巴巴的點滴袋躺在路上，雨水稀釋了血跡，後方一個年輕人試著碰碰運氣，忽然加速衝刺，成功穿越了，只是反抗軍士兵仍舊高舉著手，示意他們留在原地別動。他從巴士用雙筒望遠鏡觀察塔樓，她好奇射擊是否會暴露狙擊手的位置，像是一縷輕煙，或是一陣模糊的動作，士兵歪著臉轉向他們。大約還有五十公尺的距離，跑過那一段路之後，就會靠得太近，狙擊手無法再瞄準你們，穿越時，請靠著建築持續奔跑，瞄準奔跑中的目標非常困難，那個狙擊手只是在碰運氣。她身後有一個男人正告訴他的妻子她穿錯了鞋子，運河畔傳來一陣掩護火力，隨著士兵一聲令下，她跟在一個穿著黑色雨衣的男人後頭，雨衣隨風飄動，她跑過最後一輛巴士，衝上了馬路，右側是一個抓著一只粉紅色袋子的女人，她低頭看著路面奔跑，在平滑的柏油路面上，看到前方奔跑者的影子形狀，宛如他們根本不是在奔跑，而是飛入了某個冥界，她告誡自己不要抬起眼睛，卻還是忍不住向上看了一眼，或許在某個異樣的輪廓中瞥見了狙擊手，但無法確定是否真的看到了他，她看著前方的路口，看到了印度菜外賣店和休業的超級市場，兩輛車子駛過十字路口，忽然間，啪的一聲，穿著黑色雨衣的男人腳步一個踉蹌，雨衣往外飛起，整個人摔倒在地，又一聲拍手聲響起，最靠近她的女人一隻手臂往外一甩，猛然向前一撲，袋子從手中掉落，身子倒在艾莉舒正在奔跑的腳步前方，艾莉舒被絆倒在地，整個世界好似在轉動。當她睜開眼睛時，她已經趴在路面，雙手抱頭，奔走的腳步聲逐漸歸於寂靜，一陣刺痛侵襲她的手肘，但她認為自己並沒有中彈。她必須站起來繼續跑，但是穿雨衣的男人卻一動不動，身後的女人也發出充血的喘息，反抗軍士兵開始叫喊，橋上接著爆發激烈的槍戰，忽然附近某處傳來還擊的轟鳴，她趴在地上，鼻子貼地，聽到這個聲音，她不禁打了個寒噤，一隻猛獸的大嘴飛在她的頭上，她動彈不得，開始明白這是無法逃避的，槍聲斷斷續續在頭頂上方來回穿梭，毫無停火的跡象，她的心底泛出一股冰冷的悲傷，告訴自己，她快要死了，她張開眼，明白自己已經越過了某種邊界，柏油路上閃著溼滑的光，生鏽的綠色欄杆沿著通往商店的小徑連綿延伸，她知道自己不是躺在路面上，而是靠在某個盡頭之物上，對於自己的冷靜感到驚訝，死亡正在等候她，而她卻還沒有準備好，死亡就站在她的眼前，明目張膽地發出了信號，她卻沒有留意，反而直接奔向死亡的懷抱，沒有想到自己的孩子，當她想到她的孩子被遺棄了，想到自己是如何不聽勸說，一股悲傷湧上了心頭，你有責任拯救他們脫離危險，你卻固執己見，面對事實時如此愚昧，如此盲目，你應該把他們弄出去，耳邊迴響起她父親一而再再而三的勸告，離開這個國家，去過更好的生活，她看見了錯失的機會在眼前越變越大，原本他們可以逃的，這一切只是塵埃，這一切只是虛假的過去中的虛無，她在地洞中看到了自己，也看到了自己的情愛中最美好的部分，意識到一件事如何引發另一件事，自己的一生早已被某種掌控一切的力量法則所吞噬，在這股力量之中，她不過是一粒塵埃，一道小小的堅毅印記，悲傷之中，她轉過眼睛，看著那男人的血液從他的身體中緩慢逃逸，血液中仍有細胞的生命，紅血球和白血球在異樣的忘我狀態中設法完成自己的工作，當血液隨著道路的曲面流動時，似乎已經想到了水溝即將把它帶到地下水中，它在那裡將會找到溶解和回歸原點的地方，她捏緊拳頭，腳趾抵地，她想要活下去，她想要再見到她的孩子，槍聲停止後，上方陷入一片寂靜，一名反抗軍士兵對著他們大喊，她卻不敢揮手示意自己還活著，只是一動不動地趴著，與世界保持絕對的接觸，一種求生的意念竄上心頭，她看著嵌在瀝青中的路面石子，地球上的這些石頭，於億萬年前在高溫與壓力之下形成，但此刻就只有這一瞬間，而她必須迎向它，一股內在的力量貫穿身體，她閉上眼睛，看到她生命中逝去的歲月，也看到那些尚未活過的時光，忽然間，有什麼東西將她拉起來移動，她變成了一個奔馳的軀體。

她從醫院入口溜過安檢櫃臺，沒有人攔阻她，一路走到電梯，到了護理站，遇上一張不同的臉孔，清澈的藍眼眸從螢幕上方瞥過來。有什麼事嗎？我的兒子昨晚動手術，能告訴我可以在哪裡找到他嗎？護理師微微一笑，然後搖頭。對不起，她說，訪客探病時間是下午兩點到四點，還有晚上六點半到八點半，你必須晚點再過來。電話在桌上響起，護理師看了電話一眼，又看著站在她面前的艾莉舒。請稍等一下，我接個電話。艾莉舒抱起雙臂，朝走廊望去，三張躺著患者的病床正在等候病房空位，她想起那個穿著黃褐色西裝躺在地上的男人，手中還緊攥著一袋麵包卷，護理師掛上電話。對不起，艾莉舒說，我只想知道他怎麼樣了，他昨晚動了手術，從頭骨中取出彈片。護理師微微泛黃的指尖輕輕推動著原子筆，隨後伸手把住院病人的文件匣拉了過去。我可以查一查他的檔案，在你走之前告訴你，反正你應該會接到一通電話才對。祝你好運，可以打通電話，艾莉舒說，護理師頭也沒抬地笑了。對，我知道，她說，這一切絕對是噩夢，你說你兒子叫什麼名字？她注視著護理師的臉，護理師翻著文件匣，在頭頂的燈光照射下，臉龐顯得粉感過重，一道斑痕從耳後延伸至鎖骨，看起來像是溼疹，護理師又把另一個文件匣拉過去，皺著眉頭翻到檔案最後一頁，又回到第一個文件匣。不好意思，她說，他是叫貝禮·史塔克吧？對，沒錯。貝禮·史塔克恐怕不在這裡，你確定你沒找錯病房嗎，這裡是安妮楊病房，常常有人搞錯，病房看起來都一樣。沒錯，她說，安妮楊病房，昨晚我就是站在這裡和病房護理師說話，我不記得她的名字，我兒子在走廊那頭的病房裡等著動手術，她說明天早上有人會打電話給我。護理師的目光飄過桌子。這裡現在很亂，她說，讓我跟護理長談談。桌上的電話響了起來，但那位護理師走進一扇門，將門關上，隨後換了一位護理師出來接聽，簡單說了一句是和一句沒有，就又離開了。艾莉舒看見門把緩緩轉動，但門並沒有打開，只是出現了一道門縫，另一個不同的護理師往外瞥了一眼，又將門關上。她想喝杯咖啡抽根菸，她想讓貝禮換上乾淨的衣服，帶他回家，護理長走進門，連朝她的方向看一眼也沒有，直接穿過走廊，另一位護理師則留在裡面。艾莉舒轉身走向貝禮昨晚所在的多床病房，貝禮的床位睡著一位臉部凹陷的老人，她看向其他的臉孔，又拉開一道隔簾，這時身後來了一名男護理師。對不起，他說，你需要幫忙嗎？她從他身邊走到走廊，看到護理長抿著嘴朝她走過來。史塔克太太，我是負責這個病房的護理長，很抱歉，把你搞糊塗了，我希望辦理住院的職員能跟你說明一下，你的兒子昨天晚上被轉到另一家醫院，他是在午夜剛過的時候辦了出院手續，這種情況有時會發生。對不起，艾莉舒說，我不明白，你說他轉院是什麼意思？就像我說的，這種情況經常發生，我們在危機期間必須將病人分流到其他醫院。你的兒子原本安排要進行手術，但被轉送到其他醫院了，這是上面的命令，我們無法干預，我這裡有所有的詳細資料，就放在櫃臺，另外，還有一些文件需要你簽名。稍等一下，艾莉舒說，我真的完全不明白，你是說，我的兒子昨晚本來要動手術，也已經排到了床位，但現在已經不在這家醫院了？對，沒錯，史塔克太太，我們應該打過電話給你，但是——對不起，這實在太亂來了，我從來沒聽說過這種事，我兒子還沒有成年，我沒有答應讓他轉院，我簽名是讓他住進這家醫院，而不是別的地方，我希望你跟你的上司講一下，我要我兒子送回這裡。史塔克太太，這件事恐怕我們也無能為力，決定權不在我們醫院，他們是在午夜過後來接走他的。誰在午夜過後來接走他？她眼前的那張嘴再度緊抿，眼睛裡似乎有什麼東西在微微顫動，隱約閃爍著恐懼的光芒，然後眼神又移開了，護理長朝桌子看了一眼，似乎在尋求幫助，抱起手臂又鬆開來。聽我說，我不知道這些決定是誰做的，但與我們這裡無關，他在午夜過後不久被轉到聖布里辛醫院。我真的不明白，聖布里辛醫院，這是你亂編的吧，我從來沒聽過這家醫院。它是位於史密斯菲爾德的軍醫院，隸屬國防軍。有什麼東西順著她的身體滑落，留下一層揮之不去的噁心感，她勉強清了一下喉嚨。我的兒子去軍醫院做什麼，我的兒子為什麼會去那樣的地方？嘴巴繼續說話，因為嘴巴不知道，所以嘴巴只好問問題，等待一個答案，而身體也在說話，好像它一直都知道真相，她感覺自己快要吐了，等回過神來時，人已經坐在椅子上，手中握著一杯水，她喝了一口，然後站起來找垃圾桶想丟掉紙杯，她將杯子遞出去，希望有人接過去，但他們卻不敢靠近她，她突然憤怒地揮了揮手。誰能寫下來，她說，寫下他媽的醫院地址，誰把這個杯子拿走。

前方街道有些異樣，民眾坐在咖啡館外的遮陽篷下吃喝，一名男子拿著叉子準備享用開放式三明治，一旁的兩名女孩靠在吸管上喝飲料，兩位老太太喝茶聊天，菜籃車就停在桌邊，她經過他們身旁，厭惡地看著這一切，但隨即又糾正自己，心想，每個人都有權過自己的生活，每個人都有權享受片刻的安寧。她站在通往軍醫院的安檢門前，在攝影機的注視下排隊，練習她要說的話，尋找正確的字眼和語氣，一遍又一遍地說出來，然後修正，假想自己在幾個不露面的人面前，有一件事搞錯了，我的兒子被轉送到這裡，但他才十三歲，應該送到兒童醫院，而不是一般綜合醫院——她被搜身，手機也在入口被收走。她走上一條樹蔭蔽日的車道，眼前矗立著一棟莊嚴的三層紅磚建築，國防軍人員和便衣警察站在院子，一名醫護人員正在關上救護車後門。進了門，行政櫃臺前排著一列小隊伍，一個球狀攝影機從上方俯視，另一扇門前站著一名士兵把守，只有獲准的人才能進出。她出示安全證件，想說出排練過的那番話，說出來卻是錯的，但似乎也不重要，行政人員輸入貝禮的姓名、地址和安全號碼，但當他的臉從螢幕上抬起來時，他的眼神完全不對。抱歉，這裡沒有你兒子的掛號紀錄，可能是你搞錯了。她皺著眉頭盯著那張臉，好像聽不懂，她雙手捏成拳頭，靠在櫃臺上。但我剛剛從聖詹姆士醫院過來，她說，他們告訴我，我的兒子昨晚被送來這裡動手術，我也親眼看到了轉院單。沒錯，不過根據資料，他不是我們的病人，而且我們這家醫院不做手術，醫院這棟樓專門收容從市區醫院分流過來的病人，也許你的兒子被帶到醫院的軍事區拘押，有時候被拘留在市區醫院的人會被帶來這裡。行政人員點擊螢幕，目光來回掃動。你所說的沒有道理，她說，我兒子才十三歲，十三歲的孩子怎麼會被拘留，當時發生了空襲，我的兒子被送到聖詹姆士醫院，我的袋子裡還有轉院單的影本。請你出去後向左轉，就會看到安檢入口，你可以到那裡詢問你兒子的情況。他看向在她後方排隊的女人，用手示意艾莉舒讓開，但她的腳卻動不了，他再次請她站到一旁，她想說話，卻發現話已經從嘴中逃竄了。她發現自己朝出口走去，轉身看著行政櫃臺，卻沒有真的看見什麼，嘴裡喃喃自語，當她走到外面看著天空時，心裡有種沉甸甸的感覺，而且一刻比一刻還要沉重，如同又懷了孩子，一種與自身緊密相連的沉重感，如同血肉相依，從身體中誕生的孩子永遠是身體的一部分。她手持身分證件，走向醫院的軍事區，被告知非軍事人員不得入內，要求她離開，但她不肯離開，又一個憲兵從警衛室走出來說，我很抱歉，但如果你留在這裡，你會被逮捕，沒有其他選擇。她轉身走回醫院的公共入口，回到行政櫃臺前，打斷一位正在和行政人員說話的女人。對不起，她說，但真的搞錯了，可能是你們的電腦出了問題，你需要再檢查一下入院紀錄，我兒子是昨晚十二點五分轉到這間醫院的，轉院單上是這麼寫的，所以他不可能在別的地方，一定是在這裡，請你自己看看，這是聖詹姆士醫院給我的影本。男人呶了呶嘴，無聲地向站在他面前的女人道歉，然後看向艾莉舒，接過文件讀了起來。沒錯是沒錯，他說，但這份文件好像沒有具體指明是醫院的這一區，只寫了聖布里辛軍醫院，我可以肯定地告訴你，你的兒子不是分流區的病人——她不自覺地發出一陣奇怪的輕笑，笑聲拉扯著她的恐懼，她雙手撐著桌面，俯身低頭看著電腦。我兒子才十三歲，你明白嗎，十三歲的孩子怎麼會莫名其妙消失，你要告訴我嗎？眼前這張臉實在可惡，她忍不住用拳頭敲打桌面，所有人都安靜下來，她不知道自己說了什麼，話語接二連三吐出，然而通通都是錯的，在冷漠的眼神和緊抿的嘴脣前堆積起來，對方已經去叫憲兵了，她抱起雙臂，一動也不動，注視著憲兵走來的步伐，注意到一個穿著藍色工作服的中年清潔工，他倒退著走過門廳，像是陷入了某種私密的迷醉之中，溼漉漉的拖把在地上畫著重疊的圓圈，憲兵抓住她的手肘，將她帶到門外，清潔工還彎腰挪了一下黃色警告標誌。她站在外面仰望天空，有一種瘋狂的感覺，接著轉過身來凝視高高的窗戶，看著它們，彷彿正低頭凝視著荒涼的絕壁，孤身一人，無處可去，她要立刻回去聖詹姆士醫院，她要回去那裡根除錯誤。傍晚時分，她又徒步走回了聖布里辛軍醫院，站在軍事區的入口前，一動不動，看著來來去去的無牌車輛，內心升起一股黑色的感覺，有一個微小的聲音想開口說話，但她不願意聽，心裡想著，沒有事實的知情又算什麼，不過是推測、算命和占卜，猜測往往是錯的，大部分時間都是錯的。她會第三度挑戰醫院的住院櫃臺，此時，天空交織著黑暗與光明，她站在醫院大樓前，彷彿凝視著政府的面孔，穿著藍色工作服的清潔工已步出了大樓，叼著一支尚未點燃的香菸，他們的目光交會了片刻，他移開目光，點了菸，然後朝著她走過來，從菸盒中又抽出一根，她的手微微顫抖，接過他遞來的菸，紋身的手上有消毒水的味道，他替她點了香菸。剛才我聽到你在那裡說的話，他說，每天我在那裡都會聽到同樣的事，而且，總是同樣的事情。他低頭吸了一口菸，然後抬起頭，一口氣全吐乾淨。你兒子很可能被拘留了，他說，他們會把人帶到軍事區審問，之後就關上門，什麼都不告訴你，聽我說，我沒別的辦法告訴你這件事，但你應該要求去太平間，你有權要求去太平間，如果我是你，我會去那裡，至少今天可以排除這個可能性。她鎖著眉頭站在那人面前。排除什麼？她問。清潔工的臉上露出痛苦的神情，然後轉身離開，她在後方喊著，我為什麼要去那裡，她說，我去那裡能有什麼事？

她日夜不眠，站在瘋狂的面前，看著兒子被政府吞噬，日復一日回到醫院，卻只得到相同的答覆，她留在院子不肯離開，走向國防軍人員和便衣警察，苦苦哀求，聽起來像一個老邁的乞婦，求求你，幫我找到我的兒子，你一定要幫幫忙，求求你，他只是一個孩子，這一刻，她感覺自己不再屬於這具軀體，她即將化作灰燼。她看著其他人來來去去，讀著每個人臉龐上的消息，她做不到清潔工要她做的事，她不能做其他人正在做的事，直到一股難解的力量將她送進醫院大樓，她站在行政人員面前，說出了人家要她說的那句話，對方撥了一通電話，兩名軍官在內門旁交談幾句，她就從前廳被帶進主建築，跟在一名憲兵後面，沿著長廊，走到一扇通往階梯的門前，再走下漆黑的樓梯間，進入一個冰冷陰暗的空間，繼續跟著憲兵，走到另一扇門和一個接待處前，一名白袍男人把筆記板推過櫃臺，她的手顫抖著，緩緩舉起筆。她看著男人瀏覽表格，說出兒子的名字，負責的管理員說，在這裡恐怕沒有名字，只有號碼，他們進來時，我們沒有他們的名字，如果你的兒子在這裡，他在這裡就是一個號碼，你必須自己辨認。她拿到口罩和手套，低頭看著自己的雙手，有個什麼東西在她的身體中鬆動了，發出輕微的顫響，跟隨著這個人，跟隨著這個死者管理員的，並不是她真正的自我，而是一個虛假的自我，另外一個自我跟著穿過了門。她說，我不知道我來這裡做什麼，我搞錯了。男人沒有回答，只是伸手一指，要她進去。裡面不是一個充滿不鏽鋼的冷藏室，只是一個儲藏空間，裝在灰色拉鍊袋中的屍體並排躺在水泥地上，這個房間甚至不怎麼冷，瀰漫著刺鼻的消毒水味道。她不禁低聲說了一句禱告，她沒有信仰，沒有祈求的對象，但禱告再次脫口而出，她對賴瑞低語，她告訴自己應該要離開這裡，卻好似靈魂出竅般看著自己的身體向前走去，朝著第一個屍體俯身，拉開拉鍊，看到的是一張凹陷的臉，沒有牙齒，臉頰上好像有鑽孔，一隻眼睛無法閉合，她無力地站起來，絞著手，看著管理員，好像在說她犯了一個錯誤，她誤闖亡者的世界，必須趕緊返回，管理員卻只是叫她拉上拉鍊，往下一具屍體移動。她跪在下一個屍袋前，拉開拉鍊，低聲說這不是我的兒子，繼續往下一具屍體移動，看到政府如何在每個人的臉上和脖子上留下痕跡，凶殺有一股消毒劑的味道，每一次她的嘴巴都會低聲說，這不是我的兒子，嘴巴再三低聲說，這不是我的兒子，這不是我的兒子，這不是我的兒子，她看向管理員，管理員正在看手腕上的時間，她拉開另一個裹屍袋的拉鍊，還未看清那張臉，嘴裡已在念著，這不是我的兒子，這不是我的兒子，這不是我的兒子，這不是我的兒子，這不是我的兒子，結果卻看到貝禮那安詳但破碎的臉龐，皮膚散發著漂白水的氣味，她內心早已彎折的那個部分終究是斷裂了，身體不自主發出了一聲淒厲的哀嚎，她用雙手捧著他的臉龐，凝視著死去孩子的臉，看到的卻是活生生的那個孩子，恨不得死的是自己，她撫平孩子長著絨毛的臉，髮絲仍舊溼漉漉地沾著血跡。她低聲說，我美麗的孩子，他們對你做了什麼？她眼前的皮膚渾身淤青，牙齒或缺或斷了，她拉開袋子的拉鍊，看到他的指甲被拔掉，膝蓋前側有鑽孔留下的痕跡，軀幹上布滿香菸燙傷的痕跡，她握起他的手輕輕一吻，身體已被清洗乾淨，表面不見血跡，只是皮膚下那深沉的瘀血無法洗淨，依然隱隱浮現。她沒有聽見管理員說什麼，他幫她拉上裹屍袋的拉鍊，帶著她穿過門，用低沉的聲音說話。二十四號，他說，史塔克太太，你能確認一下你兒子的身分嗎？他接著說，你填好了表格，你的兒子就會立刻送到市立殯儀館。他又說，跟你說一聲，史塔克太太，這上面說你兒子死於心臟衰竭。她轉過身，不再看那男人，眼中只剩下黑暗，她迷失在這片黑暗中，站在一個找不到任何地方的地方。

9

她醒來時，頭靠在窗戶上，往窗外望去，卻什麼也看不清楚，她再度閉上眼，進入了一片黑暗，人猶如在水中移動，心在痛苦中掙扎，她不斷緊握雙手，越握越緊。茉麗在遙遠的地方呼喚，搖著母親的手臂。媽，她說，醒醒好嗎？司機剛才說了話，我聽不太清楚，我們已經一個多小時沒移動了，我過去看看發生什麼事。班被交到她的懷中，茉麗跟隨其他乘客朝巴士前方走去。嘶——，前車門打開了，司機走到高速公路上，拉了拉牛仔褲，把手機塞進襯衫口袋，人群慢慢圍了上去。班在她腿上蹦蹦跳跳，露出頑皮的笑容，抓住她的鼻子，喊著，嘟嘟，嘟嘟，嘟嘟，她只好一再模仿喇叭聲，勉強擠出笑容，任由他捏著自己的鼻子，他接著轉過身，開始拍打車窗玻璃。車，他不停地說，車，車，車，車。她看向窗外，逐一為他指出每個單字，公車，汽車，貨車，卡車，女人，小孩，鳥，一隻肥碩的白嘴鴉叼著鋁箔紙飛下來，張開嘴放開鋁箔紙，開始啄食從一輛貨車後方扔下來的食物，車上擠滿了坐在堆疊床墊上的孩子。很多人站在他們的車子外頭，低頭看著手機，後車廂塞滿大型物品或電器，車頂堆著各式東西，財物包裹起來，整條高速公路蜿蜒繞著山丘向北延伸，但除了步行的人，一切都靜止不動，路肩是一支沉默的隊伍，人們穿著冬衣或裹著毯子，緩步向前，孩子或被綁在母親胸前，或坐在嬰兒車裡，也有被男人扛在肩頭上，男人不是拉著行李，就是背負著全部的家當。一個走在父母前方的小孩跌倒在路上，轉身張開雙臂嚎啕大哭，艾莉舒望著這個孩子，心中卻毫無波動，只是一片死寂，但隨後胸口突然湧起一陣痛，她閉上了眼。班在她的腿上不停跳動，再次抓住她的鼻子，嘟嘟，嘟嘟，她努力想要微笑，但嘴角只能勉強擠出一個扭曲的表情，茉麗溜回座位，憔悴的臉頰因剛剛得知的消息而微微泛紅。完蛋了，她說，司機剛才說走廊已經關閉了，鄧多克的邊界剛剛也關了，因為那裡爆發了激烈的對戰，他想掉頭，但車流根本動不了，他說我們可能得這樣耗上好幾天，他說只要車流一動，就會從下一個出口離開高速公路，其他道路顯然也一樣塞著，我們最好用走的，邊界大約還有五六十公里遠，現在他們開始吵了起來，因為有人要求他把錢還給他們，但他說錢不在他手上。艾莉舒望向另一排的一個年長男子，他正在用手機向他的妻子展示地圖，那女人可能是他的妻子，也可能是他的妹妹，誰知道呢，他們長得那麼相似。班用力拍打玻璃大喊，鳥，鳥，鳥，鳥，她轉頭一看，一個男孩提著一個白色小籠子，裡面有一隻青綠色的鳥，她閉上眼，不知如何是好，她的心，已經煩亂得無法再思考，她的心，也困在一只籠子裡。

白天是那樣急速地向夜晚發出信號，天空彷彿渾身瘀青，班開始吵著要吃點心，她把孩子綁在胸前，一步接著一步，眼睛凝視著某個虛無的空間，她所存在的中心只剩一片麻木的空白。空氣越來越冷，班卻堅決不肯戴上帽子，她想把帽子套回他的頭上，他卻拍開她的手，喊著不要不要不要。他們下了交流道，離開高速公路，跟著休息站的指示標誌走。她左手輕輕托著班的頭，右手因與茉麗一起分擔行李的重量而被勒得發疼。大片的空地擠滿人，連柏油路上也坐滿人，吃東西的吃東西，喝飲料的喝飲料，門外則是排起了長龍。班的尿布溼透了，她在廁所外面排隊時，直接蹲下來，把他放在腿上換尿布，尿布和溼紙巾把長外套的口袋塞得滿滿的。她接著排隊購買熱食，茉麗抱著班坐在入口的行李上。由於找不到地方坐，他們後來繼續坐在行李上，艾莉舒盯著一個插座，有一個人正在那裡給手機充電，她請茉麗傳個簡訊給愛妮，一個保全人員走到他們的身邊，要求他們離開，你們擋住出口了。他們把行李放在柏油路上，坐下來吃東西，艾莉舒注意到有一個邋遢的年輕人，乞丐似地在人群中穿梭，隨後走到他們的面前，說他可以提供過夜的地方，茉麗問是怎樣的地方，要多少錢，艾莉舒則打量他的眼睛，寒酸的衣服，滿是汙垢的指甲。茉麗看著那個人走向下一組人，問道，你為什麼要拒絕？我們今晚睡哪裡？一個穿黃色雨衣的女人湊過來，輕輕拍了拍茉麗的手臂。小心這種人，她說，他們先引誘你離開，然後趁機搶劫，這是他們貫用的手法。女人塞了一包餅乾給茉麗，他們聊了一會兒，艾莉舒並沒有注意聽，她正看著貝禮坐在空地另一頭的柏油路上，雙腿叉開，兩側的頭髮剃光，一隻耳朵和半張臉頰沐浴在琥珀色的光下。他喝了一口罐子裡的飲料，隨後站起來，用球鞋踩扁罐子，踢向加油機的方向。

漆黑的田野上升起了火堆，婦人裹著毯子，孩子坐在她們的腿上，手機照亮了他們的臉龐，有人在樹林間收集柴火，還有人搭起帳篷。有人在火堆旁給他們空出位置，一個大鬍子正咬著用鋁箔紙包裹的香腸，他吹著手指，堅持要他們也來一點，遠方的暗處有個女人正在呼喚孩子，茉麗用樹枝叉起一根香腸，吹涼後，折下一小截給班，班雙手捧著，開始啃了起來。天是最深邃的藍，籠罩著四周的黑，火堆周圍的陰影最是濃密，先抹去了每一張臉龐，再重新勾勒輪廓，一個毀了一隻眼的年輕女子問他們從哪裡來，要去哪裡，而一旁的男人在說話時，不自覺地抓撓臉上的陰影。最好還是從別的地方越過邊界，男人說，克羅斯馬格倫可能是從這邊過去最好的選擇，我們就是要去那裡，我表弟昨天順利過了邊界，女子說，只要你給邊界警察點甜頭，他們就會讓你通過。有人談論冒著被捕的風險夜間穿越邊界的情況，有人提到暴力幫派在邊界地區橫行，邊界道路沿路都有武裝巡邏隊，還討論要花多少錢才能通過邊界。她恍恍惚惚凝睇著火焰，看著火光在眼前跳舞，火光伸向那些仍然隱沒在黑暗中的眼眸，那些沒有眼睛的人是誰，那些有眼睛卻看不見未來的人是誰，這些被困在火光與黑暗之間的人，又究竟是誰？她閉上眼睛，思索著有多少東西已被吞噬，想著她所有的情愛和所剩無幾的殘餘，只剩一具軀體，一具沒有心的軀體，一具用腫脹的雙腳帶著孩子前進的軀體——毀了一隻眼的女子問他們要不要睡在她的帳篷裡。今晚很冷，而且快要下雨了，她說，你不能讓一個嬰兒睡在外面，這是一座八人帳，昨晚我們還擠了十二個人。

班用手轉過她的臉，讓他們在睡袋裡臉對著臉，呼吸交織在一起，班睡著後，她躺著傾聽長夜的寂靜，想像死亡沿路尾隨，潛入疲憊至難以成眠者的夢境中，他們只能睜著眼睛做夢，嘴中不自覺發出喘息和哭喊，彷彿死亡夜夜在眼前反覆遊行，每一次的死亡都要重溫多次，她躺在那裡，聽著沉睡的人在黑暗中喃喃低語著死亡，感受背部緊貼著冰冷的大地，聽著打在帳篷上的雨聲，恰似那是數千年前的雨，而帳篷外只剩下荒蕪無人的大地，外面的世界是一片沒有痛苦的黑暗，如果沒有痛苦，就等於澈底融入那片黑暗，只是一旦踏入其中，就再也無法離開，如今，她明白了，儘管她渴望跟隨她的兒子，卻也不能陪著他走入黑暗，她只會站在那裡望著兒子，但她不會走到黑暗中，因為她必須留下來，現在，她只有一個使命，那就是成為一艘大船，帶著孩子遠離黑暗，她將永無安寧，也無法逃避痛苦，甚至連閉上眼睛所陷入的黑暗也不會帶來安寧。班翻了個身，伸手去摸她的臉，接著哭了起來，她摸摸他的臉頰，他才又平靜下來。她低聲對他耳語，儘管這個年紀的孩子無法理解，也沒有任何言語能解釋所發生的一切，即使孩子不會從記憶中回想起這些事，卻會永遠知道它們的存在，它們將如毒藥般隨血液在體內流淌。她凝視著茉麗，看到那顆沉睡的心臟正在將毒素輸送到全身，然而，她的內心卻有一道光芒存在，當朝陽的光輝照亮帳篷時，她的皮膚染上一層藍，那道光芒也從她的體內射出，那是一道能夠增強力量的光芒，她不知道茉麗內心的光芒，這道從黑暗中綻放的光，究竟來自何處。帳外鬆軟的地面響起了腳步聲，香菸的煙霧飄入帳篷，一個男人在咳嗽，孩童的聲音宣告新的一天來了，一個年輕人從他們身上爬過，離開了帳篷。茉麗坐起來，撥了撥頭髮，開始揉起腳。她低聲說，媽，我幫你梳頭髮。她拉開睡袋的拉鍊，穿上跑步鞋，走到外面。外頭籠罩在低沉冰冷的灰濛濛之中，篝火燒成了灰燼，休耕的農地散落著垃圾。她讓班坐在她的後背包上，剝了一根香蕉，把牛奶倒進他的杯子，茉麗用雙臂拍著胸口取暖，班在泥土上蹣跚而行，然後開始朝樹林走去。艾莉舒呼喚他回來，但他依然繼續朝著農地邊緣的林地走去，用力跺踏著泥土，艾莉舒不顧肩膀和雙腳的疼痛，跟了上去。班站在生苔的草地上，撿起一根樹枝，猛然打向一棵樹幹，接著轉過身來，眼中閃爍著光芒，舉高樹枝，準備揮向她。不，她搖著手指說，不可以，她拿走樹枝，在班的面前晃了幾下，說，你不可以打人，你不可以打別人，隨即丟下樹枝，讓他轉過身，帶他回到休耕的荒地上，枯黃的田野雜草叢生，蚯蚓在田底下翻動著土壤，上一季作物的殘骸正在土壤中分解，將會化作養分，滋養即將生長的植物，班在田野上奔跑，拳頭指向天空，她回頭瞥了一眼樹林，看到積滿落葉的草地，落葉如無塚的逝者，在即將枯死的棕色中，黃色，便是它們的面孔。

小巴士從後方駛來，降檔減速，發出清喉嚨似的聲音，迫使行人紛紛退到路旁，巴士慢了下來，最後停在他們旁邊，司機探出身子，一張臉拍得通紅。我要到邊界，還有兩個位子，想搭便車的話，一人五十鎊。幾個行人轉身你看我我看你，搖了搖頭，茉麗把行李丟到草地上。媽，她說，你需要休息一下，我的手提這個東西也提得快斷了。艾莉舒看著小巴士，眼神恍惚，彷彿在等待著某個答案在腦海中成形，然而，除了寂靜和黑暗之外，什麼都沒有，她背負著孩子的重量，喘著氣爬上階梯，司機沒看她的眼。她把妹妹的錢放到他的掌心，他看著自己的手，搖了搖頭。是一人五十鎊。她說，沒錯，但我們只有兩個人和一個嬰兒。我說一人五十，我算是三個人頭。但她說，孩子坐我腿上，不占位置。司機嘆了口氣，繼續緩緩地搖頭。一人五十，你喜歡的話，也可以用走的，不過坐巴士比自己一個人在外面安全許多，隨你便吧。這場交鋒在乘客面前上演，後頭有一個小孩在哭，茉麗從後方推了推她，她快速拿出錢包，又抽了一張鈔票扔到那人腿上，逼著那雙小豬般的眼睛看著她，一張乾癟而貪婪的嘴。茉麗，把行李放在門外，讓這人放進行李艙。班想在狹窄的走道中走動，他想站在她腿上蹦蹦跳跳，他想跟後頭的人玩捉迷藏，他餓了，他需要睡一下，她把臉轉向玻璃窗，看著在天空中消失的太陽，在鄉間小路上，許多步行者讓路給巴士通過，一個用嬰兒車推著小孩的婦人抬起眼看著車窗，艾莉舒看到自己的倒影正回望著她。茉麗說了什麼跟她父親有關的事，艾莉舒轉過頭，在隨身鏡上看到正在畫眼妝的女兒的臉龐。我沒聽清你說什麼。她說，我在說爸爸，他的生日快到了，再跟我說一次，他是哪一年出生的？艾莉舒轉頭看向窗戶，閉上了眼睛。不是她忘記了他，而是當她想起他時，幾乎不剩什麼了，他成了一抹影，愛曾經存在的地方空了，或許仍有一些小小的愛，留在心房，封存在如此沉重的負擔之下。班在她懷中睡著了，小巴士減速，最後停了下來，司機垂下肩膀，拉起剎車，起身離開座位，打開了車門。他走到馬路上，與一名戴著黑色貝雷帽的士兵說話，點了一支菸，第二名士兵走上巴士，腰間一把手槍。他們被告知要下車離開巴士，準備好你的安全通行證，把行李從行李艙拿出來檢查。他們走下巴士，眼前沒有邊界，只有開闊的郊區，一個男人說，邊界在三十公里外，大約一個小時後，他們才再次上了巴士。暮色漸漸轉為黑夜，巴士開過一個又一個的檢查哨，軍用荒原路華或民用SUV斜停在路中央，國防軍士兵或穿著剩餘的迷彩服的民兵，剃著光頭，戴著無指手套，肩扛指向地面的自動步槍，每一次，不同的面孔都發出相同的指令，司機站在遠離巴士的地方，叼著香菸，數著他要付的錢。他們必須出示身分證，他們必須說明目的地，他們必須打開行李，將自己的物品放在路上，然後重新打包，重新打包，重新打包，重新打包，有時行李會輕了一些，每次的費用不同，有人說這叫出境稅，繳納給你即將離開的理想。一條又一條的道路被封閉，黑暗中赫然出現一座明亮的加油站，他們停了下來，上廁所，買食物飲料。在黑暗中，她可以感覺到不遠的邊界，感覺到邊界正從身邊退去，一如潮水，將海岸遺棄在荒涼的月光下。她需要睡覺，但就是睡不著，接著又一次必須喚醒茉麗，抱起熟睡的班，當他們第五度走下巴士時，已接近半夜一點，茉麗拖著沉重的步伐，一堵石牆，幾株蔽天的樹木，巴士被SUV的車頭燈照得通亮，手電筒逐一照射每個人的臉。一名滿臉鬍鬚的激進分子把牛仔褲的褲腳捲在靴子上方，揮著手槍，大聲嚷嚷要他們排隊。他從隊伍中揪出一個中年男人，用手電筒照著他的臉。你以為你在逃什麼啊，死禿子，怎麼不留下來為你的國家而戰，你這個膽小鬼？男人一動不動，臉部閃避手電筒的光線，半閉著的眼睛緩緩眨了幾下，彷彿正在努力理解對方對他說的話。激進分子從後頭踢男人的腿時，她移開了目光。跪下，身分證拿出來。她再次看向激進分子的臉，只看到他的惡賴澈底地翻了出來，赤裸裸地展現於外，她握住茉麗的手臂，尋找她的眼睛，叫茉麗別看，自己則望著司機，看著他揉著疲憊的眼睛，終於了解了他的收費，寧願整晚坐車繞著圈子，經過一個又一個的檢查哨，也好過獨自在黑暗中遇上這幫人，跪地的男人在外套口袋中摸索，手指已經不聽使喚，只剩下兩個沒用的拳頭，最後，他摸出了一張身分證。激進分子將它丟給另一名男人，那男人從地上撿起來，對著無線電讀出資料，大鬍子用槍推了幾下跪地男人的肩膀，接著舉起槍口，對準男人的太陽穴，又慢慢讓槍口滑到他的頸子，最後抬起一隻靴子，擱在他的肩頭上。王八蛋，你是幹什麼的？男人對著地面低聲說了什麼。我聽不見。男人半喊著，我是個技術員。什麼技術員？男人清了清喉嚨，開始哭泣，激進分子拿起手電筒，照著站在巴士旁排隊的乘客的臉龐，無線電傳出靜電似的說話聲，接著靴子落下，男人的證件被扔到他面前的地上。你的價格和其他人不一樣，像你這種膽小的王八蛋，價格是兩倍。激進分子走開了，她看著男人繼續跪在地上，接著他弓著肩膀，懷著屈辱，上了巴士，就座後，兩手在膝上發抖。她不假思索把手放在他的手臂上，輕輕一握，男人抬起頭，想要微笑，但他眼中有樣東西已經被摧毀了。

另一邊應該什麼都沒有，只有懸崖的邊緣，通往虛無的漫長墜落，但過了邊界之後，道路卻繼續延伸，灰色組合屋在曙光中逐漸浮現，電線不停延伸，跨越了國際線，一輛傾卸卡車減速停下，一名打呵欠的士兵掩住了嘴。他們加入步行者的隊伍，人們靠在行李上或彼此身上睡覺或取暖，茉麗也挨著母親的手臂睡著了。她開始喃喃自語，然後輕輕哭了一聲，坐起來揉揉眼睛，艾莉舒從她的眼眸看到從夢境延伸而出的恐懼。檢查哨開放時，隊伍終於開始移動，他們拖著行李往前走了幾步，又坐了下來。望著最後一絲的夜色褪去，道路另一頭的英軍檢查哨逐漸變得清晰，浪板路障，鐵絲網，軍事瞭望塔，還有繼續延伸的道路，她明白，一旦他們跨過這條線，就要開始背負起重擔，那些留下來的東西，根本沒有留下來，反而還會繼續增加重量，永遠背負在身上。他們站在一個組合屋構成的等候室，所有可堆疊的椅子都被在大腿上填寫表格的人占據了，人們三五成群地走向玻璃窗時，地板也隨之震動，她找不到筆，只能向站在身旁的老人借，他看著她的眼睛微笑，但她無法回以微笑，只是看著地板，發現他穿著不成對的鞋子，一腳黃褐色，一腳灰色。輪到她走到玻璃窗前時，她把表格和文件遞過去，站在那裡，等著被告知她要付多少錢，每一次的收費都不一樣，他們會看看你的穿著，擬定一個價格，還會看看是否喜歡你的笑臉，一切要看一天中的時間、月亮和潮汐。她被告知她填錯了表格，她想帶著缺乏必要文件的兒童過境，所以必須填寫另一份表格，等待面談，她必須從右邊的門離開，到外面下一個組合屋。沒有暖氣的房間冰冰冷冷，空無一人，只看得見一面磨砂玻璃窗，一張擺著電腦和一只空杯子的桌子，當他們聽到外頭傳來急促的腳步聲和低沉的咳嗽聲時，她試著掩飾手中的顫抖，面談官走進房間，拉了一把椅子坐到他們面前，茉麗緊緊握著她的手，是一個男人，鷹鉤鼻，瘦皮猴，一件淺色襯衫，領口沒扣，她不知道他是什麼人，是警察、軍官還是小官僚，他在電腦上快速地打字，然後猛然噴了一口氣，看著艾莉舒，像是看穿了她，看到了別的東西。他要了他們的文件，轉頭又對著螢幕打字，班扭著身子想要下去，她設法把他拉回腿上，但他開始尖叫，兩腿猛踢，茉麗於是放下她的頭髮，把綁頭髮的橡皮筋給他玩，面談官轉過頭來，好像在研究這個孩子，茉麗用手指梳著頭髮，他改盯著她瞧。他問了一個又一個的問題，艾莉舒每回答一個問題，他就隱約地搖搖頭，用指甲搔搔鼻頭，快速地在電腦上打字，她認為自己每一次都答錯了，開始咬緊牙關。她看著男人灰藍色的眼睛，聽著他的嘴巴說話，但他眼睛所說的卻與嘴巴所問的不同，手指悠悠哉哉敲著鍵盤，眼睛卻在打量她的身價，艾莉舒看到他的嘴角快速扯出一絲微笑，猶如讀懂她的心思，這時，她恍然大悟，不再相信面談的內容。她看著空蕩蕩的房間，把這一切當成一場遊戲，她一直摸著孩子的出生證明，但終究還是放下了，往後靠回椅背，接著試著微笑，再次向前傾身。我們不妨開門見山地說吧，她說，你想要多少錢？男人蹙起眉頭，露出一絲驚詫的神情，看著茉麗，似乎在低聲咂舌，接著往後靠回椅背上。他說，跨越邊界有一筆費用，算是出境稅吧，但還有一筆額外的費用，你想帶著一個沒有旅行證件的孩子離開這個國家，雖然這張出生證明證明他的公民身分，但沒有賦予他離開本國的權利，他也不享有身為本國公民在其他司法管轄區旅行時所應享有的保護，你必須要做的，是替這個孩子買一本臨時護照，這本護照過了今天就不具法律效力，之後，你必須在新的居住地申請完整的護照，這自然需要付出代價，這種事情總是要付出代價的。男人拿起筆，在一張紙上快速寫了什麼，然後推給艾莉舒，她先是倒著看那張紙，隨後把紙轉正，再次看了一次，接著就哭了，她搖搖頭，閉上眼睛，想像他們不得已只好冒險摸黑越過邊界，必須面對軍隊的巡邏和狗群的咆哮，茉麗再一次握住艾莉舒的手，不過艾莉舒將她的手扳開，她說，我沒有這麼多錢，沒有人告訴我們要花這麼多錢。男人拿著筆塗鴉，猛然從鼻子噴了一口氣，她看著那隻手，那隻手彷彿抽出了時間，從男人的潛意識中占卜出了什麼，一個幾何圖案逐漸變得鬆散，形成一團風滾草，當他抬起頭時，一個念頭開始牽動他的嘴角。請一個走私客夜裡帶你們過境，會花你更多的錢，而且，你給他的錢，有一半會回到這裡。她看著男人，一句話也說不出來，男人又嘆了一聲，站起來狀似要離開。她說，等等，面談官仍然站在他們面前，當她再次開口時，他舔了舔嘴角，緩緩搖頭拒絕了。這筆錢可以支付你兒子的臨時護照，也能支付你的出境簽證，但不包括你女兒的費用。外面傳來聲響，腳步聲和談話聲此起彼伏，平平穩穩地越過了邊界，她咬著舌頭，男人的眼中什麼也沒有，苦澀的笑容爬上她的臉。但是，我求求你，她說，我們一定能討論出一個價格，我願意把我所有的都給你。面談官研究著她很久，然後看著茉麗，對她點點頭。他說，我想和你單獨面談。艾莉舒看向女兒，然後尋找男人的眼睛，但他正在點擊螢幕，或許正在查詢足球比賽的結果，或許只是什麼無用的資訊，她望向結霜的窗，突然一陣噁心。她把班交給茉麗，叫她離開組合屋。我說馬上帶寶寶出去。茉麗皺眉站了一會兒，然後抱著班出去，並且把門關上，艾莉舒則端詳面談官。你想單獨跟她面談，她問，你為什麼要單獨跟她面談呢？她的聲音最後好像哽住了，他望著門，沒有說話，只是輕輕地搖頭，然後抓了抓鼻尖。你對家人的描述有不一致的地方，我最好單獨和她談談。她坐在椅子上，身體歪向一側，看著螢幕，發現原來他正在玩紙牌遊戲。她說，你想和她單獨談多久，你不想單獨跟我談嗎，如果你想，我也可以塗口紅，我也可以整理頭髮，但我不是你想要的，是不是，也許你真正想要的，是只有從孩子身上才能奪走的東西。她眼前的那張臉變得僵硬無比，嘴巴想說話，最後卻結巴了，手則盲目地尋找筆，艾莉舒開始拉開綁在肚子上的旅行錢包的拉鍊，將一疊紙鈔放在桌上。她說，你看，這就是我的全部了，你要奪走的是我們的全部，這一定夠了吧。面談官氣得漲紅了臉，在那份憤怒底下，她或許看到了羞愧即將到來，男人急促地噴鼻息，雙手擺在桌上。我沒時間跟你耗了，他說，你以為我能在這裡坐一整天嗎？面談結束，把錢留在桌子上，回去等候區。

越過邊界時，她告訴自己，不要回頭看，但終究還是轉過身去，一塊石頭在嘴裡形成，她只能輕聲低語，當她出示證件時，石頭滑入了喉嚨，她必須繞過石頭才能呼吸，另一側的士兵堅定但有禮貌地將他們帶到位於軍用鐵皮屋的登記中心。她尋找他們該要找的那個男人，檢查哨外的路邊停滿車輛，幾個人在附近等著看誰會通過，她看了一圈那些人的臉孔，看看是否有人點個頭或是微微一笑，但沒有得到任何回應，她看著胸前背著班的茉麗，不知道自己該怎麼做，指示太過模糊了，另一名士兵指揮他們前進，她感覺到自己被推著往前移動。這時，有個人走到她的身旁，碰了一下她的手肘，一個嘹亮的聲音笑著說，你不會想進去的。她轉過身來，一個穿著刷毛上衣的年輕人把她拉進懷裡，她放下袋子，雙手垂在身側，努力不退縮，直到男人鬆開手，另一個身體的侵入，汗水和古龍水的味道，男人衝著茉麗和班微笑。他說，艾莉舒，真高興見到你們，快過來，這邊走，車子就在那裡。他接過他們的提袋開始往前走，肩膀因袋子的重量微微下垂，他們跟著他，走到一輛緊挨著路邊溝渠停放的褐紅色福特車前。他不是她被告知他們會遇到的那個人，他叫蓋瑞，他替他們打開車門，示意茉麗把班放在兒童安全座椅上。他把他們的行李放進後車廂，坐上車後，搜尋車門儲物盒和座椅之間的收納格，他找到眼鏡戴上，轉頭對班微笑。啊，他說，對不起，我剛才沒注意到你們過來了。他轉身扣上安全帶，視線落在艾莉舒身上，艾莉舒臉色蒼白，雙手放在膝蓋上，一動不動地坐著，那顆石頭越來越大，她無法呼吸，甚至覺得自己的心臟已經停止跳動。怎麼了？蓋瑞問，但她說不出話來，男人轉向茉麗尋求幫助，茉麗向前傾身，拉著母親的肩膀。媽媽，她說，怎麼了？艾莉舒搖搖頭，吸了一口氣，又慢慢地吐了出來，蓋瑞拍拍她的手。別擔心，親愛的，你做的是對的，錯誤的選擇是走進那棟登記中心，簽字放棄你的生命，他們會把你們送上通往地獄邊緣的巴士，你們會被困在難民營，不知道要待多久，沒有權利離開北愛爾蘭，下半輩子可能都要住在那裡的帳篷，整天淋著大雨，但至少等我們完成了我們的事，你們就可以自由地去任何你們想去的地方，你做對了，所以，放輕鬆，一切都安排好了。

她麻木地坐著，望著道路、海上的天際線和翻騰的海浪，班哇哇大哭，吵著要喝奶，但她什麼也給不了他，蓋瑞便提議中途找個地方停下來。她閉上眼睛，無法思考，也無法感受，只能在陰影中尋找前進的道路，貝禮朝她走來，她撫摸他的臉，撫摸他的髮，身體的麻木逐漸膨脹成痛苦，逼迫她睜開眼睛，從照後鏡中，她看到茉麗正在梳頭，接著又打開隨身鏡描畫眼線，她冷不防從座位之間伸出手，從茉麗的手中搶下鏡子蓋上，遠方路邊出現一座加油站。如果你不介意，我想在那裡停一下。她將兩根手指伸進外套的內襯，抽出一卷捲成香菸狀的鈔票。她買了水果和牛奶，拿著浴室的鑰匙回到車上，班滿臉的怒氣，看著她用牛奶裝滿他的奶瓶。她接著打開後車廂，拉開行李的拉鍊，拿出一個橢圓形盒子，敲了敲車窗，示意茉麗跟著她。蒼白的浴室瀰漫著尿騷味和柑橘味的漂白水，她在鏡子裡瞥見自己，看到了自己未來的幽靈，接著她從盒子中拿出一把剪刀，注意到茉麗的臉龐流露出明顯的不安。媽，她說，怎麼了?艾莉舒說，站在原地別動，我要確保沒有人會再看你一眼。看到剪刀逼近，茉麗露出畏懼的表情，退後靠在牆上，想要推開艾莉舒，艾莉舒卻一把抓起她的頭髮開始剪，茉麗打了母親一巴掌，發出一聲尖叫，隨即癱軟在地，兩手捂著臉。艾莉舒剪完茉麗的頭髮後，轉身面對鏡子，開始剪起自己的頭髮，動作非常粗暴，直到她在鏡中看到一頭凌亂歪斜的髮型，蓋瑞來敲門了。你們在裡面嗎?他說，你們進去很久了，我們得繼續趕路。當茉麗雙手捧著臉走出來時，他正靠在福特車的側門上滑手機，他抬起頭說，這他媽是怎麼回事，然後看向艾莉舒，一邊搖頭，一邊看著她把茱麗的化妝包扔進垃圾桶。她坐進車內時，他沒有轉頭看她，開車時也沉默不語，偶爾從照後鏡裡看著茱麗，艾莉舒坐在一旁，雙手抱臂，目光直視前方。現在沒有意志，沒有主權，也沒有力量，只有玻璃上映出的那具空洞的軀體，軀體被拉著沿著公路前進，穿過牧場與耕地，經過零星的樹木與灌木籬笆，路邊的房屋用鵝卵石砌成牆壁，屋內的狗不停吠著，想要被放出去，車子平穩地駛向斯佩林山脈。蓋瑞低頭看手錶，手在置物盒中翻找手機，戴上耳機後，撥通了一個電話。快了，老馬，他說，再給我們十五分鐘。車拐了個彎，駛上了山路，很快只剩下天空和路旁陡峭的冷杉林，車子緩緩轉了個彎，駛進了森林，福特車內變得一片漆黑，蓋瑞看了一眼照後鏡，見茱麗滿臉悲痛的神情。別擔心，他說，一切都很好，我們馬上就到了。車子沿著下坡路行駛，來到一片空地，一輛白色的送貨卡車停在那裡，在擋風玻璃後，一張留著山羊鬍的臉正緊盯著前方看。就是這裡了，蓋瑞說，我去跟這傢伙講一下，然後你們就可以上路了。艾莉舒看著他走向卡車，接著又轉過身來，示意他們下車。她試著叫醒班，把他抱到懷中，但他偎在她的脖子上繼續睡覺，留著山羊鬍的男人一臉凶相，從卡車上跳下來，艾莉舒看著他低頭蹣跚走到卡車尾部，嘩啦一聲，把後車門往上捲。裡面擠滿了人，她不想爬進去，司機一把拎起他們的行李就往裡頭塞，再用大拇指示意她們爬上去，但是她無法動彈，茱麗也愣在一旁看著，山羊鬍男人站在他們面前，一臉憤怒，用袖子抹了抹嘴，破口大罵，媽的，快點上車。她不再是一個人，而是一個東西，她心裡這麼想著，一個抱著孩子爬上卡車的東西，茉麗緊跟在後，就在捲門關上的時候，她們聽到身後的樹林裡傳來一種奇怪的抽泣聲。

他們從漆黑的卡車鑽出，來到一個工場，灰色建築上畫了塗鴉，窗戶破損，水泥地雜草叢生，一個穿著風衣的精瘦男子背著他們講電話，沒有回頭，眼睛藏在棒球帽底下。班拚命想要掙脫她的懷抱，開始放聲尖叫，當她把他放下時，他立刻想要跑開，她只好趕緊抓住他，將他橫抱在腋下。司機爬上卡車尾部，將一個孤零零的行李袋踢到邊緣，然後跳下來，指著正在講電話的人。那是工頭，只要照他說的做就不會有事。他們跟著工頭穿過一扇金屬門，沿著油漆剝落的走廊，進入一個空蕩蕩的工業空間，裡頭瀰漫著潮溼和骯髒的氣味，水泥地上擺著紙棧板，鋪著棕色毯子，三扇嶄新的窗戶焊著鐵條，窗外是一個院子。茉麗在靠窗的地方占了個位置，放下她的袋子，張開雙臂準備把班抱過去，一個殘廢的女人指揮著兩個十幾歲的男孩到他們旁邊的紙棧板坐下，女人瞥了一眼艾莉舒，然後自我介紹說她叫莫娜，艾莉舒看著她的眼睛，無需多言，便已知曉這個女人的人生故事。工頭站在門口滑手機，舉起兩根指頭，無聲地點了一下人頭，然後清了清喉嚨。好，各位，聽好了，目前情況是這樣的，你們只會在這裡待幾天，但只要你們還在這裡，就沒人能出去，這扇門會一直鎖著，那邊的房間裡有廁所和淋浴設備，角落裡有兩個垃圾桶，每天會發三餐，直到離開為止，有小孩的，列出你們需要的東西，像是尿布和奶粉之類的，我稍後來收單子。一個穿著粗花呢外套的男子抱著孩子走上前，指向廁所。你在開玩笑嗎？他說，這個地方根本不適合人住，看看這裡有多少嬰兒和小孩，居然連個暖氣也沒有，那麼多人共用一個小水槽，你一定是瘋了吧。工頭站在男人面前，讓人猜不透他的心思，他舉起一隻手放在自己的臉上，用手背輕輕撫摸著鬍渣，目光始終沒有離開對方。別當個笨蛋，他說，那人低下頭，喃喃自語，隨後就轉身走開了。艾莉舒看著工頭，想在帽簷的陰影中尋找他的眼睛，感覺胸口越來越緊，當他走出門外並鎖上門時，又想像他根本沒有眼睛。她驀地感到一陣恐慌，轉身走到鐵窗前，將一隻手貼在玻璃上，目光越過院子，落在一棟建築物的角落，再往遠處看，看到了深紅色的的貨櫃，更遠的地方是荊棘叢生的田野、山陵和天空。屋內共有二十三個人，到了傍晚，人數增加到四十七個人，大雨傾盆，黑乎乎一片，有個孕婦需要人攙扶才能坐到地上，已經有小團體形成了。她不想跟任何人說話，插頭不夠讓每支手機充電，愛妮一定很想知道我們的情況。一個頭髮裡夾著一縷白髮的小男孩站在廁所隊伍的最前面，雙手夾在兩腿之間，他的父親一面喊叫，一面敲門。班哇哇大哭，喊著肚子餓，但她手上只剩下一片鹹餅乾，沒有人知道食物什麼時候會送來。一位老人敲打著門，大聲叫他們快點準備晚餐，但沒有人回應，到了八點十五分，他們終於聽到開鎖的聲音，一個陰沉的年輕人走進來，綁著馬尾，穿著一件軍用大衣，手上拎著裝滿外帶食物的塑膠袋，當大家開始圍上去時，他的眼中流露出驚慌的神色。天啊，拜託，你們能不能退後一點。他一面說著，一面將塑膠袋放到桌上，隨後又拿來更多的塑膠袋。莫娜舉起雙手，呼籲屋內的人保持秩序。大家於是達成共識，每個小組派出一名代表，排隊依序領取食物。茱麗走過去，拿回了中式炒飯，舀到紙盤上，分給大家。艾莉舒吃了幾口就吃不下了，但很久沒看到茱麗這樣大口吃東西了，班抓了一把飯，丟到地上，艾莉舒只好用手掃起來。外面的黑暗緊貼著窗戶，而屋子裡依然是刺眼的燈光，他們開了一個會，討論浴室的使用問題，最後決定分組輪流使用，一次一組人進去，關燈時間卻討論不出大家滿意的結果，孩子哭鬧不止，無法入睡。已經九點多了，一個男人站起來說。如果你們現在不把燈關掉，讓我的孩子睡覺，我就讓那些燈永遠關掉。

日子一天天流逝，她看著雨光如同河水般漂流而過，冬天從流逝的每一天帶走日子終於領悟的點滴，然而，心仍然是清楚的，這顆心像鼓一樣敲打著她的哀傷。關於何時啟程，沒有任何來自工頭的消息，人們三三五五聚在一起，有人白天睡覺，她則試圖用一些玩具來逗班開心，他想要出去，但她無法向他解釋為什麼不可以。她發現自己望著茱麗，看見的卻是貝禮，剪得極短的頭髮，布滿雀斑的眼睛，小嘴巴，有縫的牙齒，只有那細長微翹的鼻子不是他的，然而，在那鼻子下方，卻是她於他出生時在他嘴上描繪的人中。她凝視著他，與他同在，希望在這個不存在的凝視空間中與他同在，茉麗投給她一個奇怪的眼神，隨後轉身離開。當艾莉舒閉上眼睛，她看到的只有過去，一個屬於別人的過去，她像一個空無的存在，從冰冷無底的黑暗中注視，感覺世界變得難以忍受，看著自己的丈夫和長子被無法穿透的寂靜所擄走，猶如一扇通向虛無的門開啟，每個人一旦走進去，便會澈底消失。每天她坐下來，拿起手機瀏覽政府逐日公布的死亡名單，等待賴瑞的名字出現，沒有看到他的名字時，那鬆一口氣的感覺反而加深她的悲痛。雨水打在窗上，早餐是白麵包切片、幾盒奶油，還有冷掉的熟香腸。他們排隊上廁所時，一個靠牆坐著的年輕人低頭吸菸，往上吐出菸霧，一個胸前抱著孩子的女人轉過身來，大聲叫他把菸熄掉，年輕人氣呼呼地站起來，隨即加入一群男人的行列。浴室門沒有鎖，蓮蓬頭直接接著牆上的水龍頭，冷水慢慢滴進無蓋的排水管，她只有一小塊肥皂和一條擦手巾可以擦乾身子，茉麗不肯洗澡，她抱著在空中掙扎亂晃的班，讓艾莉舒用冷水和肥皂替他清洗。屋內有個孩子生病了，就是每晚都在哭的那個，莫娜從圍在父母身邊的人群中走回來。現在抱著那個孩子的女人是一位加護病房的護理師，她說，孩子需要去醫院，但父母不知道該怎麼辦。當年輕人走進門時，護理師走上前，指向那對父母和孩子，年輕人雙手提滿塑膠袋，連帽子都還沒來得及拉下。護理師跟著他走到桌邊，他做了個怪表情。過了三點，工頭手裡搖著一串鑰匙走進屋裡。他蹲在那對夫妻身旁，摘下帽子，露出狹長的眼睛和剃光的腦袋，年紀比她想像的還要年長，他站起身，斜瞟著他們，搖了搖頭。我不能找醫生來這裡，他說，天氣一變，你們就會離開，到了那時，你們可以請世界上所有的醫生來。護理師走向工頭，拉住他的手臂，但他一臉憤怒地甩開她。如果我帶你們去醫院，就別想再回來了，你們聽到沒有，你們付的錢也拿不回去，完全不可能，錢甚至不在我手上，沒法子退，所以，如果你們決定要去，那就是你們自己的選擇，之後就得靠自己，我可以安排人送你們去醫院，說吧，你們想怎麼做。工頭手中的鑰匙叮噹作響，宛如音樂一般，年輕的父母無法做出決定，母親低下頭開始啜泣。我的老天，工頭說，我給你們一小時做決定。艾莉舒看著孩子癱在父親的懷裡，心中思忖，這只是個幼小的孩子，對他們來說有什麼損失呢，他們幾乎都還沒來得及與他真正一起生活過啊，她凝視著那雙小手，眼淚不禁湧出，莫娜跪著走過來，伸手抱起了班，把他放在膝上輕輕晃動。你真是乖寶寶，是不是啊？又高又壯，我敢打賭，你將來一定會成為一名優秀的運動員。她的臉變得非常平靜，愣在那裡凝視前方，過了半晌，她搖搖頭。太多的痛苦了，她低聲說，我的丈夫，他去商店買東西，再也沒有回來，我再也沒有見過他，我的哥哥，我的表哥和他的妻子，還有他們的孩子，全都失蹤了。有一瞬間，她臉上的肌肉似乎要凹陷，然後她又努力恢復鎮定。知道嗎，我們曾經可以拿到澳洲的簽證，但我們拒絕了，我丈夫拒絕了，斬釘截鐵地說不，他說當時不能去，我認為他是對的，他怎麼知道呢，我們誰又怎麼知道會發生什麼事呢？我覺得別人好像知道，但我始終不明白他們怎麼那麼確定，我的意思是，你絕對無法想像，絕對想不到會發生這一切，一千萬年都不會想到，而且我永遠無法理解那些離開的人，他們怎麼能就這麼離開了，拋下一切，拋下所有的生活，拋下所有的過去，當時我們根本不可能離開，我越是回頭看，就越是覺得無論如何我們什麼也做不了，我的意思是，當時根本沒有真正的選擇餘地，就算拿到了簽證，我們有那麼多義務，那麼多責任，怎麼可能走呢，而當情況變得更糟時，我們根本沒有任何迴旋的餘地，我覺得我想要說的是，我曾經相信自由意志，如果你在這一切發生之前問我，我會告訴你，我像一隻自由的鳥，但現在我不那麼確定了，我不明白，當你被困在這樣一個怪物之中時，自由意志怎麼可能實現，一件事導致另一件事，直到這該死的怪物有了自己的動力，你什麼也做不了，我現在明白了，我曾以為的自由其實只是一場掙扎，從頭到尾根本沒有真正的自由，但你看，她一邊說，一邊拉著班的手，輕輕帶著他跳舞，但我們現在還在這裡，不是嗎？那麼多人已經不在了，我們卻很幸運，還能尋求更好的生活，現在只能向前看了，對吧？在這個想法中也許還有一點自由，因為至少在你的思想中，你可以把未來變成你自己的，如果我們一直回頭看，在某種程度上就會死去，但我們還有日子要繼續活下去，我的兩個兒子，看看他們，兩個都長得跟他們的父親一模一樣，他們有他們的人生要過，我一定會讓他們好好活下去，你的孩子也是，他們必須活下去——喔，拜託別哭，對不起，艾莉舒，如果我說了什麼讓你難過的話，真的很抱歉，來，我幫你整理頭髮，我從到這裡以後就一直注意到你的頭髮，很明顯是你自己弄的，只需要稍微修一下，很簡單，我讀書時放暑假都去美髮院打工，那是好久以前的事了，我可以順便幫你女兒也整理一下頭髮。

艾莉舒站在窗邊望著外面，那個母親抱著孩子，跟著工頭，那個父親拖著行李，緊跟在後，雨滴敲打水泥，珠珠滴滴滑落窗戶，她凝視著玻璃上的倒影，看到一張老去的臉，那是她的臉，卻彷彿屬於另一個人。她仰望天空，雨水穿過空間落下，毀損的院子裡什麼也看不見，唯有世界堅持著自己的存在，水泥靜靜崩塌，讓地下的汁液湧起，當院子消逝之後，世界的堅持依然不變，世界執著於這不是一場夢，然而，對於旁觀者來說，這場夢與生命的代價——痛苦，都是無法逃避的，她看著自己的孩子被送到一個充滿奉獻和關愛的世界，又看著他們被詛咒到一個充滿恐懼的世界，她希望這樣的世界能夠結束，希望世界可以毀滅，她看著襁褓中的兒子，這個依然純真的孩子，想起自己是如何違背了自己的信念，不禁心頭一驚，她又想到，恐懼帶來了憐憫，憐憫孕育了愛，而這份愛可以再次拯救世界，她明白，世界不可能結束，認為世界會在自己的有生之年因某一突發事件而結束，那是一種虛榮的想法，真正結束的，是你的生命，只有你的生命，先知所吟唱的，無非是那首跨越時空的古老詠嘆，刀劍降臨，烈火吞噬人間，正午的太陽隕落地底，世界陷入一片黑暗，某位神祇的憤怒在先知的口中化為言語，怒斥罪惡，先知所吟唱的，並非世界末日，而是那些已然發生、將要發生以及正在發生的事，這些事降臨於某些人，但避開了另一些人，世界不斷在某些地方一次又一次地結束，但在其他地方卻仍然繼續延續，世界末日總是一個地方事件，它來到你的國度，造訪你的城鎮，敲響你家的門扉，對他人而言，這僅是一記迢遙的警鐘，僅是一則短暫的新聞報導，僅是已成為傳說的前塵回聲，她的身後響起班的笑聲，她轉身看到茱麗把他抱在腿上，輕輕搔著他的癢，她看著自己的兒子，從他眼中看見了一種閃耀的光彩，那光彩彷彿訴說著墮落前的世界，她跪在地上哭泣，握著茱麗的手。對不起，她說，茱麗皺著眉頭看著她，搖搖頭，將母親拉進懷裡抱住。媽，你沒有什麼要說對不起的，茱麗擦拭母親的淚水，艾莉舒努力露出一絲微笑。現在幾點了?艾莉舒說，你幫我傳個簡訊給愛妮。她把班抱到懷中，轉過身來，嚴厲的眼神瞥向一個正在用手機大聲播放科技音樂的少年，對茱麗說，你看他是不是會一直聽個不停？

門鎖打開時，房間的燈是關著的，工頭走進來，舉起手電筒照著牆壁。他媽的，燈在哪裡?他問。一個男人回答，這邊。工頭跨過熟睡的身體走到屋子中央，大家紛紛坐起身來，揉著眼睛，抵擋突如其來的光亮。好了，大家注意聽，你們今天晚上要離開了，我們會在半夜兩點準時過來，到時你們必須準備好到外面排隊，還有，務必讓小孩保持安靜，沒有地方放你們的行李，每個人只准帶一個小背包或購物袋，小孩子也是一人一個袋子，不按照我們要求去做的人，行李會被沒收，到時你就什麼也沒有了，我話就說到這裡。他正準備轉身離開時，一個女人喊道，你說袋子是什麼意思，沒有人告訴我們袋子有限制。其他人也紛紛抗議，但工頭舉起雙手制止他們。一人一袋，就這樣，我沒什麼好再說的了。他一出門，大家開始翻找自己的東西，咒罵那個男人。艾莉舒把所有東西攤在地上，班依然熟睡。茉麗則抱著胳膊坐在一旁。媽，我不知道要帶什麼，我不想走。就帶兩套換洗衣服吧，衣服以後總是可以再買的，不能替代的東西一定要帶著。她拿起一個相框，翻到背面撬開後蓋，把照片塞進她的護照裡，茉麗看著她，隨後低下了臉，流下了淚。媽媽，她說，拜託，為什麼我們一定要走，我不想走，這不安全，你知道這不安全，那麼多人——艾莉舒伸手握住她的手，輕輕捏了一下。我們已經討論過這麼多次了，不是嗎？她說，這種事可以討論一整晚，但是愛妮已經安排好了一切，我們沒有別的路可走，現在真的沒有。半夜兩點，門鎖又打開了，一隻手伸向燈的開關，不是工頭，而是一個戴著毛線帽沒有刮鬍子的男人，用蘇格蘭口音叫他們保持安靜，班熟睡在艾莉舒的胸前，艾莉舒背上背著一個袋子，手上提著一個購物袋，裡面塞了班所需要的每樣東西，她轉頭看向他們的東西，屋子堆滿了被丟棄的行李、垃圾和破損的紙棧板，空氣中瀰漫汗水與髒尿布的臭味，外頭，一股清新的冷空氣吹來，雲霧已經散去了。他們跟著走到屋後，那裡停著一輛連結卡車，一個男人拿著手電筒，指示他們爬進貨櫃，當大家開始爬上階梯時，一個孩子嚎啕大哭，茉麗也不肯往前走，艾莉舒推了她一把，叫她跟上，茉麗也回推她，兩人推來推去，茉麗最後讓步了，終於上了階梯，她們藉著手機的光亮往前走，裡頭有棧板可以坐下，人人都盯著那個戴著毛線帽的男人，他站在門口說，不會太久，記住，卡車停下來時，千萬要保持安靜，不要讓孩子發出聲音。門關上時，鉸鏈嘎吱嘎吱直響，等貨櫃完全封閉後，一個孩子尖聲哭叫，某處一個女人開始祈禱，引擎啟動了，茉麗緊緊抓住母親的手。艾莉舒低聲對賴瑞說，一切都會沒事的，當她睜開眼時，手機的白光照亮了貨櫃，許多人正在傳送簡訊，追蹤卡車的行駛路線，過了一會兒，卡車開始減速，轉了個彎，沿著一條路緩慢行駛，最後在一陣嘆息聲中停下。後方的門又開啟了，微弱的光線照了進來，一個男子叫他們安靜地爬出去，茉麗緊握著母親的手穿過貨櫃。希望與黎明融為一體，一種新的一天即將來臨的感覺浮現在心頭，一個男人向艾莉舒伸出手，她爬下階梯，明白站在一旁雙手插在口袋裡的身影正是工頭。黑暗中，只見一幢老舊的平房，夜色沉寂，世界無語，只有一陣微風催促著他們前進。不久，黎明將至，他們抱著孩子，一群人沿著狹路而行，經過安靜的牛群，誰也沒說話，工頭的手電筒亮了一下，隨即又熄了。就在這時，可以望見大海了，他們穿過一條馬路，沿著沙地小徑穿越沙丘，來到了海灘，海浪聲與呼嘯的疾風交錯，她知道這片海灘的名字，以前來過很多次，一個男人站在海灘上，穿著淺色風衣，拉起帽子，正低頭用手機傳簡訊，她注意到水畔停著兩艘充氣船，目光隨後轉向那片黑暗荒涼的大海，只有浪花在岬角邊緣翻騰著白色水沫，內心彷彿有一樣東西被拋向了遠方。男人喊了些什麼，她沒聽清楚，跟著其他人走向堆在沙灘上的救生衣，但救生衣不夠，她拿了一件給茉麗，茉麗不肯穿上，只是搖頭，艾莉舒說，你看，我胸前背著班，一定穿不上去，茉麗於是放聲哭了起來。風衣男人給每一艘船指派一個男人擔任駕駛，發給駕駛一具GPS，艾莉舒聽見男人對他們說，把馬達對準這個座標，很快就能抵達。

茉麗無法好好穿上救生衣，兩隻手甩來甩去，艾莉舒替她調整帶子，然後凝視著女兒的臉龐。那一瞬間，世界彷彿沉寂了，這種沉寂只屬於地平線之外吞噬一切的黑暗，茉麗哀求著說她不想走，她開始大喊，媽，求求你，我不想走，我不想這樣做，艾莉舒站了一會兒，看著其他人開始爬上小船，看到風灌入他們的嘴中，像是要從他們身上奪走什麼，她又一次望向昏暗傾斜的岬角，在遠方的田野上，有一匹馬靜靜站著，煥發著柔和的藍色光澤，看著那匹藍馬，她領悟了一些事。她尋找茉麗的眼睛，卻找不到合適的言語，因為已經沒有任何言語能夠表達她想說的話，她望向天空，只看到一片的黑暗，知道自己已經與這片黑暗融為一體，倘若她想讓他們活下去，留下來就等於留在這片黑暗之中，她摸了摸兒子的頭，牽起茉麗的手，緊緊地握著，彷彿在說她永遠不會放手，她說，到大海去吧，我們一定要到大海去，大海就是生命。

大師名作坊 209

先知之歌 *Prophet Song*

作　　者　保羅·林奇 Paul Lynch
譯　　者　呂玉嬋
主　　編　湯宗勳
特約編輯　鄭又瑜
美術設計　劉耘桑
企　　劃　鄭家謙

先知之歌 / 保羅·林奇 (Paul Lynch) 著；呂玉嬋 譯—一版 .-- 臺北市：時報文化 ,2024.12;248 面 ;21*14.8*1.3 公分 .--(大師名作坊 ;209) 譯自 Prophet Song
ISBN 978-626-396-978-0 (平裝)

873.57　113016748

董 事 長　趙政岷
出 版 者　時報文化出版企業股份有限公司
108019 台北市和平西路三段 240 號一至七樓
發行專線—（〇二）二三〇六六八四二
讀者服務專線— 〇八〇〇二三一七〇五
（〇二）二三〇四七一〇三
讀者服務傳真—（〇二）二三〇四六八五八
郵撥— 1934-4724 時報文化出版公司
信箱— 10899 台北華江橋郵局第 99 信箱
時報悅讀網　http://www.readingtimes.com.tw
電子郵箱　new@readingtimes.com.tw
法律顧問　理律法律事務所 陳長文律師、李念祖律師
印　　刷　勁達印刷有限公司
一版一刷　二〇二四年十二月二十日
定　　價　新台幣 450 元

ISBN：978-626-396-978-0
Printed in Taiwan